川流不息

李 游
小 说 选 集

文匯出版社

图书在版编目(CIP)数据

川流不息：李游小说选集 / 李游著. —上海：文
汇出版社,2011.10
ISBN 978-7-5496-0202-5

Ⅰ.①川… Ⅱ.①李… Ⅲ.①中篇小说—小说集—中
国—当代②短篇小说—小说集—中国—当代 Ⅳ.
①I247.7

中国版本图书馆 CIP 数据核字(2011)第 069995 号

川流不息

作　　者 / 李　游
责任编辑 / 文　荟
装帧设计 / 季炜煜

出 版 人 / 桂国强

出版发行 / 文汇出版社
　　　　　上海市威海路 755 号
　　　　　(邮政编码 200041)
经　　销 / 全国新华书店
照　　排 / 南京展望文化发展有限公司
印刷装订 / 上海译文印刷厂
版　　次 / 2011 年 10 月第 1 版
印　　次 / 2011 年 10 月第 1 次印刷
开　　本 / 890×1240　1/32
字　　数 / 165 千
印　　张 / 8.5

书　　号 / ISBN 978-7-5496-0202-5
定　　价 / 26.00 元

目 录

川流不息

1

电视上正播着关于鸵鸟的节目。一个农村企业家从非洲买了许多鸵鸟在中国西北部开始养殖。

"这家伙挺聪明的呢,"陈斌说道。他坐在床沿上系着衬衣的扣子,注视着电视机里优雅散步的鸵鸟,没有回头继续对身后的常莉莉说,"怎么让他想到的,鸵鸟是非洲的,在沙漠里也能活;西北正好什么都没有,养鸵鸟比什么都合适。"

"嗯……"常莉莉应付着,努力背着手系上胸罩搭扣,"什么节目啊?换个台吧。"她拉起床单裹住下身,走到五斗橱边去拿条干净内裤。陈斌望着她那拘谨的样子,怎么也不能把现在的她跟不到两分钟前淫声浪语的她联系起来。都已经肉帛相见多少次了,却还要那么矜持,好像人的身体在性兴奋的时候就不是臭皮囊来着。

陈斌的注意力转回鸵鸟。鸵鸟肉是低脂肪的、鸵鸟的皮毛可作装饰、鸵鸟的眼睛甚至可以为人类提供角膜。鸵鸟又容易饲养,在西北的沙土地上自在得意,吃满地长的野草,连水都不需要多少。电视继续介绍着鸵鸟的好处以及这位企业家的各种计划。电视机里鸵鸟硕大的眼睛直瞪着陈斌的眼睛。他记起小学时老师说猪的身上都是宝,为此每个同学每天早晨都要向学校缴纳米泔水（当时对淘米水的尊称）才准进教室上课。可猪仍然是砧板上的肉，就像今天的鸵鸟。英雄就该牺牲。

现在常莉莉的衣服已经差不多穿戴整齐，虽然还是睡衣，但里面穿着内衣的睡衣怎么看也不会感觉随便——她的邻居们坐着出租车去家乐福购物时也不过如此装束。她是陈斌的同事，是公司的人事行政经理，一个上班时异常正经的年轻女人。但刚才兴奋的时候忍不住叫喊了不少她亲自在公司明文禁止的谈吐。这会儿，她又是常莉莉了，甚至好像对屋里有个半裸的男人感到惊异而又羞愤。

"你从来不看电视，为什么老开着？没听说过射线伤人吗?"陈斌在没话找话。

"都是一个人在家，开着电视就好像有个人陪着。"常莉莉梳着头发，看了看表，斜眼瞥了他一下。陈斌多少次跟女孩干完之后都希望蒙头就睡，或者一走了之，多少次被骂薄情，为了照顾人家感情而强忍着睡意让她们枕着他发麻的手臂聊天。可现在，他觉得需要再多两分钟温存，需要搂着常莉莉柔软的腰肢说几句傻话。他磨蹭着不愿意地穿上长裤，殊不知常莉莉最讨厌看见男人只穿着三角内裤了。其实，只要她的前庭大腺不分泌，男人穿不穿衣服、穿什么衣服都一样恶心。

他们俩人甚至在白天上班时根本不友好，晚上偶尔的性的释放也如同一场战斗。常莉莉是个典型的冷面白领，工作性质更加重了这一特点，她的工作是面试、签约、辞退、评估……公司里大多数人都不是她的朋友。同事们并不讨厌或憎恨她，毕竟被炒鱿鱼的已不是同事了。人们觉得她的距离，她的不可接近。她是有意这样的。一方面是为工作的秉公。另一方面，她的丈夫（如此冷漠的女人也曾为人妻）留洋后，两人的分居造成了感情的淡漠。倒不是丈夫喜新厌旧，离婚是她提出的，而且她的丈夫并无外遇。然而很多同事相信她天生冷漠，结婚也许只是为了父母。更准确地说，是为了离开父母。要不是陈斌一次偶然在那又脏又黑的地下室酒吧遇见半醉的常莉莉，他也永远不会了解她的另一面。

陈斌自从与她有了肌肤之亲,倒对她肃然起敬。他更愿意尊重人性,而不是权威。当他发现她与别的女人一样扭动腰肢时,他终于把她当作一个人来看待,再也不是某"人事行政经理"了。

陈斌穿好了衣服,道别。他们的约定是纯粹的性关系,没有爱情,甚至没有友谊。陈斌坚信他们之间是有超乎肉体之上的关系的。但真要彻底搞清那层关系并下定义,也许只有"同情"一词。他们互相同情。陈斌想吻别,但常莉莉突然转过了脸,陈斌噘着的嘴被她的脸颊吻了一下。

出了她的楼,陈斌立刻给弟弟打电话,知道陈复在哪个酒吧以后,叫了辆出租车。车从莘庄开出,不久上了高架朝市中心方向驶去。

弟弟白天急急地打电话要求见面,一定是有什么重要的话要说,很可能就是关于他的那个女朋友——姓王名炜,陈复在一年前的一个朋友聚会上对她一见钟情,死追不放。七八次约会后,她告诉他,她有男朋友,一个香港的商人。人在香港,所以平均一个月见一次面。陈复觉得,既然约会了这么多次,说明还有希望。结了婚的都可以离婚,更别说分居两地的男朋友了。于是他愈加拼命,又是鲜花,又是礼物,甚至还写过两三首诗。他几乎把他仅有的那点工资全部花光。而王炜呢,既然有人追,当然不会拒绝;而且男朋友每月才看她一两天,有个人陪她度过寂寞的周末,何乐而不为呢?

反正都是些老生常谈,陈斌想着想着就睡着了,伴着出租车司机哼哼的快乐小调。司机对这一差生意很满意,本想与他搭讪来着。看他睡觉,就自娱自乐起来。

陈斌直睡到被司机叫醒,已经到目的地了。走进了一间酒吧,那里漫溢着黑红的色调,好似墙上涂满了变黑的血,形成了浓重的轻浮气氛。他穿过拥挤的人堆,跨过舞池,在靠里的酒吧台边找到了弟弟。弟弟正在跟另一位吧台客人聊天呢,看见陈斌的到来挺高兴的。

要了啤酒以后,他问弟弟道:"你今天说要跟我谈什么来着?"

"没什么,我要跟王炜分手了。"陈复清描淡写地回答道。

"终于下决心了?"陈斌道,"守着她也太亏了,趁爸妈这几天回老家串亲戚时,你应该搞点艳遇才对。而且你知道,如果有需要,你也可尽管去我那里。"喝着酒的陈斌兴致挺高,把话扯远了。他总认为弟弟几乎无性的生活是极不健康的,竭力想尽兄长的义务帮助。以前多次劝他停止和王炜那毫无前途的关系也从来没什么用,今天既然他自己想通,陈斌觉得没必要在这件事情上再多讨论了。

这时已经过了半夜,酒吧越加热闹了。这里简直就像早晨刚开市的菜场,几个跳完舞回来的人们发现他们的位子被别人抢占,他们刚才把喝剩一半的酒瓶放在桌上权充菜场上排队用的砖头,现在也被心急的服务员收走。于是有些小规模的口角发生,但强大的音乐声浪使口角显得微不足道。再回头看他们时问题已经解决了——两拨人都去跳舞了,位子被另几个人坐着。

三个穿着相对暴露的女孩,正在舞池中投入地摇晃着脑袋。从兄弟俩坐着的地方看不清她们的面貌,但她们大面积裸露的背部和肩膀引起场中不少男人的眼光。而这些眼光正鼓励着她们更加放肆地摇头晃脑。

陈斌注视着左边的那个女孩,她穿的衣服背后挖下深深的一块,她身体的扭动由她背后肌肉表现得淋漓尽致。陈斌琢磨着她是否戴了胸罩,暗暗希望她能转过身来给自己答案;而且陈斌很想知道这个女孩的脸蛋是否也像她的衣着一般地大胆和放纵。但她始终没有转过身来。

吵嚷的环境中他们俩并没有注意到已经沉默了一段时间。陈复突然开口说话,说明他的思绪还在分手的事情上:"后天她要去香港,跟他的男友会合后去夏威夷度假。我实在不希望她在度假的时候觉得还有人惦记着她……"他的语气是苦涩的,失败的人唯一的一招了。

陈斌有些不知说什么好。他回过头来希望那个露背的女孩已转过身来了,但发现她们三个都消失在人堆里,找不见了。

2

第二天,星期六晚上,风雨交加。陈复一个人在街边躲雨。刚才的情景和对话无法从他的脑袋中去除。

他请王炜吃饭。王炜挑了茂名路的一家寿司店。日本餐厅一向不是便宜的象征,这家当然不会例外。尤其可恶的是东家一直不停地在旁边搭讪。陈复相信这一定是东家从日本学回来的礼节,可他在旁边站了太久——从第一道菜到最后一道! 本来想说的话一句没说。结账花去了陈复一周的收入。

虽然时间不早,但陈复坚持到王炜家坐一会儿。王炜清楚地感到他有话要说,于是也没反对,反正陈复也远不是头一次在她家干坐到半夜了。

"喝茶吗?"
"不用了。"
"坐。"
"好。"
一阵沉默。

"王炜……"
"什么?"
"我想,我们还是分手吧..."
又一阵更深的沉默。现在好像进入了电影中的典型分手场面,陈复对这种陈腐的格调有些厌烦,有些麻木。

"我想,你对我是不认真的。"陈复补充道,"你知道我要的是什么,你既然不能给我,还是分手好。"

"你走。"王炜的眼泪已经快收不住了,"Go away!"她紧张的时候就讲不来母语了。

陈复看见女孩子哭,有点不知所措——虽然这完全是预料中的。陈复试图抱着她。

"你走!Go away! Leave me alone!"王炜开始狂暴。

陈复向门口走去,不时回头。毕竟抱着一线希望,也许她会在压力下改变主意。但王炜开始痛哭,并竭力把他往门外推。

　

现在雨小些了,陈复听到手机清脆的响声。刚才风雨声大,加上百感交集,他也许听见了手机响过好几次,也许就根本没听见。

"喂?"

"我,陆晓岚。我借的碟片明天可以还给你。还有新的吗?"

真会找时间,这时候还有兴致看片子!陈复尽量客气,但仍掩饰不住情绪,不耐烦地说:"没新片子。"

"那我明天把片子交给王炜,让她给你好吗? 以后有新片子别忘记告诉我!"

"别别,"他可不想再尴尬自己一次,"你有空到我公司来一趟吗?"

"怎么啦? 你们吵架了?"

陈复没有立刻回答,因为不知说什么好。陆晓岚马上猜到了一大半。

"哎,早晚的事。"陈复自己安慰道。

两人在电话里沉默了几秒,陈复突然道:"陪我喝杯酒好吗?"

"当然。"

这个黑乎乎的酒吧在周六晚上应该爆满才对,也许现在还早,也许现在下雨。

最角落里,陈复已经把刚才分手的事情告诉了陆晓岚。反正她明天也会知道,她是王炜最好的朋友。说出来了也许睡得着觉,陈复想,王炜现在应该没人可诉说,总不见得告诉她的男朋友?!唯一可以倾诉的好友现在在听我倾诉!陈复觉得在一败涂地之余,还有点阿Q的余地。

陆晓岚好像并不替任何人难受——确实也没什么可难受的,加上她一向快乐。

"不过,我觉得王炜还是蛮傻的。谁知道那个香港人有多少真心?她就是嫌你钱少,别的你没有一个地方输给他。"

"我理解她。她经过了不少事情,人实际了。但是我不想再继续犯傻,作她的精神食粮。现在大家两清,各奔前程,倒还可以做朋友。"虽然这么说着,陈复还是暗暗对陆晓岚的奉承很得意的。

地下酒吧的迷幻气氛和音乐,加上酒精,两人也有些迷幻了。陆晓岚站起,在空荡的舞池中随着节拍舞蹈,动作从婀娜到狂野。她对着陈复,跳着挑逗的舞蹈。陈复欣赏着。在此之前,他俩虽见过不少次面,但不算太熟。她一直是王炜的好朋友,从初中开始的。陈复没想到王炜这么铁的姐们儿现在基本上站在自己这边。但也许明天她又会在王炜的哭诉下对那边百般同情吧。反正自己没有对王炜做过任何亏心事,随便吧。

陈复想象着现在是王炜在舞池中向他跳着挑逗的舞蹈,而他可以慵懒地坐着,甚至高傲地欣赏着。

正想象中,陆晓岚已回到座位。这回与他坐得特别近。陈复感觉到她急促的呼吸,"真热!"陈复的手搭在她的腰间,她则拉着他的另一只手。她回头,微笑,说了什么。陈复一个字也没听见,只觉得那微笑多么像王炜。他凑上脸去,准备吻她,心里觉得好像要吻的是王炜。陆晓岚突然让开,但仍然微笑着。

"对不起!"陈复说道,以为被她看破了。但陆晓岚没有躲开,还在他的臂膀之中。陈复又凑上去,想:这回,我吻的是你!

陆晓岚又让开,虽然还在陈复的怀里。

"为什么?"陈复不明白,刚才所有的暗示,应该说明是"吻"的时候了。

"Don't kiss me."陆晓岚似乎是在另一种时刻忘记母语。

"Why not?"

"Because if you kiss me, you have to make love to me."

天哪!这这这!难道有任何一个男人会说不?陈复有点摸不着头脑。

"So? Let's make love."想到快一年来对王炜连一亲香泽都没试过,就觉得一阵挫败感。今天是反败为胜的日子了罢。

"No. 今天不方便。"

倒也讲得过去。一秒半之后,陈复的嘴堵住了陆晓岚的嘴,陆晓岚的舌头缠住了陈复的舌头。他们一口气吻了十多分钟。

"跟我回去吧。一起睡觉其实蛮好,不一定非要做什么事情的,对吗?"陈复说,"其实我早点就应该发觉你比王炜更有情趣。"现在他们在用相同的话互相恭维。

一觉睡到天亮,陈复看着怀抱中的陆晓岚,证实自己没有做梦。想想笑了出来。追了王炜一年多,手都没拉过,与她的好友第一次约会就睡觉了!

不过她是那么美丽。女人只有在给予时才是美丽的。对比之下,王炜的假正经显得那么卑微!她不过是在利用我填补她的空虚,假装淑女的其实比荡妇更淫贱,陈复恨恨地想着。想想自己浪费的那么多白天夜晚,守着一个永远不是自己的女人。那么多白天黑夜,当陈斌正花天酒地地周旋于酒池肉林之中,当自己的好友们都在嘲弄自己的时候。

陈复终于打断了自己祥林嫂一样的思绪,开始欣赏身边的美人。

挺妙的,她有几乎所有他爱上王炜的特点,还加上热情和真实的特点。陈复想着,低头吻她。

她的唇在半醒半梦中接纳着他的舌。宿醉使他们忘记了昨晚的狂吻,现在一切从头开始。陆晓岚的手探索着陈复的肩膀,陈复也探索着她的乳房。他们这才发觉昨晚两人是和衣睡的。陈复解开了她胸罩的搭扣,推高她的衣服,吮吸她的乳头;往下摸索到她的两腿中间。在感觉到滚烫肉体的同时,他想起她还在经期。于是他又把注意力集中到她的上身。

陆晓岚也解开了他的衣扣,并试探着他的下体。陈复快速地除尽了身上的衣服,陆晓岚也让自己只剩内裤。

陆晓岚伏下身,一口含住了他。

现在不用与陆晓岚面对面,他一边享受着她湿润的口舌,一边回想着这一切。他准备作一次完整的回忆,从那天见到王炜,一直想到昨晚与她分手。当他想到第一次去王炜的家时,他用极乐的呻吟宣布口交的成功。睁开眼,是陆晓岚满足的表情,含着一口精液去了厕所。

看看表,已经上午十一点了。等她从厕所出来时,他也该洗个澡了。记得昨晚好像跳过舞,身上除了烟味,还有汗臭。

在陆晓岚从厕所出来之前,电话响了。竟然是王炜。她说她今天要去香港,然后飞夏威夷度假,"我老早就告诉过你的,对吗?"

废话,陈复想着,我不就是挑这个时候与你分手吗?让你度假的时候时刻想着你失去了什么!虽这么想着,还是客气地说:"对。玩得开心点。"

王炜没有挂电话,过了一会儿,说:"你知道,我其实是爱你的……"

这话应该是回应陈复说的"你知道我要的是什么,你既然不能给我……"。或应该说是前半句。毕竟她还是要去香港,毕竟她还是什么都给不了。

陆晓岚出来时电话已挂了。其实王炜没等陈复说话就挂了——说明她又要呜咽一阵。

陈复和陆晓岚高兴地吃着方便面。陈复突然问道:"你说王炜现在会在干嘛?"

"为她失去的玩具而伤心吧。"

下午三点了,陆晓岚说应该回家了。昨天并没说不回去的,但也总有办法跟父母圆谎。陈复再吻她。本是准备吻别,可吻得双方一阵激动。陆晓岚的手贪婪地在他跨下摸着,然后又一口吞下了他。她像巫婆把玩水晶球一样地把陈复的阳具在嘴唇、舌头、乳房和手指间搓揉。她时快时慢,像猫玩老鼠一样,在半小时以后让陈复再次喷射。她没有去厕所,在吞咽下精液以后说:"我真的要走了。"

"本来可以送你的,可你让我精疲力尽。"

"休息吧,以后你会更精疲力尽的。"陆晓岚诡笑道。

3

星期一上午,陈斌西装革履、人模狗样地跨入了公司的大门,仅迟到五分钟。他按惯例对门口前台小姐徐薇抛了个媚眼,往自己的位置走去。公司的星期一,是一派做作的繁忙景象,仔细看时,市场部的几个小妞儿忙着涂脂抹粉,电脑部的小李边走向电脑室边往嘴里塞面粉和鸡蛋的混合物,销售部的同仁已经先到,正总结着各自周末的心得体会。常莉莉从她的房间走出,若无其事地与陈斌擦肩而过。

"九点半开会。"市场部的汪燕走进销售部的房间,宣布道。说完一扭屁股走了出去,留下一阵脂粉的清香,诱得陈斌对刚被她占有的空气傻看了好一会儿。同事们陆续起身去会议室了,这是每周的例会,迟到了老板会生气的。陈斌边拿起一本记事簿边觉得奇怪,为什么他的同事们看不出汪燕浑身上下充满着妖艳?——他盯着她看,或盯着她走过的地方看,从来不是因为她美丽。

销售部的经理,陈斌的顶头上司,早就到会议室了。他姓张,被称作老张。其实他才三十二三岁,长不了别人多少岁,但"老"字是对部门经理级的非正式职称。很快人就到齐了,只等老板,总经理 Steve Clayton 是一个不到四十的美国人,这个公司的唯一外籍人士,也正是他一个人,代表了整个公司是美国的。

他进会议室时已经是九点四十七分了,但他立刻把一堆文件交给汪燕,让她出去赶紧处理,又从他的秘书手里拿过几张报表,翻阅了一下。于是谁都没有感到他迟到了,只觉得气氛严肃了一些。

接着,他用不分四声的普通话向大家问好,随便地扯几句客套话。很快地,他切入了正题——销售。语言也变成了公司的母语——英语。

他的情绪不久激动起来,先评价一番上周的销售情况,再分析一下本周预测。他对整个销售情况表示不满意,但陈斌知道在他下午开售后服务例会的时候会对他们一样表示不满,还有每周三上午的财务行政会议。他的策略就是通过表示他的不满来鞭策员工。开始时大概他是当作一种策略,带些做作,现在他习惯成自然了,并且也确信公司确实存在太多令人不满的地方。说来也怪,公司确实像他的策略一样每况愈下,真的越来越萧条,让人不满了。陈斌加入这公司有两三年了,他相信现在的总经理应该有些成就感,至少假戏真做了,这是不可多得的。

但公司的经营再糟糕，也不会倒闭、或撤销。对这个美国公司的总部来说，中国的分公司实在太小。美国的董事们当初投资开设中国分公司时所想的，也只是为了在对外宣传上可以加一句"我们连中国都有分支机构！"他们坚信光凭这句话就能有助于美国本土的生意。

这句话的结果除了确实有利于总公司的生意之外，另一个结果就是中国分公司的确凿成立，现在已有四十个人。陈斌也意识到了这点，就是他和他四十多位同事的经济来源其实是一句口号，就像那时候为了"钢产量赶英国"一句口号而大炼钢铁，也造就了一代人呐！

这么想着，陈斌几乎没有听见站着的那人说了些什么，只是隐隐约约地听到他说什么"销售是玩数字的游戏……"，意思说，只要多打电话，就会多潜在客户，就会多签单，等等——说这都是成正比的。陈斌抬头，看见年轻的老张极其轻微地冷笑一下，轻微得只有熟悉的同事通过适当的想象才能看见。陈斌也赞同地微笑。老板的销售战略确实有点可笑，好像销售是买彩票一样。

陈斌越来越走神。他在记事本上胡乱地划着写着，一副认真听讲状。正在此时汪燕轻轻地走了进来，悄然坐在陈斌的正对面。她仔细地看着陈斌的书写，因为满场只有他在认真地做笔记。陈斌也发现了注视的目光，于是目光相遇。

汪燕真的算不上美女。她的脸甚至不对称，眉毛高高地挑起，眼睛很有神，嘴歪在一边。但你一旦对这张脸注视半天，会发觉很有看头。陈斌现在正想利用销售例会来进行这一过程。

汪燕发觉注视自己的目光越来越灼热，于是她扬一下头发，稍稍歪过一下脑袋，拗了个功架作任凭观赏之态。陈斌笑了，她的坦诚很让他感动。他正了正脑袋，用咄咄逼人的正视作为回答。他们肆无忌惮地看着对方。销售部的小王后来告诉陈斌说，他不知道别人是否发觉他们的对视,但他看见了。而且这种肆无忌惮让人感觉好像他们已经在大会议桌上做起爱来一样地,让旁观者反而尴尬。

这会儿他们已经过了注视这一阶段。汪燕开始摆弄她的圆珠笔。她先把圆珠笔在手指间绕来绕去。不多会儿她就觉得这没什么新意,于是取下笔套,套在小拇指上,笔套向陈斌点了点头。陈斌立刻端起自己的笔,想也用笔套回礼,但发觉自己用的笔是按钮式的,没有笔套。他抬头用迷茫的眼光看着汪燕,引得她差点扑哧地笑出来。

她还是控制了那声扑哧。现在她的笔套正得意地向在座各位点头呢——当然动作很含蓄,应该只有陈斌才能注意到。

会议就这么糊里糊涂地开完了,上午的时间已经过去了一大半。陈斌其实蛮享受这样的会议,他可以轻松地在工作日志上写上"今天上午开会",可以让门口的接待小姐轻易地用"今天上午例会"的借口推掉所有电话。他觉得就像过组织生活一样地需要这种例会——什么问题都不解决,什么实质的话都不说,临结束还要拍几个巴掌算是鼓舞士气——Steve 的结束语往往是"Gimme five!",就是空中互相拍击手掌。第一次觉得新鲜,巴掌拍不好会错过;接着的几次巴掌拍到一起了,可他还是那句话,大家都开始觉得有些无聊,但仍无一例外地笑容可掬地与他拍巴掌。Steve 一定觉得大家盛情难却,其实自己也对此厌烦得不行了,但为了照顾大家的情绪只好继续这无聊的事情。他正后悔把美国那套低能的鼓舞士气的方法介绍到中国来。

接着的上午,大家假模假样地打几个电话,或在某张废纸上奋笔疾书,一派农忙景象。其实心里都在盘算着中午饭哪里去吃,或怎么找个借口下午假装访问客户而一去不回,或怎么样假装接听猎头公司的电话然后可以要挟公司给自己涨工资,确实也挺忙的。

吃完午饭,陈斌打了几个电话给客户,但都没约到下午的会面。他拨通了弟弟的电话,电话那头传来陈复慵懒的声音。

"嘿,怎么样了?"哥哥一派无微不至。

"什么怎么样? 你指哪回事?"弟弟一副作贼心虚。

"还哪回事? 你跟王小姐分手的事啊。"哥哥摸不着头脑。

"哦哦,分手了。就这样。"弟弟淡淡地答道。

陈斌以为分手的伤感使弟弟不愿提它,或假装镇静,赶紧提议晚上一起吃饭、喝酒,还说要介绍几个漂亮妞儿给他认识。

"不用了,我很累。再说,蓝毛找到了鼓手,我们真的要搞乐队了。"

"是吗? 那可真是好事!"陈斌已经听他的弟弟说过好多次要搞乐队了,"我真的可以做你们的经纪人了!"

挂了电话以后,他还乐了一阵。弟弟总算用这种积极的方法渡过情场难关,让他放心很多。要是他一举成名,也许自己真的跟着一起换个行,从此不再披着人皮在公司里做白领了。他实际上是很羡慕弟弟的生活方式的,他不断资助他也正是希望弟弟能证明这种生活方式的成功。要不是艺术的风险高于打工白领,他也许也早就下海从艺了。毕竟是兄弟,他们都拥有一些艺术天份。陈斌虽也着迷于音乐,多是七八十年代的主流摇滚,但他还对美术有份额外的兴趣,还涂抹过几幅作品。陈斌最要好的儿时朋友,光头张三,就常常鼓励他有机会一定再涂几幅试试。张三已经是上海小有名气的年轻画家,作品巡回展出于除中国以外的大多数国家。这位旅美旅日旅欧的画家最近赏脸准备在上海,他的老家,举行他的第一次个人画展,开幕式就在接下来那个周六的下午。

陈斌瞪着夹在书里的画展入场券发愣,亲朋好友都做了自己爱做的事情,而自己却被困于一幢玻璃大楼,因为机会成本越来越高,使他越来越不敢轻易甩掉提供给他丰裕生活来源的美差,况且张经理明显把他列为特别培养对象,总提醒他前途无量。要是陈斌跟他的销售部同事们一样,生活只为赚钱和花钱,他的处境几乎已经无可挑剔。但陈斌赚钱只是手段,现在被手段所困,离目标越来越远——或更实际地讲,越来越不知道目标是什么了,不免有些迷惘。画展是星期六开幕,他无论如何是要去的。

正发呆时,门口接待小姐徐薇递进来一封信,并调侃道:"哟,一个人在这儿发什么呆呀?想谁呢?"

"想你呀!"陈斌的这种回答是从耳朵到嘴的直接反应,不需要经过大脑或任何器官组织的电波连接,"今晚有空吗?我请你吃饭吧。"

"我说过多少回了,如果我跟男朋友吹了一定找你!"

信是大学同学张学东的结婚请帖,星期五晚上。"又要破费了,"陈斌跟隔壁的小王说道,"光为了这彩礼,我也该每月结一次婚。如果这样合法,我就干脆以此为业了。"

办公室的一天可以说是忙忙碌碌的,但其实多是重复地做着这件或那件事。做的时候往往意义重大,差之毫厘爽之千里。但回头想想,倒也一律没什么出奇。陈斌是个耐不住寂寞的人,他之所以能在办公室里的烦琐工作中坚持那么久,只是因为他随时和身边的漂亮东西打趣找乐。

快到下班时,他又要为自己的业余生活奔波。刚才约徐薇吃饭时虽然口气随便,他可半点不假。今晚他还没有着落呢,本想照顾一下弟弟,可弟弟要排练。又想跟汪燕继续会议中的调情,可汪燕开完会就出去筹备产品发布会了,今天没有机会再见到她继续发展了。不过来日方长,陈斌安慰着自己,走出了办公大楼。又去便利店买了方便菜、冰淇淋和半打啤酒。

走出商店往家里赶的时候,他解开了领带和衬衣第一颗扣子。街上满是回家的人们,走路的、骑车的、开车的、打车的、坐公交车的,使用任何交通工具的人。他们匆匆地赶路,没有人理会任何身边的人,甚至

对身边的人都怀有一种敌意,一种根深蒂固的、与生俱来的、毫无道理
的敌意。这种敌意使贴得那么近的城市人之间形成一种距离和平衡,
从而形成一种力量。这种力量肯定从某种角度帮助了城市,尤其使这
个城市迅猛发展,因此上海也缺不了它了。

　　陈斌快走到自己弄堂口的时候,发现这种冷漠的敌意变了一种形
式。这里,大家互相打听着对方的隐私,互相关心着邻人的晚餐主料,
互相猜测着别人的月收入。这里,敌意用其最友善的面目出现,并微笑
着胁迫所有人的参与。

　　陈斌关上门,打开音乐,迎接这一天真正的开始。

4

　　这晚,陈复实际上没有立刻去排练。他与陆晓岚约好见面的。陈
复在电话上也确实不知道如何向哥哥解释。虽然他和陆晓岚的关系火
热地发展,其速度以分钟计算,但他俩也都没想好如何去面对王炜。陆
晓岚是她的挚友,无论如何会被归类为抢了朋友的恋人。陈复即使可
以怪王炜对自己的精神利用,但直接和她的好友好上,有报复之嫌。

　　也许真的应该和哥哥商量这回事,陈复想,毕竟他是唯一可以真正
信任的人。但今天不行。爸妈出差过几天就会来了,要利用一下这个
机会与火辣辣的陆晓岚加深了解。况且,星期日分别后他累得又蒙头
大睡,直到今天下午被哥哥的电话吵醒。他感觉那些事情真真假假地
与乱糟糟的梦境掺乎在一起,总好象整件事情是想象出来的一样。所
以,今晚一定要见到她。今晚滴酒不沾。

　　他早早地在陆晓岚上班的久事复兴的大堂等着,看着她翩翩地从
一堆下电梯的人中走出来。她今天穿了上班的套装和高跟鞋,收腰绷
腿的,特别讲究的样子。确实和周末穿牛仔裤的她不同。陈复与她并

肩走的时候连手都没敢拉,生怕昨天的亲热是他臆想出来的似的。倒是陆晓岚贴上了身子,挽着他的手臂温柔地说:"这么快就想抛弃我啦?"

陈复笑笑,说道:"我饿了,上次吃饭就是跟你合吃的那碗方便面。"

"你这不懂事的孩子!饿坏了怎么办?怪不得王炜不要你呢。"

陈复对这时突然提起王炜有些尴尬,但他不知道应该表示尴尬还是伤感。毕竟那段他挺珍惜的感情才结束不到四十八小时。

他们吃饭的时候也没说什么特别的话。饭后,陈复战战兢兢地提出再回他的家。陆晓岚笑他的拘谨,道:"别不好意思。只不过,我例假刚结束,不知今晚行不行。我可不想再为人民服务了!"说着又窃窃地浪笑。

陆晓岚今晚是很行的。这是陈复的最深印象。当他们汗流浃背地倒下,躺在一起的时候,陈复总算确认星期日的一切是真实地发生了。他们喘着粗气开始交谈。

"你认为我们的关系怎么样?"陈复认真地问。

"没怎么样啊!我喜欢你,你喜欢我,对吗?"

"别装傻,我们都不是三岁小孩了!王炜怎么办?我倒是拿得出借口,你还做不做她的朋友了?"

"是啊,我也觉得挺难的。"

"我们无论如何先不要让她知道。"陈复自作聪明道,"说不定我们不几天就吵翻了呢。"

陆晓岚支起裸露的上身,瞪着陈复道:"你是在玩弄我吗?才开始的关系就说要分手?!你以为我是怎样的女孩子?你以为我贱得欠操吗?……"陆晓岚悲壮地说个不停,气得眼泪都要流出来了。

陈复试图把她激动的上身按倒,口里不断念叨着"我不是这个意思"或"我是真心喜欢你的"之类的傻话。陆晓岚则一个劲地重复刚才的话,不时地加一些从句、子句,或换成倒装句。他们俩的话完全是在没有听到对方的情况下迸发出来的。陈复一边重复赘述着并不高明的安慰的话,一边心想,如果要把现在的场景编成分镜头台本而且保留所有对话可绝不是易事。陆晓岚则一边噙着泪花持续地阐述着她自己也不相信的观点,同时暗暗欣赏着自己把单调而简单的道理翻来覆去说了五分多钟还没有一句重复的。

最后,陈复按着她上身的手攥紧了她的乳头,他的嘴堵住了她的嘴,这场争吵才告结束。陈复付出的代价是把口头争吵升级为肉体的较量。

再等陆晓岚开口,便只是些语无伦次的梦呓般的话语,被陈复的撞击打上了节拍,听起来就像唱戏一样。

要是陈复现在不是与她面对面,他一定会忍不住笑出来。他发现陆晓岚的叫床完全是黄片里学来的,毫不修饰地照搬照抄。陈复无法确定她是真的在享受快感,还是连享受这个概念也是学来的、抄来的。

半小时后,倒下的陈复为了不再陷入争吵,换了个话题:
"知道我要搞个摇滚乐队吗?"

"嗯,当然。"陆晓岚答道。陈复又一次意识到陆晓岚跟王炜的关系之近。他也只是偶尔与王炜提过一回他的这个设想。王炜是个实际的人,这种波西米亚式的生活只能让陈复更没有机会。陈复于是再也没提过。

"那我能看你们排练吗?"陆晓岚高兴地问道。

"明天我下午们在'奶瓶'碰头。你下班早的话,还能赶上我们的最后几分钟。酒吧允许我们排练到六点半。"

又扯了些别的,陆晓岚说要赶着回家,陈复决定送她。

出租车上，陆晓岚突然冒出一句："你这么厉害，王炜怎么舍得你？"

陈复正拼命想回避王炜这一话题，这一问有些不知所措："我们什么都没干过。"这倒是真话。他补充道："王炜说她对性不那么热衷……我们多是精神上的接触，我当时倒很着迷的。"

陈复正担忧着会不会说错什么，引起一场争吵，陆晓岚笑道："你真信她？她可骚呢！"

"谁？王炜？"陈复和王炜接触的经验与此评论几乎无法对上号。王炜一直是冷若冰霜的样子，可以说也正是她的矜持吸引了他。他当时并不在乎与王炜的精神恋爱，这反倒使他有一种高贵的感觉。然而经陆晓岚这么一说，他有些傻了。"是她告诉你的？"

"是 Tony 告诉我的。"

"Tony 又是谁？"陈复更傻了，他简直觉得这像肥皂剧的对白。

"你跟王炜交往这么久还不知道她的男朋友叫什么名字？陈复呀陈复！"陆晓岚摆出与正讨论的话题极不相衬的老资格态度。

"她的男朋友？"这句问话陈复没有说出口，但他对陆晓岚目瞪口呆的样子等于说了这句话。说了跟没说一样地没有意义。

就在陈复楞着的时候陆晓岚到了家了。她轻巧地说一声"明天打电话给我！"就下了车。陈复给了司机另一个地址。车继续在灯的海洋里飞驰。

陈复现在不愿意想太多。他要赶去蓝毛那边，与新找的鼓手和贝司手见面。

陈复到蓝毛那里已是半夜，由于和鼓手赵大力和他的表弟、贝司手宋深很谈得来，他一直到天快亮才回家。陈复现在觉得特别困倦，却无法入睡，但早晨五点没有一个朋友可以供他交谈。他望着窗外热闹的街市，卖牛奶的声音最洪亮，老太太们在交换刚才买菜的心得，勤快的中年男子已经在调校他助动车的怠速。

　　他躺到床上,闭着眼睛,但也并没有勉强自己非得睡着。就这样迷
糊着,他在快八点的时候,一切上班前的吵闹差不多结束的时候才打出
第一声呼噜。

　　一觉醒来已是下午,他起来刷牙,心里琢磨着如果现在去美国兴许
一点时差都没有呢。他洗完穿完吃完回笼觉睡完,已是四点了。他打
了电话给陆晓岚,然后坐地铁去等她下班。他在麦当劳买了杯饮料,坐
在门口麦当劳叔叔旁边欣赏着匆匆的行人。

　　他不常去百盛,因为人太多了。然而百盛门口总有些促销活动招
引很多看客,远远地看去陈复觉得还是满扎劲的。没有促销活动的时
候,百盛大门口的地铁入口处总有些神情惶惑的年轻男女站着。陈复
相信他们是在等人。这些,加上匆匆走过的时髦小姐和缓缓踱着的神
秘市民,形成了陈复特别热爱的上海一角。他有时发觉麦当劳叔叔旁
的宝座被别人抢先霸占,会极度失望。但霸占者多是小孩子们,他们才
是这位子的真正主人呢。

　　没多会儿,陆晓岚出现了。另一套衣服,红色的上装,黑色的裙子,
深棕色的袜子,和黑色皮高跟船鞋,搭配得看上去有些不太合适。对
这,陈复比较敏感,或确切地说,特别敏感。于是他在她身上多看了
几眼。

　　陆晓岚只当是自己今天姿色过人,得意地笑迎上来:"等好久
了吗?"

　　"没多久,在这儿看美女呢!"

　　"哼!"一声娇嗔,"有看中的吗?"

　　"有啊,"陈复笑道,"我正要带她吃晚饭呢。"

　　"今天我请客,就去这边的土尔其餐厅吧。"

　　他们进入了一间刻意出浓厚异国气息的地下餐厅。下楼时,陈复
忍不住问道:"干嘛穿这颜色袜子?"

"不好吗？今天早晨差点起不来，随便找了双袜子穿上了。"陆晓岚看看自己的腿，"今天 Eileen 还夸我的衣服搭配好看呢，说颜色丰富。Eileen 是我们物料部的秘书。"

"如果她不是在讽刺你的话，那么以后她一旦再夸奖任何人的着装时，你基本上就可以断定那很难看了。"陈复自己也觉得这话绕口。

"什么呀？××××……"陆晓岚的话被喧闹声淹没，他们这时已踏进了餐厅，正赶上肚皮舞娘扭着出场。他俩驻足看了一会儿，然后被服务员带到了位子上。

过了一阵，舞娘退场，音乐稍轻了一些，但仍然很响。陈复的心情被搅得有些不安。他这时又想起昨晚陆晓岚的话。他犹豫了一会儿，准备问她。陆晓岚现在正对白天的工作情况进行全面的阐述，老板的严厉啦，同事的矛盾啦，部门间的争斗啦。陈复本想等她说完，但还是在一个逗号的时候插了进去。

"昨晚回去没算太晚吧，你爸妈没说你？"

"没有。要是周末我有时天亮了才回去呢。他们本来管我，管多了也就知道没用了。"

"哦，你昨天说你认识王炜的男朋友，他说什么来着？"

"什么呀？Tony？我不记得了。"

"你跟他很熟吗？"陈复问。

陆晓岚没立刻回答。这时音乐的音量再度调高，舞娘们耍弄着她们的肚腩舞了出来。她们个个都丰乳肥臀，有一个甚至还特别肥满，尤其是腹部。陈复想到，许多女人都要花钱抽脂减肥，不如到这里跳舞，收入应该不菲。

舞娘们扭到了客人中间，缭绕的手臂在客人的头上肆意扇乎着。有位客人被鼓励着站起身共舞。他挺着个更大的肚腩，扭动着腰间金色的皮带扣。他围着三位舞娘跳舞，学着样也举起了手臂。他的坦克链式样的金手链与舞娘们的手镯交相辉映，他脖子里的同式样的项链发着红灿灿的光芒。

音乐不断,有增无减。他的浅色皮鞋蹬踩着地砖。皮鞋还是镶拼色的,有镂空。他越舞越来劲,深色的汗衫已经渗出汗水,显然不是全棉的,而且一定很贵,因为在出汗之前汗衫已经闪闪发光。

这期间,陆晓岚说了很多话,而陈复点着头看着这位舞客,一句都没有听见。音乐恢复正常,仍然很响。估计陆晓岚把白天的事情讲得差不多了,现在她总算有了停顿,在吃着。陈复又把话题转回到 Tony。

"我跟他睡过。"陆晓岚冷不防说了一句。

"什么?"虽然餐厅闹哄哄的,陈复还是听见了这句话,"你早就认识他吗?"

"不啊,因为王炜我才认识他的……"

陈复的惊讶在喧嚣的音乐声中显得微不足道。他不知该怎样想这回事。王炜虽然对他并不好,但陆晓岚与她的男朋友有这种接触,是他的道德观所不容的。

"你怎么能这样? 王炜不是你最好的朋友吗?"

"什么?"音乐又响了起来。陈复现在对这间餐厅已经很不耐烦了——一家餐厅的音量开得跟舞厅一样响,令人头痛,没有食欲。因为吃的是自助餐,也许这正是东家的意图吧。

金皮带扣照样站起来与舞娘共舞。他也许希望餐厅老板看中他留他做舞男? 陈复嘲讽地想着。

"Tony 说他是更喜欢我的。"陆晓岚理直气壮地说,"他说他爱王炜,不愿伤她的心,但他更喜欢我。"

陈复有一会儿说不出话。然后他问道:"那你准备跟他好吗?"

"才不呢。他又没有情趣,只不过钱多。我只是玩玩而已。"陆晓岚轻巧地说道。

"玩玩? 你知道王炜都准备嫁给他吗?"陈复火了。

"知道啊,Tony 也准备娶她,他告诉我的。"

陈复觉得这对话已经无法继续了,陆晓岚的漂亮脸蛋后面肯定有些什么不对的地方,要不就是他自己疯了,不能理解这在陆晓岚口中顺理成章的所有事情。

"我要走了。送你回去吧。"陈复语气冰冷。

"不用了,我等会儿还要见个朋友。今天不能跟你做爱了,抱歉。"

陈复想,她就是可以自己也没兴趣了。他们走出了地面,陈复深吸了口气。地面的空气一样乌烟瘴气。

"明天给我打电话。"陆晓岚清脆的声音跟他道别,跳进了一辆出租车。留下陈复在路沿上,引得无数出租车司机翘首以盼。

5

陈斌这一周剩下的时间都没闲着:星期二就约汪燕一起吃了饭,晚上还去了一家黑乎乎的酒吧,趁黑趁乱抓着汪燕的手。由于两人身体的位置被酒吧的桌子隔开了,所以没能进行到接吻。但陈斌很机灵地在送汪燕回家的出租车上补上了这一步,基本完成当晚计划,只等若干天后再约会她继续发展。星期三他约了上周约会时吻过的一个女孩,并成功地带她回到自己的家里,跑完全垒。这个女孩是他上个月在公司办公大楼的大堂里遇见的。在上周吻到她之前,他请她吃了三顿晚饭,稍稍比自己的平均效率慢了一些。星期四他早早地回家休息了,只等星期五的婚礼。

人总有些轧闹猛的心情,这天陈斌还是穿着一身精致的西装——本来星期五公司规定可以穿相对随便些的衣服的。

请帖上写的是下午五点。陈斌无法明白为什么近来婚宴都要这么早开始,明知道最早也要五点半下班,加上正是交通最繁忙的时候。难道大家都下岗了不成?

本希望公司的头头们早些走,可今天大家又是一番忙碌景象,大凡星期一早晨和星期五下午都是这样,有始有终嘛。陈斌直到六点才准时下班,离开公司,匆匆往建国宾馆赶去。

建国宾馆大堂立着三块牌子,三对人结婚。陈斌看到一块牌子上写着"张学东先生和××小姐喜结良缘",明白没搞错地方,就走上二楼。

张学东在一间大堂门口恭敬地跟宾客握手致意,面有倦色。陈斌上前握手,塞上红包,心想,还没开始就累成这样了,一会儿还真不知会累成什么样呢。怪不得要早开始,能早到的先来,不至于全挤在下班时候,新郎是无暇迎接的。

"这是我的大学同学,陈斌。"张学东向身边的新娘介绍道。陈斌与她握手,发觉刚才瞥了一眼牌子,没记住她的名字。新娘打扮得像个糖人儿似的可爱,头发上垂下两个精心制作的卷卷,陈斌暂时无法判断是假发还是真发。新娘很受累地不断撩着这两缕发卷,热情地说道:"久仰久仰! 知道你们是大学里的好朋友。"

"他一定讲了我不少坏话吧,"陈斌被迫打趣地说道。随后又拍拍张学东的肩膀,对新娘道:"有空跟你说说他的坏话。"

"谢了兄弟!"张学东说,"请入座吧。"

陈斌刚掉过身,张学东又在招呼下一个客人了。只听提高的嗓门:"哟,秦书记赏脸呐!……"陈斌听说过张学东现在在国营企业工作,好像还在考虑入党什么的,事业蒸蒸日上。陈斌站在大厅门口向里张望,后面又传来新娘爽朗的"久仰久仰!"他回过头,看见秦书记原来是位女同志,带着她十七八岁光景的儿子在跟张学东寒暄。那孩子跟其他十七八岁跟着父母的孩子一样地显出腼腆和尴尬。秦书记嫌他不够尴尬,向新人们介绍她的儿子,说他在某某大学念书,英语很好。

"张叔叔英语非常好的,你可以跟着他学呢。"秦书记热切地说道。

"哪里哪里……"张学东的推辞更在于他成了比自己小几岁的人的

叔叔。

可秦书记决定不放过他俩,对儿子说:"你们现在就可以用英语对话嘛!"

张学东笑笑,现在一定比那孩子还尴尬。秦书记继续表示她不是开玩笑,转向张叔叔:"真的,你们说呀!"

在一阵沉默中张学东呼扇着嘴唇,真地开始找词儿说话。这时又来了三四位新娘的客人,新郎新娘于是感激地双手握着客人的手:"谢谢光临!"

陈斌的座位被安排在年轻人的一桌,同桌倒有另外三位大学同学,男同学钟武和李俊,还有女同学胡滨。大家互相招呼着倒挺亲热的。毕业后其实互相都没见过,最多通几个电话。大多数同学都在全国各地,留上海的一半出了国,能召集的也就这几位。如果还有缺席的,相信一定是逃婚礼的,也就是逃彩礼的。毕竟也是好几百的规矩,瞧桌上还放着一排红信封,生怕来不及买的或忘了给的,真周到。

桌上其他人他们都不认识,于是四位先互换了名片,开始互相询问工作的情况。钟武吹嘘着曾经出差过二十个省的不同地方,讲述着各地风情,但不外乎哪里更穷,哪里更不开化。他倒是有机会见到很多在外地工作的同学,据他的了解,越是边远的越干得不错。同样的条件,在小地方就成凤毛麟角了。李俊则炫耀着他出国的经历,以及派驻香港的半年,异地风情不外乎是哪里更发达,哪里更先进。陈斌听着,觉得上海像是夹在中间的一块怪地方,先进得和世界各大都市并驾齐驱,却又落后得跟整个世界踩不到一个节拍。

胡滨虽跟他们一个年纪,但因为是女人已经显得老成很多。她更多谈她的儿子,已经两岁了。她肯定是第一千次地从钱包里拿出她孩子的照片,塞到众人手里,又逼迫他们传阅,最后还要急吼吼地要回,好像怕人偷了似的。

接着,她又开始列举许多孩子成长的琐事,用以说明她的孩子聪明过人。钟武打断她道:"现在的孩子当然比你我小时候要聪明多了!想想我们当时吃什么长大的?猪肉都是过节才有的……"

"这也有点夸张吧。"李俊打断道。

"谁象你呀,从小就吃进口巧克力。我们小时候只有过春节的时候才放开吃,不吃个上吐下泄不罢休!我们全家每年只能吃两只鸭子,春节和国庆时凭票买的。五一的时候只发鸭蛋票……"

冷菜早已上齐,饥饿的食客等着婚宴的开始。婚宴像三中全会一样地开始了,各代表按顺序发言,其中还有个主持人插科打诨地起连贯过渡作用。祝酒之后,主持人宣布:"请用餐!"刚才馋急了的食客现在拼命地希望同桌某人先动筷子。一般来说,第一个动筷子的不是最馋的那位,就是最不馋的那位。

新郎和新娘在扒了几口土豆沙拉以后,随即开始换衣服、祝酒的程序。既然已经落俗办了这种婚宴,必然要象老人们要求的那样,换若干套行头,包括白西装和婚纱、唐衫和旗袍、黑西装和套裙,等等,表示新人生活富足,应有尽有。陈斌记得半年前另一个朋友结婚时,竟还要在入新房(酒店的套间)时换上绸缎的睡衣,除了表示应有尽有,是否还表示夫妻相敬如宾?陈斌建设性地设想着应该再换上性感内衣,更说明新郎新娘情趣丰富……

一对新人已拜了十多桌亲戚了,可以远远地看出他们的倦意。出于规矩,新郎新娘的朋友排行最么,一定会等到最后。陈斌一桌已经吃完了,其他几个他们不认识的在分别讨论饭菜的质量,一致认为酒店赚大了,其中一个认为是本月吃的最不划算的一顿。大家不约而同地拿起了牙签,开始认真地剔牙。这一桌刚才谈笑风生的人一下子安静下来,各自用左手捂着嘴;虽然捂着是为了把呲牙咧嘴的动作掩藏起来,但仍然看得见手掌下的尽情扭动的脸。大家面面相觑,大凡能与此认真程度相比的也仅有如厕的表情了。

当新郎新娘伴郎伴娘拖着疲惫的身子挪到这最后一桌时,长辈们已经开始为其他桌子上的剩菜打包了。陈斌那一桌竟然没有剩下多少菜,年轻人毕竟好胃口。客人大多已上楼看新房去了。真不知他们为什么要看新房,其实只不过是个酒店的套间。新郎新娘今晚也不可能尽巫山之欢,所以更算不上洞房。陈斌想象着新人今晚一起点红包的辛苦劲,一定很有趣;而且双方父母必须打着哈欠到场监督,以保证分赃公正。正想着呢,新娘已经到了面前。可能已经喝了不少酒,她的脸上自然的红晕冲破了厚厚的粉妆。并且凭着酒劲,新娘贴近了陈斌,红红的嘴唇呼出暖洋洋的酒气,向陈斌再强调了一遍"久仰大名"。陈斌觉得,那醉着的眼神好象在动人地说:"我和他结婚就是为了认识你!"

陈斌激动地喝了新娘递过来的喜酒,有些尴尬,生怕旁人看出这种他自己还莫名其妙的暧昧。可是,一转眼,新娘又在李俊面前用同样的眼神劝他喝酒。陈斌觉得自己刚才的激动有些好笑。她一定醉了,不过她醉了的眼神倒真撩人的。可惜她嫁了自己同学之前他没有认识她,不然……

在新娘向钟武抛媚眼的时候,胡滨已经急不可耐地吵嚷着要回家看孩子去了。

他们没有上新房,站起身道别。往外走的时候,他们分别都发现自己整个婚宴上不知不觉喝了不少酒,都有些打飘。

陈斌建议两位男同学再一起玩一会儿,但坐上出租车以后,大家一时都想不出什么地方。他们就让司机只管往前开。

李俊道:"要是在香港就好了,直接去蓝桂坊,数不尽的酒吧……"

"是啊,北京也有三里屯,"钟武应道,"可上海就没有这样的地方!"

"最主要的是,我们三个大光棍有什么好玩的?!"李俊翻动着他半醉的笨拙的舌头说。

陈斌翻开手机上的通讯录,一个个地往下翻,希望能约个把女孩子出来平衡一下气氛。边拨电话边对李俊钟武说:"你们也找找看……"

"一直往前开就是浦东啦,你们快决定呀!"司机佯怒地说。其实他最好乘客一晚上都别决定去哪儿呢。

"我们就去浦东吧。"陈斌建议道,"不玩了,去世纪大道游车河吧。"

"好,我只在白天去过浦东,"钟武说,"反正也想不出什么玩的地方! "

"就是,上海其实没什么玩的地方……"李俊道。

他们的车子沿着浦东世纪大道开着,钟武感慨道:"真浪费! 一条马路十几条车道,就这几辆车……真不错……咦! 那是什么?"

他指的是一个大型不锈钢雕塑,坐落在交叉路口。

"象把伞,只剩骨架的伞"李俊道。

"我看,"钟武迅速搜索着脑子里的信息库,"这一定是模仿某件古代天文仪器的抽象雕塑。"

陈斌坐在车的前排,向着那雕塑一指,道:"别管是什么,我们就在这根大针底下停车吧。"

一行人下车,在那硕大的玩艺儿底下各自点起烟,开始海阔天空地聊开。陈斌不死心地还在翻他的手机通讯录。他刚才打了若干电话都被回绝了。女孩子在这时候,要不在家陪父母看电视,要不就已经在哪个夜总会疯上了。但他没有气馁。

"喂! 喂! 你那边好热闹! ……没有啦,我平时忙,刚加班结束才想到要玩的……没关系,你们玩得高兴……好好,那就一言为定! 我下周二给你打电话确定……再见!"陈斌刚才几个电话倒为他下星期的课余日程表填了几个空缺,但今晚还是没了着落。

"别忙了,"钟武说,"这样不是挺好,几个男人在这里抽烟、谈女人、谈国家大事……"

6

星期六傍晚，陈斌一个人来到张三的画展。到画廊时天已经黑了，画廊里挤了不少人。他一眼看见张三正在人堆里狂侃，与他远远地打了个招呼，就转向放着饮料的桌子。他端起一杯红葡萄酒，开始浏览这里的形形色色的人物。

有几张面孔是他很熟悉的，虽然他不认识他们，但每次有什么画展、音乐表演，都能见到他们。陈斌估计他们和他一样是附庸风雅的一群，但同时也发现他们的不同是已经把附庸风雅当作一种职业。他知道其中一位是某个网站的编辑兼记者，每次不同的艺术活动都能见到，已经到了点头熟的地步了。这时这位编辑走上前来跟他搭讪，显然是记错了人，拼命地问陈斌他的栏目办得怎样了。陈斌也没有拆穿他，一味地附和着。听得出这编辑心目中正在跟他的竞争对手讲话，所以陈斌知道再糊弄，也顶多被当作是不愿泄露商业机密。于是他有一句没一句地对付着他，但终究他们还是不知道对方的姓名。陈斌懒得知道，对方可能怕尴尬而不愿承认不记得，也没问。

他们一直聊到张三过来重重地拍了他的肩膀。陈斌也没有向张三介绍这位新朋友，一来实际上并不认识，二来假想的竞争对手也不应被介绍。那编辑没趣地走开了，心里一定为对手杂志社的记者认识画展主人公而自认失败。

张三随便地问了几句陈斌的近况，完全出于礼节而并非真正关心。话题很快转到画上。陈斌没有看也知道有些什么作品，他早已在网上见识过了。

谈话间，张三不断停顿下来，眼神色迷迷地跟着身边的漂亮女人转过去。陈斌发现看画展的女人大半都是挺漂亮的，尤其是肯定都刻意地打扮过。

"他们利用我的画展来展示她们自己！揩我的油!"张三口气虽恶狠狠，但脸上还是露出很高兴的样子。

陈斌发觉张三看女人的眼神与别人不一样，早就听别人说他看女人是以艺术家的眼光在审美，所以那些女人察觉到他的眼神后就更拿腔作势了。可陈斌了解他，知道他眼神的特别之处就在于他特别色迷迷。

某个离得很近的女人拿腔作势时往他俩这边多抛了几个顾盼，张三按捺不住，走向前去，以很严肃的神情对她说:"你看了我的画有什么感想吗?"

女人被问得紧张起来，支支吾吾地说:"这色彩很……很耀眼，这人物……"

"这尺寸怎么样?"张三打断了女人，问了句更没边际的话，让这女人完全哑口无言。她怕说错了贻笑大方，但她一定从未想到过看画要欣赏尺寸的。

陈斌识趣地称要再喝一杯酒而走开了，心里想象着画家会如何让这女人明白画幅尺寸的艺术内涵。

陈斌知道张三并没有信口胡诌，他的画中最真实的意义确实在尺寸中。这光头的画，无非是些面貌呆滞的人在一起假装作一件什么很普通的事情，那简直是个可以无休止发展的主题。画廊里的画有的是一个爸爸骑车带着小孩上学，有的是三两个好友聚着打牌，有的是坐在马桶上看报的男人，等等。共同点就是所有的脸都是那么呆滞——但并不是木偶般的呆滞，是看得出生命的呆滞，却比无生命的物品还呆滞。有了这个主题，张三的画主要还是玩弄尺寸，大多数画都其大无比，小小的画廊没有足够的空间，人们只能后退试图看整体，所以站在这堵墙边的人看的是对面墙上的画。虽然所有参观者的眼光都胡乱地越过人群试图看远处的画，还是因为人挡着而看不见。于是又只能凑近了一部分一部分地看。但真凑近了，看见的只是大色块。同时，他还有许多小型的作品、中型的作品,掺杂在大作品中间。他所要达到的目的是,用巨幅作品镇住看客,用小的作品保证买主。最后,名气响了,大型作品也一样卖掉。

进门的地方就可以看见一幅顶天立地的画,一定是根据场地的大小专门画的,因为它离天花、地板和两边墙的距离都只有尺许。那幅画旁标着大字"此作品非卖",画上是六七个同样呆滞的人在餐厅吃饭,显然是吃完了,正在一起剔牙。

自然,张三从来不会对任何人透露他的营销策略,除了陈斌和他的经纪人。现在他正忙着对一无辜妇女阐述艺术的大小有多重要的历史性意义的即兴谬论,而他这样做的目的,很快又会被他粉饰为多么艺术和多么高尚。

陈斌端着一杯啤酒,在画廊里漫无目的地东张西望。一个身影吸引了他的注意。那是个苗条的女人的背影,深灰色套裙勾勒出成熟而又清瘦的胴体。她短发,半侧着脸,陈斌隐约觉得特别熟悉。那身影身边没有别人,正独自对着一幅半大不大的画。画上是个"欣喜若狂"的人。加引号是因为画中人还是面无表情,只是他笨拙的肢体好像在向观众大嚷着"我高兴着呢!"但无论是他的表情还是动作,都让人觉得他自己都不相信自己快乐。

陈斌的本能让他靠近那身影——他既没有带汪燕来,也没有带任何认识的女孩来看画展,就是因为他相信这里是发现新人的地方,不应用来发展已有的关系。

陈斌靠近她的时候,那身影回过了头来。陈斌发现之所以觉得她熟悉,是因为她酷似自己大学时的一个低一届的同学。陈斌记得她的名字:小青。但眼前这位不可能是小青,因为已经五六年没见面了,小青绝不可能一点变化都没有。

陈斌正想用通常的开场白"你很面熟,在哪里见过吧",但还没开口,她先开了口:"陈斌! 没想到在这里见到你!"

陈斌呆住了,现在两人距离不到一米,他已经可以确认是小青本人了。但她简直是五年前的小青。陈斌现在的表情像见了鬼一样。

但小青是有血有肉的人,现在已经开始跟陈斌寒暄,互问多年的情况了。

"你好吗? 我真没想到在这里见到你。这么多年你都在上海吗?"

陈斌机械地答着她的话,努力地寻找记忆中自己和小青的共同回忆。他很快明白了,小青是他的初恋情人! 这么多年是怎么了? 是自己没到三十就老糊涂了吗? 也许女朋友太多了,竟要花这么多时间才想起自己的初恋情人是谁!

"你是什么时候回国的? 一直在日本吗?"陈斌问道。

"我们有太多的事情要跟对方说了。还是找个地方慢慢聊吧。"小青显得很高兴。

陈斌用眼光找着张三,在人堆里发现他正跟一对五十岁上下的老外夫妻口沫四溅,就挥了挥手,用口型说"先走了!",然后和小青一起匆匆地走出了画廊。

他们就近在隔壁的酒吧坐下。"喝点什么?"陈斌问着,一边招手叫服务员。

"先让我说吧。我哪年出国的你总记得吧……,"陈斌现在记得很清楚。小青在大二的时候,也就是陈斌大三的时候突然去了日本,临行时谁都没告诉。她有意把给陈斌的告别信在机场寄出,使陈斌收到信时也无法送行或跟她说任何告别的话。小青现在的解释是,怕跟陈斌见了面她就下不了决心走了。

"然后我在日本待了两年,学语言。说是学习,实际上主要是打工。然后我攒了一小笔钱,去了美国读硕士。"

"就是在这时候我们失去联系的。"陈斌的话带出了自己沉重的回忆。

"你知道出国有多忙吗？生活节奏完全变了,每天的时间被切割为凌乱的若干段落。上学,打工,打第二份工,开车从这里到那里……一切都是用时间换取的。一旦停下,就连喘气也觉得累。总算提笔想写封信,却不知从哪里开始。你知道,有一阵我连自己的父母也懒得写信……"

"先继续说你的经历吧,"陈斌打断了她的解释。

"嗯。在美国边打工边学习,什么工作都做过,"小青略微一笑,"但就是没洗过盘子——但也差不多了。"

"那,都是些什么样的工作呢?"

"我当过收银员,给酒店做过楼层服务员,给律师行整理资料什么的,反正都是些无聊的工作。最后学业完成,总算找了份像样的工作。现在我是这家咨询公司的职员,正好派回上海帮助他们开设上海的办事处。"说着,她递过名片。

陈斌看着名片,听着小青继续说道:"我的个人生活嘛,结了婚,前不久离婚了。是在日本认识的一个学生,青岛人,一起去的美国……该你说了。"

陈斌挖出一张自己的名片,"我嘛,没那么多变化。毕业以后就先在一家国营企业工作,然后应聘到了现在这家公司。没有结过婚。"

酒吧的服务员现在才出现在他们面前,懒洋洋地问他们要喝些什么。"没有酒单吗?"陈斌质问道。

"哦,你们就点吧,反正就是些酒吧常有的饮料我们都有。"服务员无所谓地说道。

"我要杯红酒吧。"小青道。

"那我也要红酒,两杯 house wine,红的。"

等服务员梦游似地走开以后,他们俩面面相觑了一番。陈斌道:"三言两语也就说完了,好像没发生过多少事情,几天前刚分手似的。"

"你没有女朋友吗?"

"女朋友? 有过。其实还不少。"陈斌对着烟灰缸悄然一笑。

服务员端着酒飘忽过来,收了钱又飘忽走了。

小青确实是他的初恋情人,他越来越清楚地记得他们的恋情甚至还一度轰轰烈烈。他记得小青让他初尝接吻的滋味,记得小青的吻是多么的笨拙,一定也是初吻。他们是在一次大学舞会上认识的,这是他们这代大学生的主要社交活动——说唯一也不为过。他记起了许多花前月下的浪漫镜头,却记不起如何淡忘了这段感情。小青神不知鬼不觉的离开曾使他陷入一段时间的通俗的失恋期。他曾经责怪她几乎没有音讯。他得到了她日本的地址后,他写过若干封热情洋溢的信,甚至发誓也要出国深造,以求重逢并重拾旧情。可后来他的信被退了回来。现在知道她离开日本也是那么突然,没有通知多少人。而陈斌的家正好在那之后不久拆迁了,所以小青后来通知她新的地址的信也退回了美国,从此失去联系。再后来,他就淡忘了。离开大学开始工作以后,每天发生的事情太多,要淡忘相对封闭的大学生活中的一段感情是挺自然的。

此时半杯红酒下肚,陈斌问道:"可是,你怎么跟五年前一样? 一点没变!"

"是吗?"小青只当这是句恭维的话,"你也没变呀!"她喝了口酒,补充道:"六年了!"

他们离开了酒吧,并没有急着回家,在一条安静的小路上漫步。他们的脚步踩踏着暖洋洋的夜色。如果他们刚才没有见面,那么这五年,或者是六年的回忆,就不会摄住这两个人今晚飘忽的心。如果他们刚才没有见面,那么他们曾经有过的恋情,跟没有发生又有什么两样? 甚至,如果他们刚才没有见面,那么任何曾发生在他们两个人之间的事情,真的发生过吗? 也许一切都是捏造出来的,就在他们在画展中互相发现对方的时候。

幽暗的小路被稀疏的梧桐叶遮蔽得更加幽暗。小青说:"如果在美国,现在我们两个都会提防着黑暗中杀出来的强盗,就不会有这份雅兴了。"

陈斌抓到了她摆动着的手指,握住了她汗津津的手心:"你害怕吗?"

小青的头在黑暗中摆动,陈斌只看着前面,没有看见她是摇头还是点头。但他抓紧了她的手。他感到小青的头靠在自己的肩上。这之后,除了听着互相的呼吸声,他们就没再说什么话。

直到他们的步伐将他们带到灯火辉煌的大马路上,陈斌打了辆车,送小青回家。小青告诉他自己和一位女同事合住在公司租的一套公寓。于是,小青在家门前下车。出租车继续开动,陈斌把四肢在后座舒展开来。

7

"没吵醒你吧?"陈斌给陈复打电话。这是星期天的中午。

电话那边是迷糊的声音:"什么事啊?"

"今天有空吗? 我有事找你聊聊。"

"怪事,你从来没什么心事的呀。我下午要排练,晚上去蓝毛家看足球,你来吧。"

"好,我吃完晚饭过来。再见。"

"再见。……明知故问!"陈复恨恨地说。

"什么'明知故问'?"陈斌不解。

"你当然吵醒我了!"

傍晚，天边只剩下一片惨红。陈斌来到一所大学的后门，或是边门。现在这儿人声鼎沸。小摊贩们忙着把油腻腻的东西卖给大学生们吃。蓝毛就住在这附近，他在一幢比小摊贩的食品更油腻的房子里租了一间屋子。陈斌拾阶上楼，许多大学生模样的男女从身边擦过，匆匆地上楼或下楼。

一进屋子，一股扑鼻的焦香。陈复开的门。屋里一片漆黑，只有闪烁的电视机显得格外刺眼。贝司手宋深和鼓手赵大力两个人坐在离电视机不到一米的地方端详着屏幕。蓝毛独自半躺在床上，半闭着眼睛，瞭着电视，抱着把电吉它随意拨弄着。由于没有插电，只能听到轻薄的金属丝声音。陈复从一堆杂物上拿掉了几张报纸，露出了一张暴出海绵芯的折叠椅。

"坐。还是零比零呢。"

"哦。"陈斌坐下。正作出要开口说话的样子，陈复又说："等结束再聊吧，就快了。"

陈斌平时不看足球，所以就开始环视屋子。屋子里几乎没什么完整的东西，地上的烟头、纸片和灰尘团模样的东西浑然一体；放电视机的桌子上是几个盛着剩饭剩菜的碗，但无法判断是今天的还是上星期的，陈斌差点想伸手摸摸碗的温度，以判断那是否他们刚才的晚餐。蓝毛真的是一头蓝色头发，虽然懒洋洋地躺着，但却穿着华丽的缎面衣服，玫瑰红色的毛茸茸的领子一直连着前襟到下摆。他眼神呆滞，好像不在看电视里的内容，只是看着电视的方向。扑鼻的焦香。

墙上，一张 T. Rex 的招贴画，Mark Bolan 正得意洋洋地从破了边的画里冲所有人笑着。电视机前的那对表兄弟可能还不知道有人进屋了呢，正对着屏幕互相叫骂。陈斌听出他们对这场将要以零比零结束的比赛极其不满。

比赛总算结束。宋深和赵大力总结性地叫骂着。陈斌迫不及待地告诉陈复他巧遇小青的事情。他觉得自己本来的强烈情绪在这屋子里、这楼里、这小区里,被洗刷干净了,有点忘了为什么要急急跑来向弟弟倾诉。

"不会吧,"弟弟仍然感到了哥哥的焦虑,"我怎么不记得你当时那么狂热地恋爱过?"

"你也许还小吧。我也没怎么向你提起过。"

"那,你到底想说什么?你淫荡的生活可以告一段落?你跟小青重拾旧情?"

"你觉得不可能吗?"

"不不,当然可能。而且很好。如果你可以把那么多不认真的女朋友归结到似乎曾经失恋过,那现在正是改变生活的好机会。你知道我一向认为对感情应该认真的……"弟弟象个哥哥一样地说起教来。

"你的情况如何?上次你电话里告诉我你跟王小姐的好友搞得难分难解……"

"咳,别提了。那陆晓岚她……"陈复寻找着合适的形容词。

"人皆可夫!"蓝毛这时从迷糊中冒出了一句话。

陈斌把注意力转向他,"你也知道?"

蓝毛坐了起来,严肃地说:"她连我的吉它老师也操过。我们圈子里的人都知道她,哪想到又勾引上了我们无辜的陈复同志?!"

"世界真小。"陈斌道,望着 T. Rex 的招贴画。

宋深这时插嘴对陈复道:"你就当是免费浆糊不就行了?难道还要为她伤心?"

"那当然不用,"陈复笑道,"有过王炜这种女人,我的情感也快用完了。"

"情感?"赵大力用鼻子说道。

他们的话题从特指的几个女人转到泛指的所有女人,然后很自然地转到足球,当然还有国际大事。在对前南斯拉夫局势达成共识之后,陈斌问道:"你们的排练还顺利吧,什么时候表演?"

"哼!"蓝毛发了个声音。

"快了,"陈复说,"我们的排练倒没什么问题,抓紧一下就行,就是那间演出的酒吧,老板怕对他们的生意不利,犹豫不决。简直到了我们付他们钱都还得考虑考虑的程度。"

"好像他们生意多好似的。"宋深道。

"哪间?"陈斌问。

"记得'奶瓶'吗?"

"那不是家茶坊吗?"陈斌记得那家想用别人发明的"珍珠奶茶"作招牌饮料的茶坊。想安静地说话的时候,那是最好的去处,因为那里绝对不会有什么生意。每次去利用它的安静时陈斌总担心它即将倒闭,再也没有安静的去处。

"现在改酒吧啦,可生意跟以前一样。"

"那他们有什么可犹豫的?"陈斌说道,"我看怕是付不起费用的推辞吧,他们一个晚上的生意还不够付电费的。"

"我们又没要钱,"赵大力说,"我们自己也是刚组合,只是想试一下。挑这家酒吧是因为他们的生意已经不可能再差了,我们再差劲也不会对他们有什么不好的。"

在陈复他们乐队忙着最后排练的这个星期里,陈斌几乎天天跟小青在一起,没有跟他的其他女友会面。他们在出租车后座拥吻,在吵闹的夜总会聊到深夜,在熟悉的街道上回忆。他们发觉他们的记忆力发展到了惊人的地步,记起了所有以前发生的事情,还记起了许多没有发生的事情。那些没有发生的事情在他们的记忆和谈论中,显得比那些发生过的还要真切。

陈斌觉得他好像从来没有爱过别人,一直在期盼的就是与小青的重逢。这在几天前还根本是不能想象的情形。一个星期前要是有人在他面前提起小青,他会用一种看见了外星人一样的表情问:"谁?"可现在,他感到好像他们没有分开过一样。

那晚在酒吧,陈斌很自然地邀请小青跟他回家,但小青一把抓过他的衣襟,狂吻他好几分钟,然后说:"送我回去吧。明天早晨有重要会议。"现在毕竟不象学生时那么从容,两个人都或多或少地把自己相当多的精力投入到工作之中。一旦有了稳定的蛮高的收入,人的展望就变得更加急迫,对工作及其收入所能带来的东西异常地痴恋。

陈斌其实也很享受这种漫长的谈心,不紧不慢地,感到世界上的时间早晚都是他们所拥有的。送小青到她住所附近时,小青匆匆吻别上楼。跟以往掐着秒表追女孩子的情形比,现在他好像回到从前,回到天真的年代。每次他与小青告别,也不赶着想下一次约会要干嘛,让他有一种高潮之后的愉悦感。精神做爱! 这让他想到陈复的话:"我一向认为对感情应该认真……"

但每想到这儿,他又会立刻想到弟弟在说完这句话的几分钟里又说的:"我的情感也快用完了……"他不禁又开始为弟弟担心起来。兄长的天性吧,总想关心弟弟,总认为弟弟应该跟自己一样,而弟弟却又总跟自己不一样。

星期四小青没有空。陈斌打电话提醒她星期六晚上陈复他们乐队演出,希望她能一起去捧场。小青还提议要不要多请几个她的同事。

"当然好,越热闹越好。"

陈斌挂了电话,汪燕飘忽了过来,站在陈斌的桌子跟前装模作样地把一些文件放在他的桌上。

"这是更新过了的 brochure。"说着,她把身子更挪过了一些,靠在桌子上,自己的胯部已经蹭到了陈斌的肩膀。"你这几天好忙哟!"

"啊啊,是有点忙。"

"你上次不是说好这个星期要跟我一起看电影的吗?"汪燕的语气有点撒娇了。

"家里有些事情,最近抽不开身。"陈斌推搪着,盯着桌前的电话看,没敢看汪燕热辣的眼神。陈斌希望电话这时响起来。

电话没有响,倒是汪燕被别的同事叫走了。

晚上,陈斌给常莉莉打了电话。

"我今天晚上没空。"

"没关系,不是为了今晚。"陈斌道,"我弟弟的乐队星期六演出,希望你能来捧场。"

"哦,那当然好啊。"常莉莉在电话那边好像松了口气,"那我多带一两个朋友一起来行吗?"

"当然。"挂电话前,陈斌又补充道:"我也会带朋友的。谢谢捧场了。"

陈斌晚上就这样约了几个朋友,料想演出的那晚上应该够热闹的了。今晚见不了小青,觉得才几天时间里已经养成了些许习惯,现在倒有些不知所措。

8

星期六晚上,陈斌和小青双双来到"奶瓶"时,已经人声鼎沸。虽然改成了酒吧,名字还是叫"奶瓶"。店老板固执地认为自己店的名声已经有一定的口碑了。但他不能改变的事实是它平时太少客人,甚至过路人通常都不会注意到它正在营业。

酒吧门口有两个大学生年纪的小姑娘充当领位的角色,她们热情地把陈斌两位领到已经预先安排好的头排座位。陈斌对弟弟的安排很洋洋得意。他发现座位中有几位自己叫来的朋友。李俊和钟武在比较靠墙边的位子向他招手,他走过去道:"你们怎么坐那么边上? 跟我们一同坐吧。"

李俊说:"我们又不懂摇滚,在边上还安静些。"

钟武说:"不来打搅你们了。那是你的新女朋友?"

"别胡说,她就是我的女朋友,真正的女朋友!"陈斌这么说的时候心里被自己的认真劲儿深深的感动了。

他又跟几个朋友远远地打了招呼。他看见常莉莉和一个才二十左右模样的小伙子坐在一起。那小伙子抽着烟,看上去很自以为老成的样子,好像对身边的女人也不太在乎似的。倒是常莉莉除了跟陈斌打招呼之外,眼睛就没离开过那小伙子,好像戏台在他脸上一样。

陈斌回到座位上。今晚小青话不多,眼睛盯着台上她并不认识的乐队成员,看着他们忙碌着接线试音。

在一片人的喧哗声和喇叭箱的啸叫声中,张三进来了,身边还有两个头发蓬乱的人,一个留着山羊胡子,一个留着络腮胡子,使张三的脑袋显得更圆更光。陈复也认识这位画家,所以陈斌只在座位上欠了下身,由陈复去接待。张三一行坚持站在酒吧旁边不愿坐在前排留座上。名人嘛,就是这样谦虚。即使这样,陈斌还是听见旁边桌上的议论。

"那不是那个光头画家吗?"

"是吧。他旁边的是谁啊?"

"不清楚,我在 Shanghai Talk 上见过那个山羊胡子,但不记得名字了。"

陈斌回过头,看见那几个说话的女人兴奋地扭动着腰肢。

又过了一会儿,有些看客不耐烦了,问酒吧老板何时开始。酒吧老板在桌子之间穿梭着,希望在开场前再多卖几杯酒,当然并不急着让演出开始。可以看出他竭力掩饰着自己欢快的笑容,毕竟开张到现在没有过这么多客人。他甚至要不时伸手捂着脸部,把窃笑着的肌肉硬按下去。若干老外的光临使他更拿出一副国家领导人进行外事活动时的拘谨来。总之他今晚够爽的。

现在已经完全座无虚席了，刚才张三没要的座位现在被门口领位的几位小姐妹占领了。原来她们并不是酒吧的招待，只是歌迷们，前来做义工的。她们一时窃窃低语，一时爆发出响脆的笑声，毫不把周围的人放在眼里，只是在乐队成员上台摆好功架时，才把注意力集中了到了台上。

陈斌伸手抓住了小青的手。他感到他抓住的手又湿又热，还感到小青趁台下灯光的调暗把上身靠了过来。

台上的灯亮了，四个人略有些紧张地各就各位。陈复凑上了话筒，喂了一下，又用手拍了一下。

"大家晚上好。我们是'阴有雨'乐队，今晚献丑了！"

简短的开场白之后，音乐响起。他们先翻唱了一首 David Bowie 的 Ziggie Stardust。乐队开始有些不稳，大概紧张的缘故吧。这时只听见场下鼓掌声，女孩子们的尖叫声。陈斌笑了。台上的陈复也笑了，继续着他的歌，但伸手向 groupie 们致意。

接着两三首翻唱，气氛有些活跃后，陈斌示意要开始唱乐队自己编写的歌了。在歌迷们同样热烈的欢呼下，陈复唱道：

> 亲爱的姑娘
> 你真是漂亮
> 长长的睫毛
> 眼睛水汪汪
>
> 咱们来聊聊
> 来诉说衷肠
> 你谈谈你的工作

　　　　　　我谈谈我的理想

　　　　　　其实我没有什么想法
　　　　　　我只想跟你上床
　　　　　　认识你已经三天两夜
　　　　　　还没有把你尝

　　　　　　亲爱的姑娘
　　　　　　你真是漂亮
　　　　　　修长的大腿
　　　　　　小腿也很长

　　　　　　亲爱的姑娘
　　　　　　我想约你出来逛逛
　　　　　　看电影，吃顿饭
　　　　　　再陪你买件衣裳

　　　　　　其实我没什么奢望
　　　　　　我只想跟你上床
　　　　　　花了我两百多块
　　　　　　还没有把你尝

　　歌词简单，所以大家都听懂了。陈斌呵呵地笑，看着身边的小青。
小青也笑得浑身颤抖个不止，象块者喱膏一样地性感。
　　"'阴有雨'算个什么名字?!"陈斌凑过去跟小青耳语道，"我还以为
他们要取什么特别的名字呢。"
　　"不是挺好的吗?"

　　乐队现在已经完全进入状态，继续表现他们的原创歌曲:

> 喧嚣的上海街头
>
> 夜晚比白天灿烂
>
> 妩媚的出租车司机
>
> 向路人抛洒媚眼
>
> ……

陈斌注意到台下中央有个女孩很热情地为乐队叫好喝彩,但陈斌不认识她。陈复和其他乐队成员也好像对她视而不见。前排的那些小歌迷们,一副天真而又认真的听老师讲课的表情,陈复和蓝毛对他们回抛无数媚眼。当陈复陶醉于歌曲之中时,蓝毛也与吉它交织在一起,手指、手臂、肩膀乃至全身都协调地与吉它融为一体。陈斌感觉到他好像在跟吉它做爱。想着这个,他攥紧了小青的手,对她说:"这吉它弹得真不错!"

小青这时又靠过身子,对着陈斌的耳朵呼着气说:"我觉得他捧着吉它的样子,就像捧着自己的阳具,在向大家炫耀……"

小青的比喻让陈斌佩服不已,顺势转过脸去,两人的嘴唇就粘到了一起。

一曲结束,他们的吻也暂停。全场又响起掌声。而这掌声就象是对他们的吻的赞赏似的。上半场结束,陈复和蓝毛走下台来,坐在陈斌小青他们旁边。

"怎么样,还行吧。"蓝毛很自满地说。

"很好啊!"小青说,"没看到反应强烈吗?"

陈复却说:"咳,都是请来的朋友,谁知道是真好是真不好。刚才我就发觉跟本听不到贝司的声音。"

"调音没调好,我也听不见你的声音。"蓝毛对陈复说,"我只听见自己的声音,这就够了!"蓝毛诡异地笑着,很快把注意力转移到邻桌的小朋友身上了。

陈复对陈斌说:"下半场都是翻唱了。我们没足够的时间创作自己的歌。再说,本来也没想到反应挺好。"

陈斌好奇地问陈复道:"中间那个热情的歌迷是谁啊?你们认识?"

"你没见过陆晓岚?"陈复瞪大眼睛说。

陈斌回过头去,看见左右各坐着个男伴的陆晓岚正向这边招手、挤眉弄眼呢。等陈斌再回头,发现弟弟已经上台和鼓手赵大力说话去了。

下半场他们翻唱了几首 U2、Radiohead 等乐队的歌。陈斌感到小青的手在自己的大腿上移动着。他们在黑暗中又交换了几个吻之后,就悄然退场了。

在送小青的出租车上,他们已经开始热烈地探索互相的身体。到了小青住处,陈斌付了车钱,要送小青上楼。小青让他送到楼道里,仍然用和人同住的理由没让他进去。但小青也没有让他走。他们在黑漆漆的楼道里继续出租车里的探索。陈斌拉高了小青的裙摆,手指沿着她的屁股向她的腿间伸去。小青则把陈斌塞在裤子里的衬衣扯了出来,伸进手去抚摸他的胸膛。陈斌隔着内裤感到了小青的湿润,小青也用自己的小腹体会了陈斌的亢奋。陈斌终于让小青背过身去——他们就在黑漆漆的楼道里喘着欢爱的粗气,根本没有去想会不会有夜归的邻居被大胆的情人吓坏。

10

星期天早晨,陈斌一大早就醒了。醒了以后就再也睡不着。他心血来潮,穿上不太穿的运动服装晨跑去了。

这个时间晨跑却是显得晚些。楼下的集市已经很热闹了,他无法在人堆里跑步前进,只能快走。由于他很少穿运动服装,现在感到自己的装束显得特别隆重。其实穿运动服饰的人也不少,集市里除了流行穿睡衣外,就是薄绒运动套装了,而且一定是束脚的,而且一定要配皮鞋,而且如果皮鞋上有搭襻一定不能搭上,男女都这样。

这里有把鸡蛋踢在面饼上的小吃,有打着当天日期的最新鲜的牛奶酸奶豆奶,有从大脚盆里跃出来满地挣扎的鱼。扑鼻的腥味今天没有让陈斌反胃。今天什么都不能让他反胃。他知道朋友们都还在睡梦之中,而现在这美好的早晨只能跟这些从不晚起的邻居们度过。

他一直走到大马路上,24 小时营业的卡拉欧 K 的早班员工正在做早操。他好久没有做早操了,以前做早操之前都必须先缴纳米泔水。现在没有人再收集米泔水了,那些猪吃什么呢? 这个问题很容易解答,现在的猪都吃餐厅剩下的甲鱼、海参、龙虾。

一伙中学生模样的男女还刚从通宵笙歌中出来,打着哈欠决定着是继续这新的一天,还是回家睡觉结束昨天。

今天陈斌不但看着谁都高兴,而且觉得看见的所有人都高兴。能有什么值得不高兴的呢? 虽然大家都生活在对明天的期待中,虽然明天永远不会到来,可永远盼不到的期待才是永远的幸福,不是吗?

快到中午时,他拨了小青的电话。关机。还睡呢? 再拨弟弟的电话,竟然接了。但是女人的声音:"喂,找谁啊?"然后是这女人的声音象是对身边的人说话:"这是谁的电话呀?"

在一片嘈杂的背景声以后,陈复接了电话。"喂,是你啊! 昨晚走得那么早? 还想叫你一起去宵夜呢……我昨晚留在蓝毛家里了……"

陈斌想告诉他自己正享受着阳光明媚的上午,但觉得对方在电话里一定听得出来。"昨晚很棒的。下一次演出是什么时候? 你们干脆在那里长期演下去吧。"

"是啊,很多人有这要求……"

陈复说话间,陈斌听见电话那头的背景声里,继续有女人的声音:"这是我的胸罩……我的化妆包呢? ……你的裙子,拿去……"挺热闹的。

　　陈斌讲完电话,准备回家。这会儿发现自己已经走得离家很远了,于是打了个出租车。车上他想起蓝毛的家只有一张大床,可能还有张破沙发吧。不知道宋深和赵大力那两位表兄弟有没有留宿。想着想着,他笑出了声。出租车司机回头怀疑地回头看了他一眼。

　　过了一会儿,出租车司机也笑了起来。实在是个灿烂的日子,完美的日子,就象那首 Lou Reed 的歌。陈斌这时揣摩着自己家里的酒能否调出一份 Sangria。

　　到晚上,小青的手机仍然是关机。第二天仍然如此。陈斌照常上班,但有些六神无主。本来想好要和小青做很多事情的。甚至他想,也许某一天,他会向她求婚。虽然那只是霎那间的想法,至多只在陈斌的脑子里重复过三五次。

　　可小青竟真的又消失了。又过了几日她的手机就变成"空号"了。陈斌给她的公司打电话,才知道她已经被调回美国,星期天就走了。

　　陈斌给她写的 email 没有回音。两周后开始被弹回,说该信箱已爆满。小青真的又消失了。陈斌在和汪燕一起看电影的时候终于再次得出这个结论,并开始接受这个结论。凡是发生过的事情都会重复发生,人生中再小的琐事也逃不过历史的法则。

　　"阴有雨"开始每个周末在那个"奶瓶"演出了。"奶瓶"老板干脆打出了支持地下乐队的旗号,生意蒸蒸日上。他甚至逢人便说自己从来就喜欢 Sex Pistols 和 B. B. King。后来他又找了个朋克乐队,来演星期五的场子。

　　若干星期后的某个工作日的晚上,陈斌给常莉莉打了个电话。由于好久没有通话,现在有些不知说什么好。电话那边的声音很吵,好像她在一个餐厅或酒吧里。他们互相喊了半天,使他得以自然地掩饰了冷场的不安情绪。常莉莉在电话那边喊道:"我在酒吧里。吵死了……

等我出来……"

　　陈斌在电话这边等了片刻,明显感到电话那边的噪声骤减,而他倒反而因为没什么特别的话要说感到有些尴尬。电话那边完全安静了以后,传来常莉莉的声音:

　　"今晚怎么有空了……"

　　"是啊,是啊……"

　　在一阵无聊的寒暄之后,陈斌本想问问她是否还和那个在陈复演唱会上一起来的小伙子一起,但又不知这样问会不会让常莉莉误会以为自己吃醋了。

　　一个尴尬的冷场。

　　"我现在正在一个漆黑的地下酒吧喝酒呢,"还是常莉莉打破了僵局,"有个男的吵着要为我买酒,但他实在提不起我的兴趣……"

　　陈斌仍然在沉默之中。他只是想找她聊聊,但对方走出了酒吧认真地跟他聊了,他又进入没话找话的境地。

　　常莉莉也在沉默。又一个尴尬的冷场。

　　过了一会儿,她说:

　　"半小时后到我家来。"

　　这句话以句号结束。稍停顿了片刻,常莉莉没有道别或说任何别的什么话,就挂了电话。

　　在这绚烂的不夜城里,每个人都煞有其事地忙着自己的事情。鱼市场的小老板们给自己的存货换着水,牛奶厂的工人们忙着给牛奶打上明天的日期,疯狂的球迷们谩骂着面前的电视机,打扮得花枝招展的女孩子们期盼着期盼她们的目光,系着金皮带扣的男人们希望今晚能挥霍完白天两个小时的劳动所得。只有出租车司机向路人抛洒媚眼见证着繁忙的夜人们的行踪。这时,一男一女两个年轻人,分别在城市的两个角落各自跳上一辆出租车,跟司机说了同一个目的地。

情感小调

　　万新和颜如是在必胜客邂逅的。那天，整个餐厅挤满了人。万新正独自坐在一个沙发座上，对面是硬板凳。他把包放到了硬板凳上，点完菜以后发觉餐厅已几乎没有空位了。他看见服务员正让刚进来的客人和别人拼台，为免显得自己霸道，他伸手去拿放在对面的包。这时颜如越过了服务员冲了进来，显然不信任服务员有能力帮她找到座位。万新顺势向她示意可以坐在对面空位上。颜如本来是火烧火燎地想抢一个座位的，对突如其来的让座倒有些不知所措。她左右一瞥，发现仅存的另一个选择就是坐在一个脑满肠肥的正在用"叽叽叽叽"的声音享受食物的仁兄对面，于是不再犹豫地坐下了。她的脑袋稍稍一偏，算是表示了谢意。

　　万新看完手中报纸的一版，正翻到下一版时很随意地抬头对面前的这个女人观察了几秒钟，他注意到这是位挺漂亮的女人。说女人她应该也不到三十，现今四十岁以下的女人都自称女孩。这会儿她正忙着引起服务员的注意，并没有在意万新的视线。万新于是尽情把视线在他能看见的部位移动，两手仍在进行缓慢的翻报纸的动作。她穿着一本正经的套裙，肯定刚从办公室下来。当万新的视线移到她的袖口时，总算被颜如发现。她下意识地拎起肘子查看有没有墨汁等尴尬的东西，却只发现万新尴尬的一笑，又埋头看报了。

　　点完菜，颜如也仔细端详了万新一番。万新的尴尬神情使她倍增自信,加上和邻桌的肥胖咀嚼相比,她对面前陌生人的天然敌意已经消失了。在这商业大楼底层的快餐厅里,他的穿着显得尤其随便,神情中带有不屑世故的味道,莫非是艺术从业者? 颜如一向对艺术家、占卜师、气功师等职业有莫名的向往。

也不知是谁起的头,他们就着上菜特别慢这一话题聊开了。在互相赞同对方关于目前饮食业服务水准有待提高的观点以后,颜如问万新道:"你是艺术家吧。"

万新受宠若惊却又内疚地说:"哦,不。"他认真地说道:"我在一家咨询公司工作。你是艺术家?"

"我? 像么?"万新在自己也没明白的情况下大大地取悦了颜如,致使以下的谈话无比顺畅,"不,我也是做咨询工作的,就在楼上,18 层。"她报了个公司名字,但万新无论如何记不住,"是瑞士公司……"她又补充道。

"还是不知道,我不是这幢楼的。我今天到这附近办事,懒得回公司了。"

万新对自己的工作一笔带过后,开始对颜如的工作发生兴趣。颜如因为他不是艺术工作者,也就没再对他的工作继续关心,谈起自己的公司来了。

到匹萨饼吃完的时候,万新说:"我一会儿要参加一个 party,有没有兴趣一起去? 我有四张票,就我一个人。"

"什么 party?"

"我也不知道,应该还算好玩的。你有别的安排?"说着,他递出了票。票面上也看不出什么名堂,扮酷的设计者在票上只留下些色块和人影,至于什么内容,颜如也猜不出。

"没安排,那就去吧。"

一直到他们离开那个 party,他们都没明白主题是什么。Party 在一家酒吧兼餐厅举行,他们进去的时候有很多人在外面翘首以待,但没有票就是不让进。这让颜如感到很有面子,尤其是万新的兜里还揣着两张多余的票将要被活活浪费掉。

他们就着鸡尾酒谈了很多,当然主要是颜如在谈。谈她的工作多么无聊,她的老板多么古板。万新只插了一句"瑞士人至少会四国语言的。"但颜如好像没听见。她继续谈她自己,她是湖南来的、在上海举目无亲、但通过个人的努力现在混成不错的白领一个——当然这是万新感悟出来的,原话与之相差甚远。

万新只谈了谈他爱好围棋。万新每说一件自己的事情都会被颜如接过嘴去。比如"啊,我的公司也是做 Market Research 的……"或者"我家的猫才可爱呢,可惜没带来上海,她……"也许是酒精的原因,颜如的话越来越多,如果她会下围棋,肯定也不会给万新那三十秒简述他对围棋的兴趣的。

她的谈话不时被她自己的眼神打断,因为她的眼神总跟随着身边偶尔走过的几张熟悉的脸转去。她不愿表现出自己的小家子气,所以忍住没问万新为什么这个 party 有那么多名人参加,只是继续谈论自己爱好音乐、摄影、绘画等等。

最后,颜如对万新总结道:"你挺能说话的……"算是对万新有好感的含蓄表达。在送她回家的出租车上,万新拉住了颜如的手,颜如的头靠到了他的肩上。万新很绅士地目送她上楼,然后回家。

他们开始约会了。他们甚至从来没问过对方有没有恋人。万新实际上有几个不正式的女友,全都是若即若离的关系。他不在乎再多一个若即若离的女友,也不在意某个女友成为自己的终身伴侣,当然不排除新来的颜如。

颜如觉得万新是个挺可爱的小职员,也仅希望跟他保持若即若离的关系。她已经 28 岁,处于结婚偏执时期,不能跟一个她认为不合适嫁的人发展太深的感情。她也有个若即若离的情人,是个已经结婚的台湾商人,不时来上海出差。她在逼迫他离婚的同时并没有停止自己的交际。而且,这么多孤寂的夜晚和周末也需要另有个暂时的情人充实。

总的来说,他们的关系以正常的频率迅速发展着。

这个周末的晚上,他们共进晚餐,又看了场电影,然后万新陪颜如散步回家。晚餐时颜如关于市场调研和营销方面的道理对万新作了精彩的演讲,万新像个小学生一样只顾点头。电影院里万新吻了她。那是万新借伸懒腰之势揽住了她的肩膀,几乎扳过了她的下巴才得到的吻。既然吻了,颜如倒也蛮投入,闭着眼睛喘着粗气扭着身体。倒是万新怕错过那傻片子的太多镜头停止了接吻。接吻时他的手隔了衣服按着她的乳房,其他就没敢更多造次。

现在他们走在路灯照着的街上,又像扭捏的、刚被人介绍认识的对象一样。万新有点沮丧,琢磨着如何重复电影院里那老掉牙的伎俩。眼看着快到颜如住的那幢楼了,万新放慢了脚步,趁颜如回头之际,万新抓住了她的手。颜如顺势靠入他的怀中,他们又接吻了。

"我可以送你上去吗?"万新认真地问道。

颜如想了片刻,拒绝了。她没有给出屋子乱或别的什么蹩脚理由,直接问:"我们这样是否发展太快了?"

"我也不是第一次谈恋爱的人了,我觉得既然知道自己喜欢一个人,就应该发展下去。又不像以前,买件新衣服还要留到过节才舍得穿。"

"这算什么比喻?"万新被这一问,也觉得刚才的话不知从哪儿冒出来的。颜如继续道:"可是,我也不是第一次谈恋爱。好了又散,接着又来一个。太盲目了,也太累了……"

虽然万新此时想不出什么特别现成的话来对付她,但他不愿意继续听下去了。于是他拥过她,堵住了她的嘴。

一分钟后,两人透气的时候,颜如说"晚安吧!"万新只好保持他的绅士风度道了晚安回家去了。

分别回家后,两人同时泡上了电话。颜如跟他的台湾情人通了一小时电话。尽管对方多次表示现在说话不方便,但她还是坚持不挂,甚至在讲到半小时左右时大哭了一场,使对方更不敢挂了。万新跟所有通讯录上能找到的女性打电话,希望明天晚上有些保留节目,但那晚好像所有女人都说好了一样,一律没空。而且理由相当确凿,不是不在上海,就是和丈夫或男友或父母在一起。

隔了一天的星期天下午,万新和颜如又一起喝咖啡了。就着咖啡他们讨论了些关于世界经济和市场动态的问题。这次主要是万新在讲,发觉颜如实际上并没有听进去,他的讲话就显得更空洞了。万新觉得这艳阳天的星期日下午特别的凄惨。他忍不住披上外套提议送颜如回家。

出租车上他们没有一句对话,万新觉得这个周末算是完了,正盘算着是该继续与这诡秘的女人周旋还是应该当晚约个朋友出来泡吧趁势发展新方向,还是应该找一个现成的女伴度过今宵。这时颜如突然提议让他上楼喝茶。

万新楞了一下,颜如说:"你不愿意上来?"

"不不!当然愿意。"突如其来的邀请着实让万新有些尴尬。

进了房间,万新像模像样地环视了一番。他发觉房间整理得很干净,看来颜如出来喝咖啡前已经计划好带他回来的。万新希望继续拉着颜如的手,但颜如甩开了去开音响。她选了 Enigma 的 CD,这曾一度被公认为最佳的调情音乐。音乐响起,她回到万新跟前,万新自然而然地把呼吸调节到表示"渴望"的程度,把颜如再度拥入怀中,颜如却冷冷地问:"你有避孕套吗?"

　　万新又楞了一下，拍了一遍所有的口袋，说："没有，你有吗？"

　　"我当然没有。那你出去买吧。"颜如以毫无商量余地的口气说道。

　　万新一路小跑过了三条马路才找到个药店，他一路想既然她早有准备，为什么却没有准备这个？药店的师傅很热情地推荐新到的避孕栓，万新花了一小番口舌才让师傅明白他要的只是避孕套，而且现在就要。

　　当他气喘吁吁地爬上楼又摒住呼吸不至于显得太狼狈地重新进入颜如的房间时，发现她的窗帘已经挡住了西晒太阳。在柔和的音乐声中，颜如穿着吊带睡衣，显然已经冲了澡。万新搂住了她的腰，发觉她里面并未穿多余的内衣，身上一阵冲动。但颜如又一次推开了猴急的万新，命令道："冲个澡吧。"

　　鉴于自己跑出来的一身臭汗，他乖乖地服从。冲澡时他琢磨着是该穿回衣服出去还是干脆光着出去，因为他坚挺的下身使裹着毛巾出去的这一选择显得有些不太合适。但热水很快地均匀了他的血液分布，他裹着毛巾出去了。

　　这时黑乎乎的房间里闪烁着几根蜡烛。在他出去买避孕套和冲澡的两个间隙里，颜如已经把房间变成个祭坛一般，而她自己则巫婆一般地站在屋子中央等着万新和她举行神圣的仪式。

　　这次万新得到了像样的拥抱和接吻。颜如很投入地配合着他的爱抚，而他在褪去了颜如的睡衣后发觉颜如的身材实在是很好的。音乐仍然是她最初放的那盘，一定是她设置了重复播放，因为现在正在放他出去买避孕套之前的那首曲子。

　　当音乐再度回到这首曲子时，万新发觉仍然没有勃起。面对这个面貌姣好、身材绝佳的女人，在此昏暗的浪漫情调中，他自己也很纳闷。他于是怪罪于音乐，起身愤愤地把 CD 机关了。正当他回身准备继续的时候，颜如说了一句对暂时不举的男人最致命的话："没关系"。

　　万新于是彻底泄了气,匆匆穿起裤子掩饰自己本可显得伟岸现在却无比猥琐的部位。他看不出颜如脸上的是失望还是什么表情,尴尬地燃起一支烟。

　　颜如此时倒真的没有失望。在她看来,他们的关系发展有些太快,倒并不是需要更多了解或什么,只是太快。其实她很同意前天晚上万新关于新衣服的比喻,她就是那种非要等到过节才穿的人,当然不是指衣服而是指上床。今天她虽然邀请万新来,但搞出这番仪式就是想把这污秽的事情神圣化——她打心眼儿里认为性是污秽的事情,因为性爱是那么的爽。

　　颜如也抽了一支烟,这让万新好过些。他翻看了她的影碟收藏,借了两个片子,然后就告辞回家了。

　　他一路上还是对有生以来的第一次阳痿有些困惑。回到家里,想起刚才颜如玉体横陈的情景,竟然又勃起了,这让他又气又恼。手淫的时候,他更加困惑了。

　　这星期中他们没有见面,双方的工作确实有些忙。说好星期五再一起吃晚饭的,可星期五一早颜如打来电话,说其中一张碟是借的,当天下午一定要还。万新本来就带着,便让她来公司取。

　　颜如来到万新的公司,正如他多次所说的,并不是一间大公司。接待小姐把她请进了最大的一间办公室,这让她有些吃惊。万新正跪在地上往电脑机箱上插着线,颜如不知道这是他的办公室还是他在给老板修电脑,也没敢坐下。万新站起来才发现颜如也站着,赶紧让她坐下:"喝什么? 咖啡?"然后对门外喊了一声"咖啡,放奶不放糖,谢谢!"才坐到靠窗的位子上。颜如从他的写字桌上取了张名片,这才知道他的职位是"总经理"。

　　"没想到你是总经理……"她不由为上星期自己的市场调研和营销演讲有些难为情。

　　"咳! 小公司嘛。"

万新上班时也没穿西服。看他那随便样，颜如意识到他可能不止是公司的总经理，兴许还有股份。她问道："你为什么不告诉我？"

"你也没问过啊。再说，这个职位听起来很不性感，怕吸引不到你，所以没有给你名片。"万新的解释是颜如没想到的。

"那，什么样的职位算是'性感'的呢？"颜如笑着问。颜如对万新的笑容从这一刻开始频繁了起来。

"比如，销售部经理、市场专员、首席执行官助理，等等。"万新认真地边想边说。

颜如又笑了。她不但笑容增加，而且姿态也更妩媚了。这时接待小姐端进了一杯咖啡。等她出去，颜如娇滴滴地说道："哟，身边有这么多美女啊……"

万新心里知道他的接待小姐并不美，所以也没接她的话，另外说道："干脆叫个快递把那张碟片送到你朋友那里去吧。我下午反正没什么事情，我们早些出去享受一下阳光怎样？"

"啊，不行，我一定得赶回公司。但可以早些下班，我的老板，那孤僻的老头，周末总会提早走的。"

下午，万新独自去淮海路的一家咖啡馆看书。四点半时手机响了，颜如告诉他老板已回家，他可以去接她下班了。

像友好邻邦的首脑一样，他对颜如的办公室进行回访，但发觉一个人都没有。"销售部借口出去跑业务去了，其他的都各有原因早退了，每星期五都这样。"颜如边带领万新参观着边解说道，"这是我的桌子……这是老板的办公室，还没你的一半大……"

这时万新从后面拦腰抱住了颜如，颜如没有像往常那样地挣脱，笑着说"这么大胆，小心别人看见。"

万新装聋作哑，很快把手从多个角度伸到颜如的衣服中去。颜如没有任何抗拒，万新很快又褪下了她的内裤。在他进入她的时候，他们差不多同时想起完全忘了避孕套这件事。

等他们用餐巾纸清理残局的时候发觉还忘了不少事情：落地大窗上的窗帘没有放下，对面就是另一幢办公大楼；老板办公室的门敞开着，甚至公司的大门也敞开着，任何人出了18层的电梯都可能无意中撞到他们刚才的情景。

他们俩微笑着步出大楼，颜如挽着他的手臂，显得兴高采烈。他们整个晚饭时还在说这样的经历对他们都是第一次。辞别了颜如后，万新又到酒吧喝了杯酒。颜如则在床上捧了本书，到两点钟才看了三页。

他们第二天下午又见了面，老样子，咖啡、晚饭。这次，在颜如的家里，她没有举行任何仪式。他们开着日光灯做爱。因为昨天的匆忙和仓促，万新这晚特别耐心地满足了颜如。这次他没有任何生理和心理的障碍，只要想起她老板那光亮得照得出人的办公桌上颜如的屁股留下的印子，他就血脉贲张。第二天，星期天，他们吃完了颜如所有的饼干和方便面，消灭了冰箱里刚过期的奶酪和半包榨菜，直到天快黑才磨蹭着下楼觅食。明天万新就要出差了，他们不愿意浪费更多时间。

万新出差那个星期，颜如像个军嫂一样地等他，好像他们已经结婚多年似的。颜如意外地发现万新实际上的社会地位和经济收入完全是个可嫁之人，于是越发感觉自己其实早就爱上他了。但她没有给万新打电话，她希望万新会每天一个电话。万新却只是隔天的白天有个电话，而且总是推说忙而不过三分钟就挂了。她的台湾情人倒常给她打电话。她为了解除孤独就随意地跟他聊上半天，但同时觉得自己过去一年的等待是多么的委屈。这种仇恨使她佯装多情，浪费一下他的越洋电话费也好。

万新工作确实忙，一忙就顾不及军嫂了。离开上海之前的那两天疯狂的做爱给他好多天的回味，他的身体也好多天懒洋洋的。他决定对她认真些。虽然他也明白关系的突进与他的地位和收入有关，但男人不靠这个吸引女人,难道还靠色相? 他在更多地了解她之前还不准备下什么结论,但已经不排除和她认真下去的可能了。

一周后,万新回到上海,但又惯性一样地忙了三天,才把此行的定单处理得差不多了,约颜如出来听音乐会。颜如因为万新返沪后没有立刻找她而闷闷不乐,计划不说话地冷颜相待。她希望万新追问她为什么不高兴,而她就是不说,直到万新痛不欲生的时候才告诉他为什么,然后让他想尽办法道歉。可没想到那室内音乐会里大家全都不说话,万新根本没有注意到颜如的怒气。音乐会出来,万新还兴奋地告诉她自己是如何听着那个 G 大调奏鸣曲长大的,以及莫扎特如何地伟大等等,让她气不打一处来。

万新理所当然地跟到了她的家里,希望跟她亲热,但被生硬地推开。她斥道:"你难道想的就是性吗?" 被这当头的冷水一泼,万新觉得莫名其妙。他觉得现在的她和在他出差前热情的她判若两人。一定是出差时发生什么事情了。

"我出差时发生什么事情了吗?"万新竟然就这么问了。

颜如本来还希望对他返沪后的怠慢发火,可音乐会也听过了,两人在一起待了好几个小时了,现在发火完全过时了。这样,她的无名火更大了,于是只好从鄙夷男人的性冲动着手。就她以往的经验,这总能对男人造成不小的打击。而万新的反问把她的怒气恰到好处地挑到前所未有的高度。她几乎歇斯底里地发作了,说了好多话,目的只在于诋毁面前这个男人。

万新作为男人,一种自以为逻辑性强的动物,还是仔细地听了颜如发作时的言语,得出结论就是在他出差时一定有什么不大不小的事情发生了,并总结出她今天是肯定浪漫不起来了。加上他自己预感到即使过一会儿她平息了,自己也会出现有生以来第二次阳痿。于是他为自己推断出一个逻辑分析的结果:"那我先走了,明天我再给你打电话"。

他悻悻地走了。她悲壮地痛哭。

　　明天的电话中颜如还是冷冷的。万新尽量不提昨晚的事,尽量不提工作和出差的事,尽量不提音乐会和任何约会,剩下的就只好讲讲以巴的争端。电话终于没有变成共进晚餐。

　　没过几天,颜如被派到香港出差。颜如回来前万新又赴北美谈融资的事去了。他们的关系就这样又莫名其妙地冷淡了下来。他们这段时间倒一直通电话,每三、四天一个。只要不谈太私人的问题,他们的谈话都很友好。万新去美国时他们的关系逐渐褪变成 email 联系了,谁也没有试图再回到最热烈的状态,谁也不知道对方对自己是什么感觉。再以后连 email 也少了。

　　过了好几个星期,万新发现有一个朋友是颜如的前同事。他告诉万新颜如那台湾情人的事情,还告诉他在颜如去香港出差的时候,那位大情人跑去香港和她见面,并最终为了她回台湾坚决地离了婚。只是在他离婚后,颜如更坚决地抛弃了他。

　　万新还没来得及想象颜如是否为自己而抛弃了那可怜的人儿,他的朋友继续简洁地讲述着她的故事:"然后她嫁了公司的老板,那个无聊古板的老外,那个人人都敬而远之的瑞士老头。"万新还依稀记得颜如一谈起他就一脸不屑的表情。

　　告别了友人,万新又去附近的咖啡馆看书了。他今天注意到这家店的桌子漆得特别光亮,不禁想起那个瑞士老头的办公桌同样地光亮,上面曾有两个半圆形的印子是颜如圆润的屁股留下的。他不由得笑出了声来。然后一抬头,发觉一个端着杯咖啡找座位的女孩盯着他看,他自己也觉得不好意思了。

Jennie

　　我到了 Peter 家的时候已经喝得半醉了。我记得在电梯里跟另两个人打招呼来着,他们显然也是奔这个聚会而去。我还依稀记得那是一男一女,男的当然是老外,女的当然是中国妞。他们好像不能肯定是不是这幢楼,但看见一个醉鬼便相信跟着他没错。当然我那时并没有认为自己是个醉鬼。

　　确实,我进入 Peter 家客厅时还以风流倜傥自居呢。Peter 是个英国人,他和菲律宾的女友同居在这幢楼里。他的菲律宾女友的名字我实在背不出,反正很拗口。加上她是个大胸大屁股的女人,我大多数跟他们在一起的时间在避免自己的视线撞上她身体的某些显眼部位,所以也没有花力气记住她的名字。

　　跟我一同进来的那对男女很快被溶化在人堆里了——那小小的两房一厅容纳了看来有好几十个人,我很高兴地发觉女人比男人多很多。Peter 后来告诉我其实男女比例几乎是对等的,我想大约醉眼惺忪的我只看见我想看的东西了。我也记得那天晚上在房间里走动的时候老是撞上什么大型物件,现在想来一定是男人们。

　　我跟 Peter 聊了一会儿,他鼓励我继续喝酒,还向其他客人标榜我,让他们向我学习,说喝酒才是真正的 party 精神,应该发扬。我举杯向大家致意,然后就很主动地开始为主人招待客人。那么多客人,Peter 和他的女友肯定应接不暇。我向墙边站作一排的女人发名片,我给厨房里偷吃水果的女人发名片，我给阳台上抽烟的女人发名片。我也给男人们发名片。我同时尽量收集她们的名片。

我发觉他们给我喝的 punch 原来是果汁，我酒劲醒了不少，于是继续发扬 party 精神。这时有个眼睛大大的女人朝我走了过来。我记得我端着酒杯好不潇洒。然后我就什么都不记得了。

接着我知道我在自家的床上醒来了。我醒来的时候倒并没有头很痛，作为一个酒场老手，我会在睡觉前喝一大杯水，再倒一大杯"安琪诗"放在床头，然后垫双倍的枕头。即使喝晕了，这些动作也会下意识地完成。我现在确实睡在三个枕头上，床头柜确实有大杯的黄黄的饮料，逼得我醒来的尿意更证明了临睡前的那一大杯白开水。

我在家里懒洋洋地磨蹭了很久，觉得应该是下午了，因为天在变暗不在变亮。我起床，觉得应该饿了，虽然身体麻木得很，但上一次像样的吃饭是 24 小时之前了。昨晚先在酒吧里喝了傍晚酒，然后只在聚会上吃了些薯片和干奶酪。看了看钟，现在是下午四点。是再拖延一会儿并成晚饭呢，还是先吃些东西？我觉得累得不愿意出门，就只能翻冰箱。打开冰箱门之前已经知道不会有收获的，但还是开了。我最终拿出了一瓶啤酒，不是都说它是液体面包吗？于是我的晚饭就是面包，用"安琪诗"送服。

次日，也就是星期一，我早晨醒来时精神还行，早早去了公司。可老板却到了中午还没来，我偶尔的准时上班又白搭了。我翻看了一下前天晚上收集的名片。许多人我都不认识，也想不起来。中文的名字都趋向于中性化，幸好大家一时流行都取了洋名，我可以轻易地辨出男女。我发觉女人的名片只有三张。于是给她们拨了电话。

第一个叫 Angel。对方说这个人已经辞职了，也不知道她去了哪儿。呸！给我张过期名片。是不是我那晚说了什么冲她的话？管它呢。叫 Angel 的女人十有八九是傻的，以为名字叫"天使"了就高贵一些似的。也许我趁着酒意把这意思向她直接表达了？反正记不得了。

第二个叫 Lily。我翻过名片，如我意料的，中文名字叫"莉"。大凡取 Lily 为英文名的，中文名差不多就一定是"莉"、"莉莉"、"丽"什么的。这个"莉"兴许小时候叫"莉莉"，上学后改的户口本变成"莉"了。我的很多小学同学在三年级的时候争先恐后地把"小东"、"小明"、"小狗"改成"晓东"、"晓明"、"晓苟"，有些父母也真没远见，难道他们就认定他们生的那块肉就永远长不大?! 我终于收住思绪，拨了她的电话——空号。我操！还有人印假名片的？如此想来，公司上次为我印错的那盒名片也不该扔掉的。

第三个叫 Jennie。电话接通了，我熟练地提醒对方我是星期六晚上那个长得如此这般的……对方竟然记得！而且今晚有空！而且约好了一起吃晚饭！我挂了电话，还怕自己做梦，因为此时脸上还是麻麻的。我使劲笑了一下，把对桌的女同事吓了一跳，因为我的动作实际上只是堆积了一下脸部肌肉。

中午，五个同事一起到附近的四川餐厅吃饭。我的饭量大得出奇，连盛了四碗饭。一个同事开玩笑地说："你要吃出本呐！今天的饭钱不分帐了，你买单吧。"我说："我就吃了些花椒，连鸡块都没怎么碰！这家店的白饭尽管吃不收钱的！"

另一位同事说："那你也不能这么狠，要不明天老板开始收饭钱了，害得我们都吃亏。"我虽然没说什么，但没好意思要第五碗饭。

有个女同事问道："你今天早晨吃什么了吗？"

"喝了面包。"我正给自己盛着一碗番茄蛋汤，头也没抬地说。

下午，老板终于来了。他巡视公司的时候，我把上周三已经完成的报告翻出来假装拼命地修改。我的工作速度不知怎地比别人快三四倍，但如果提早交报告，首先会得罪同事，而且老板会增加任务，万万使不得。

　　站在餐厅门口,我很紧张,因为我完全不知道来赴约的 Jennie 长得什么样。我努力回忆前天晚上见过的所有的脸,但好像越努力越什么都想不起。所以,我必须对每个过路的女人都多留意一番,一旦有个准备驻足的就要把自己的表情调整到一副模棱两可的样子,进退两便。好几次对过来的女孩子抛了不该抛的媚眼,我差点让餐厅的保安赶走。

　　Jennie 到的时候倒没发生什么尴尬。她突然冲到我背后叫我,对我说抱歉迟到了。我们于是走进了餐厅,我和那保安互相恨恨地瞪了一眼。为了不再看见他,我要求到楼上去坐。

　　我终于想起 Jennie 就是我那晚记忆空白前一刻向我走来的大眼睛女人。由于记不起以后做了些什么,我开始有些不安。我干脆承认自己醉得不行,向她询问我都干了些什么。她告诉我说:

　　"就看见你一晚上忙来忙去,就像晚会的主人一样。对所有的女孩都特别殷勤,也不管别人讨不讨厌。"说的时候,她可爱地笑了,露出整齐的牙齿。

　　我被这么一说,更觉尴尬。但如此醉鬼的行径在她口气里好像并不讨厌,瞧她那和蔼的表情,好像是我母亲或姐姐什么的角色。

　　"我有没有做什么过分的事情?"我吓丝丝地问道。

　　她又一笑道:"还没有太过分吧。我走得比你早,不知你后来都干了些什么。我当时递名片给你以后没几分钟就离开了。"

　　"哦,"我若有所思地说道。我想大概没几分钟的时间里我还来不及做什么。

　　为了表示我不是酒鬼,那顿饭我没喝酒。我们跟别的约会的人一样谈谈各自的工作、各自的爱好、各自的理想。她谈得和听得都很投入,对我的生活尤其感兴趣。我由于重复过太多次这样的谈话,说的话有些机械,觉得自己是个人事部工作人员在第无数次地向新报到的员工介绍公司概况。但她认真的兴趣激发了我的热情。

　　我当然地隐瞒了我有女朋友的事实。我女朋友现在正在哈尔滨出差,我可以自由好几天呢。

中午的饕餮使我晚饭的表现温文尔雅。之后我们去了旁边的酒吧。她还是很有兴趣地听我说我的事情,好像不太愿意太多地谈她。我反正也没兴趣听,听了也会忘的。但是在昏暗的灯光下,她的大眼睛分外闪烁。我想我至少爱上了她的眼睛。我以前爱上的女人身体的部位多是嘴唇、乳房、屁股、大腿……不是性征也起码是在性爱中有汗马功劳的部位。我也不明白她的眼睛为什么会引起我的兴趣。我甚至一向对文人骚客关于眼睛的描写很不屑的。

那晚我要送她回家,但她坚决地要送我回家,理由是我请了晚餐和之后的酒。我住得近,就在建国西路,她住在莘庄,所以也合理,我就没再坚持。我建议周末再见面,她未置可否。

回到家里,还在门外就听见电话铃狂响。我慌忙掏钥匙开门,电话已经不响了。我没有作任何其他废动作,原地站着瞪着电话,果然,几秒钟以后又响了。正如意料之中,是女朋友小悦从哈尔滨打来的。她说要提前回来,星期四就到。随便她吧。我甚至不知道她到底是去干什么。去的起因当然是她们公司派她去出差,然后上周末告诉我她要推迟返沪计划,说有什么什么的机会。我也没听清,也没准备听清。我只担心天气转冷她没带太多衣服,但那永远是多余的担心,即使到再不熟悉的地方,她都会买衣服首饰化妆品,她说她特别善于发掘一个城市的时尚潜力。

躺在床上,我突然发觉她要回来的话,我跟 Jennie 就来不及发展了。

第二天,我又给 Jennie 打电话,希望能再约她出来玩。因为不想显得太急躁,就提议星期三。她曾对周末约会的提议未置可否,所以我完全作好了被婉言拒绝的准备。没想到,她很高兴地同意了。

然后我跟 Peter 打了电话,晚上和他吃晚饭。

这天晚上,Peter 对我在 party 的表现用很颂扬的口气数落了一遍。他的女朋友则很善意地希望我玩得尽兴的同时注意别喝坏了身体。她确实是个好女人,像个姐姐一样地照顾我和所有她认为需要照顾的男人。Peter 先来,成了她的男朋友,其他男人一律像她弟弟一样。其实 Peter 也像她的弟弟一样。即使比她大十岁的男人,只要未婚,在她面前都像她的弟弟一样。这对我们这种从没有哥哥姐姐的独苗来说是很受用的。我心想,为了这位好姐姐,我也要少喝点酒。

可她的乳房那么显眼,我又喝了一大口酒。

星期三晚上,我和 Jennie 在一家很闹的酒吧坐了好久。我们吃饭时说了好多话,现在也说不动了,或者说完了。这么闹的酒吧正好可以调节一下气氛,不必太注意冷场的尴尬。于是大眼瞪小眼。开始我很自卑,觉得自己的小眼睛在她的光芒下显得更加渺小。后来借着酒劲,我发觉我的眼睛其实也许挺有神的。而她的眼睛,借着酒劲开始眯缝起来,那光芒变成液态的东西朝我弥漫过来。

十点钟的时候我们走出酒吧。因为女朋友明天回来,我不知这时应该加快进展还是保持状态。我们拐入一条小路,我一把把她拖进一条黑弄堂。我搂着她、吻她。她身体和舌头的回应告诉我她没有反感。就这么闹了一会儿我们出来,拦了辆出租车。我在车里看着她的眼睛,觉得我的眼睛好像比她的还大。

自从那黑弄堂,我们几乎没说一句话就来到了我的家。我没有开灯,黑暗中我们笨拙地摸索着对方的钮扣、拉链、搭扣。我的尼龙外套挲挲作响,她丝袜的静电在黑暗中发出响声和星星点点的亮光,还有一声"呲啦",不知谁的哪件衣服被撕破。

由于没有开灯,我们都不由自主地窃窃耳语,好像怕惊动了什么似的,以后想来有些可笑。我们一直没有发出太大的声响,使做爱这件事显得不十分自然。之后,我点了支烟。她仍然要我不要开灯,于是我在黑暗中欣赏着烟头的红点,任由近在咫尺的她用力地呼吸,我却连她怎么躺的姿势都不知道。

等我去厕所时,她开了灯。我出来时,她已经穿戴整齐,我感觉到也许什么都没有发生过似的。我把这想法当玩笑告诉了她,她却说:"也许真的什么都没发生过呢。"

她自己回家,我没有送她。我虽然知道周末不太可能有空,还是建议周末再约会,她还是不置可否。

我的女朋友回来了。就象我预料的,她拖回了两个箱子两个包,还没算她鼓鼓囊囊的手袋。屋子里充满了她的声音:"我饿了,吃饭去吧!""上海这几天有什么好玩的被我错过了?""你瞧,我买了件露脐装,好看吧。我穿给你看。""你瞧,这条丝巾漂亮吗?""我快饿死了,我们去吃饭吧!"

小悦今年才22岁,大专毕业工作了一年,但总不时向我显示她的鸿鹄之志。她很漂亮,但不很端正。她的不端正恰恰是她的漂亮。她一个眼睛大一个眼睛小,头向右歪,嘴向左歪,笑起来两个酒窝都在左边,还会露出右边的一颗小虎牙,甚至一个乳头突出一个乳头凹陷,总之身上没有对称的地方。还有她很小巧玲珑,加上她说话和动作的频率之快,我有时觉得用眼睛都来不及抓住她。

吃饭时她连珠炮一样地讲述了哈尔滨之行,她公司的任务怎样出色完成,她如何排除万难争取了更大胜利,比如酒店的传真机坏了她到隔壁航空售票处发了传真等等。反正她的讲述总让我心服口服。然后说到她遇见的一个爽直的东北大哥,如何无私地帮助她,如何答应下次去如何招待她,如何准备投资让她在上海开个美容院……

我问道:"你跟他睡了?"

"没有,他可君子呢。再说,我也没让他来过酒店,都是餐厅见的面。"她对我的唐突问题也没生气,但很不耐烦我打断她的话,继续说着她的宏伟蓝图。

"那他给你开美容院的钱了?"我又打断她。

"也没有,他说要等生意上调出头寸……"

"哦……"老有那么些慷慨的君子,总爱赞助小悦做这做那,也总调不出头寸。小悦当然总认为他们是出于阶级感情才那么慷慨的。

晚上,我跟这个暂时还属于我的女孩做爱。我想总有一天她也会为了别人的阶级感情付出她的无私奉献的。

我有没有提过她很小巧玲珑? 她很小巧玲珑的! 她一直喜欢在我上面。她在我上面跟我做爱时就象枕头一样轻。她不断地继续说她的哈尔滨见闻,那里的女孩子们穿什么、吃什么、喝什么、玩什么……在她的第一次高潮以后,她继续骑在我的腰上研磨着我,并开始向我描述她将要开的美容院的风格、设计、色彩搭配……

第二天一早她叫醒了我,我迷迷糊糊地看着她轻快地出了门上班去了。要不是她叫醒,累了一晚上的我一定又迟到了。

接着的几天我们每个晚上都喝到很晚。她坚持认为她出差时又错过了那么多天上海的繁华,下狠心要补回来。星期五晚上,我们又在一家新开的酒吧玩,现场乐队休息的片刻,放起了拉丁舞曲。热烈奔放的拉丁舞曲让小悦和我无比兴奋,我们跳舞,喝酒,又跳舞。我们紧贴着身体,扭动着屁股,四只手伸得高高的为了让人们看见我们灵活的腰肢。我们的重心时高时低,下腹永远紧紧地贴着。我们火热的舞姿鼓励了许多别人一起上来扭,使我们成为舞池的中心……我热衷于跳这种辣身舞甚至超过了做爱。小悦和我表演性地开始接吻,吻得投入、漫长,直到舞曲结束,全场为我们响起了热烈掌声。

我和她都已喝了不知多少酒,此时也并不觉得太受宠若惊。我们继续成为酒吧的焦点人物,直到精疲力竭。

回家路上,我们在出租车里睡得好香。出租车司机后来告诉我们,他已经到目的地好一会儿了,没舍得叫醒这对熟睡的鸳鸯。

到了家里,小悦又把出租车里睡觉时蓄出来的精神用来挑逗我。她还是坐在我身上,我们随着头脑里残存的音乐在床上共舞。我们的做爱就像跳舞。我们边做爱我边睡着了。等我醒来,她还在我身上认真地干着我。

星期六,小悦要出去看房子,准备她的美容院。我没有出去,在家养身体。我给 Jennie 的手机打了个电话,她没有接。

一整天我睡醒了就吃,吃完了又睡。傍晚小悦回来把我叫醒,说"快快快!"我以为是早晨了,赶紧起床刷牙洗脸。梳洗完毕,我看见小悦呆站在那儿用诧异的眼光盯着我看,我才明白这不是早晨。

"我说你怎么变得那么勤快、要干净了呢?! 我饿了,快陪我出去吃饭!"

我昏洞洞地跟着她出去,钻进了一辆出租车,问她要吃什么。她说:"随便!"

"那肯德基吧。"

"不不,油炸的,提了就恶心。"

"振鼎鸡?"

"你怎么就知道吃鸡? 吃烦了!"

"那,就我们常吃的'博多新记'点几个小菜?"

"我不想吃中餐。"

"那你看必胜客如何?"

"你是给'百胜'买通了,怎么又回到那连锁店啦?"

出租车司机不耐烦地瞥了我们一眼。

"去衡山路吧,我们去吃意大利面。"小悦坚决地说道。

明白了吧,这就是"随便"的意思。

吃饭时,我们遇见了另一帮朋友,就是那种以前被称作酒肉朋友,现在的洋名叫 party animal 的那种人。Peter 和他的女朋友当然也在其列。我们拼了一个大桌，好不热闹。我吃了三口意大利面条，一小片匹萨饼，喝了半瓶红葡萄酒，一扎生啤。其他人也相仿。然后我们移师对面的酒吧，开始喝各种鸡尾酒。我们大声地谈话，大声地喧哗，并经举手表决一致通过一项决议：今晚我们每进一个酒吧只喝一杯酒，所有人喝一样的酒，每换个酒吧就换种酒。

在餐厅对面的酒吧我们喝的是 Vodka lime，在巨鹿路的一家酒吧门口（太挤，进不去）喝的是 Black Russian，在茂名路某夜总会喝的是 B52。接着我们喝了加鸡蛋的 Guiness、辣出我眼泪的 Bloody Mary，只能记得酒名记不得酒吧了。再接着连酒名都记不得了。天快亮时我在一条小巷里呕吐，记得呕吐物有很强烈的羊肉串的味道。我好像记得看见小巷口有两个人的剪影，他们显然在接吻，而且其中一个身影很小巧玲珑。我记得天亮时的最后一杯饮料，是白兰地。平时我最讨厌白兰地，但这杯是按俄国人的习惯醒酒用的。

星期天白天我昏睡了一整天，好象小悦不在我的床上。

星期一早晨醒来倒是挺早的。我为了搞清楚时间专门打了 117。但由于他们只报时间不报日期，我又打了 121，才确信那是星期一早晨五点三刻。我在楼下小摊上吃了早点，既然时间多我步行去了公司。我在公司门口等开门。同事们一定以为我是工作狂，虽然老板不会这么早来，但人事部的那老太婆也许会向他汇报。不过我也不甚在乎。我等开门的时候又犯困了，心里一直在想，公司应该派我去美国出差，我决不会有任何时差问题的。我已经在用美国时间了。

Jennie 上午给我来了个电话。她没有提星期六没接电话的事，约我今晚见面。她好像有什么心事，我担心是我周末的狂欢给她看见了，也许我和小悦跳艳舞的时候她正在人堆里。我心里有些忐忑，约她在个茶座见面。小悦反正忙着她的美容院呢。

她穿着深红色的上班套装来，显得特别性感。她的眼睛还是那么亮，我颤颤巍巍的身体有些抵挡不住那两道光线。加上我还有内疚的心情。

她今晚好像很忧郁。我差不多想主动向她交代我的事情。但我先问道："你周末出去玩了吗？打你的手机没接。"

"你不生气吧？我一直在家。"

我舒了口气，说道："当然不生气。"

她直勾勾地望着我，对我说："还有。我结婚了，还有个孩子。"

说完，她等着我的爆发，或别的什么反应。我当时是很震惊的，这点必须承认。但我显得很镇静，不是因为我老成，而是周末的酒精仍充斥着我的血管，什么反应都慢三四拍。我三四拍以后开口了：

"是男孩还是女孩？"

她停顿了一下，一定没猜到我的反应是这样的。可我至今都认为谁都会问这个问题的。

"是儿子。"

"有他的照片吗？"

"可是，"她对我的问题有些不安了，"你不生气吗？我骗你了！"

"我又没问过你。"我在替她开导。其实，这个世道还有什么骗与不骗的。没有一个人在讲真话，也没有一个人在骗人。我就是这个观点。于是我就向她阐述这个观点。为了让她明白，我用了很多别的语言作说明，可越说扯得越远，扯到我也不知道自己在说什么。看她一脸自责的表情，我真不忍心。

"我也有女朋友的，我也骗你了。"这么说我希望能让她好受些。我知道她一定会说没有结婚就不一样。看她没响，我继续试图让她信服："真的，我们同居了，跟结婚差不多！"

"唉，别用谎话来安慰我了。见过你住的地方谁都不会相信你有女朋友。"她温柔地说着，伸手摸我的脸颊。我的思绪拐了几个弯，突然转折为一阵委屈。

这天晚上她和我都情绪不高地回家了。我总的来说还是释怀的，因为前几天我隐约担心将要面临万一出现的选择，今天觉得不需要了。

小悦在家里等着我，她愤怒地告诉我她的东北大哥说没钱投资了，说要是到哈尔滨去开他还能想办法，在上海开他觉得不放心。

"你说叫我离开上海怎么可能？哈尔滨那地方那么冷……"

"可人家投资到这么远，这么——热的地方，人家有顾虑也正常啊！"我试图安慰她。

"哼！其实我也早就不想开美容院了。你看我们每星期在酒吧里耗掉多少钱呐，我要开个酒吧！我们那么多朋友来捧场就够生意的了。"她兴奋地说道。

接着的几个晚上我几乎都见到了 Jennie。赴约的路上，我常自得其乐地默默重复着"有夫之妇"这一词组，体味着其中的性感。

自从告诉我她的有夫之妇身份，Jennie 也正式开始向我展示一个有夫之妇的风范——当然她是无意的。

她带来了她儿子的照片。她在酒吧里开始谈她的儿子，用的都是些奇怪的词儿。比如她坚持说她的儿子很英俊。可两三岁的小肉墩再可爱也与英俊无缘呐。可她说："你说呢？你说呢？他英俊吧？嗯？不是吗？"于是我也觉得他英俊了。

另外，他当然也是聪明的。Jennie 列举了无数例证，向我证明她的儿子是聪明的。她说："他都会背广告词了，你说他是不是特别聪明？"

我说："是的，比我见过的任何孩子都聪明……"

她像没听见我的话一样地继续问我："你说呀，他聪明吧？"

看来再夸张的语气也还是不能满足她的，于是我只好夺过照片，对着照片端详好几秒钟，发出"啧啧"的舌音，什么话都不说。

我问她能不能这个周末见面，因为我希望和她痛快地做一次爱。

她听见了性的话题,恢复了平常的样子,告诉我当然不行。

"我丈夫很多疑的。他要是请个私人侦探我也不会觉得奇怪的。"

我发觉我对她丈夫的兴趣远远超过对她的儿子。我问了很多问题:他是做什么工作的? 他多大年纪? 他们是什么时候认识的? ……

她一个问题也没回答,这不能停止我的问题。我继续问:他床上表现如何? 他知道了会怎么样? 他自己有没有外遇? ……

我不停地问着,直到再也问不出,然后很满意地沉默了,好像问题本身就是答案一样地让我满足。Jennie 看着我,可能觉得我的连续发问很傻,正琢磨着用什么话来总结性地评判我一下。我扑哧一声笑了出来,她也只有跟着笑的份了。

她从洗手间回来的时候,我发觉她的丝袜抽丝了。我伸手去摸,手被她打。她娇嗔道:"没正经的。"

我告诉她丝袜破了,破在大腿后侧,趁她看的时候,我又伸手,并把洞扯大了。她惊叫道:"都破了还弄!"

"反正也废了,玩玩何妨?"我的手离开了丝袜的破洞,伸进了她的裙子。她睁大眼睛看着四周,嘈杂的酒吧没人注意我们这边。墙角有一对不辨男女的人在狂吻。

我跟着她走出了酒吧,走进夜色笼罩的公园中。在瑟瑟的冷风中我从她身后把她紧紧拥抱。热血冲击着我的每一根血管,我顶着她让她的喘息越来越粗。我伸手撕扯着她的丝袜、她的内裤。我在她的身后冲撞着压着她,我把从躺在小悦身下时省下的气力全部用在对她的冲撞和挤压上。最后,我感到风不再吹在我的身上,而是穿过我了的身体。

小悦这几天都没回来住。她说她回父母家了。她父母在宝山住,她也因此有借口跟我同居住在城里。有意思的是她的父母从来没有给我家来过电话或造访过。他们以为她一个人住或跟一个女伴住。他们认为他们的女儿是个黄花闺女。

星期天 Jennie 突然来电，说要来见我。我一高兴，收拾了一下房间。Jennie 来的时候是下午，阳光晒着我们裸露而慵懒的身体。我想她也一定跟我一样希望有一次毫不匆促的做爱，毕竟这样才是两个人沟通的最好方式。

过了许久，她支起身子，说："他发现了。"

我这才注意到这是她下午进屋后的第一句话。她显得忧心忡忡的。我非常想问她我有没有生命危险或什么的问题，但决定忍住不问。

"他并不知道是你。他只是知道有个人。我们上次逛商店的时候他看见我们了，因为跟他的同事在一起，所以当时没叫住我们。"

我舒了口气，说道："哦，那有什么，你在街上跟一个男人一起走路都不行了？我记得我们手都没拉。"

"可我那天给他扯的慌说我加班的。"

"那……那也总有办法说的，又没有捉奸在床！"

"那没什么可笑的！"她厉声说道。可我并没在笑。她继续说："反正他已经认定了，怎么说也没有用的了。"

"那他想怎么样？他想离婚吗？"

"我不知道，他没说。他这几天不知去哪儿了。另外，我不能没有儿子……"

我们陷入沉思。我的沉思是这样的：她万一离了婚会不会提出跟我结婚呢？我是否应该跟她结婚呢？我母亲听说我要结婚肯定会高兴的。但我母亲对一个离过婚的媳妇会感觉如何呢？我该如何与小悦断呢？不过这应该是容易的事，虽然没有任何根据，但我觉得我和小悦就快断了。小悦这个情绪和理想多变的女孩子能跟我好这么久已经是奇迹了。小悦会不会参加我们的婚礼呢？想到最后这个问题时我命令自己停止，有些太离题了。

至于 Jennie 在沉思些什么我就不知道了。我看着她的大眼睛忽闪忽闪地,望着窗外一个无意义的聚焦点。她的眼神正活活地吞噬着下午的日光。暗下来的天提醒我饿了。但我穿完衣服后开始感觉冷。我甚至冷得抖起来。我拼命想止住自己的颤抖,但无济于事。Jennie吓坏了,她惊呼着"怎么啦?怎么啦?"

为了不让她自责,以为是她的话引起了我的颤抖,我迅速从柜子里取出个威士忌酒瓶,颤抖着手拧开瓶盖,猛喝了几口。然后用尽量镇定的语气告诉她"没什么。好几天不喝酒啦……"

晚餐时她听我讲我的酗酒生涯。我发觉向她讲述时这段零乱的日子被整理了。她应该并不感到惊奇,因为她认识我就是在我醉了的时候。但她还是惊奇了,她也终于相信我的女朋友不是编的。

饭快吃完的时候她很严厉地劝我别喝酒了,别和那群朋友再混了。她不能劝我跟小悦断,但她一定是这样想的。我知道她这样想绝对不是出于她自己的利益,所以我很感动。

星期一我给Jennie打电话,我说:"如果你离婚了,我们可以认真地恋爱。你说好吗?"

Jennie没有回答,问我她的儿子怎么办,我的小悦怎么办。我都很快地回答了,觉得这些都不是问题。她还是没有回答。我说:"我并不是要你现在回答的。"她还是没有回答。

另外她说这几天不能见面,我说完全理解。临挂电话,她提醒我别去酒吧了。她说:"下次即使见面,我们也再不去酒吧了。"

"即使"是什么意思?我思考了半天,怎么想都觉得是个虚拟语态。

接着小悦来电话,她说今晚她会回来。这当然再正常不过。但是她说她今天要辞职了。这可有些突然,她不愿在电话里多讲,想约我下班后在个酒吧见面。我说:"我今天不喝酒啦!"

"酒吧又不一定非得喝酒。"

　　我对服务生说要杯橙汁的时候,服务生又问了一遍。小悦要了杯
Piña colada。然后服务生又回过头问了我第三遍。

　　小悦告诉我她辞职准备去深圳。她说她和一个同事一起去,要贩
批衣服回来,开个时装店。我问她:"你的同事跟你一起辞职? "

　　"不,她早就辞职了,上次她去广州搞了批时装回来卖给一个时装
店,赚了好几千,路费全回来了。她还只是随身行李带的,根本还没算
跑单帮呢!"我一边试图习惯橙汁的味道,一边听着她手舞足蹈的讲演。
"那个时装店把那些衣服又翻了个倍卖出去了! 要是她自己有店,不知
可以赚多少钱呢。她准备再这样做几次,积累了原始资本就自己
开店。"

　　"买衣服要本钱的,你知道你我都没什么积蓄。"

　　"我又没要用你的钱。这次只是跟她去一下,她准备了一笔本钱。
她说我眼光好,说我帮她把关她可能赚更多钱。你看,我老对你说我很
有品味你还不信。"

　　她明天不用上班了,所以今晚就想好好地玩一下。我知道她说走
就会走的,也就没多在乎第二天的工作。我们换了个酒吧的时候我又
喝啤酒了。再不喝点酒我会浑身不自在的。再说,我今天不会喝多。

　　但等到第二杯 Gin & Tonic 下肚时,我已经很迷糊了。小悦还是跟
任何时候一样的精力旺盛。她看我萎靡的样子说再喝杯酒就好了。她
替我叫了杯酒,然后冲到舞池中间,甩掉了高跟鞋,跟两个黑人跳起了
三人舞。我喝了这杯酒更没力气,几乎眼睛都睁不开了。但我还是看
见他们火热的舞姿,那个矮个的黑人的两只手时不时地捧着她的屁股。

　　晚上、家里、床上,两次高潮之间,小悦问:"跟黑人干是什么滋味?"

　　我想说:"你干嘛今天没趁机去试试?"但太累了没说出口。然后我
睡了过去,也不知道她是什么时候放过我的。

　　Jennie 好多天都没有消息,我也不敢给她打电话。小悦真的在一星

期以后南下去了广州、深圳。临走前的这一星期里我们去了几乎她能想到的所有酒吧和夜总会,这说明她此行不会短暂。

我没再出现发抖发冷的现象,因为在她走以后我还是继续和那帮 party animal 混在一起,我血液里的酒精浓度经常保持饱和状态。我甚至可以只穿着件衬衣从一个酒吧走到另一个酒吧——这时已是冬天而且上海的酒吧不像北京三里屯那样集中。当然这些都是别人后来告诉我的,所以也许我的肩上还搭了件外套也没准。这帮朋友们总爱夸张。

那天晚上我回到家里正对着厨房的水池呕吐时,小悦打了电话来。她说南方真好,跟上海就是不一样。她跟我说她在那里的所见所闻,一讲起来又没完。我疲惫得不行,竟然睡着了一小会儿。突然惊醒时发现小悦还在电话上说,而且根本没有发觉我睡着过。我于是把电话放在床头柜上让她继续讲,我自己钻进被子好好地开始睡觉了。

后来她又白天打电话到我公司来。她告诉我她暂时不回来了,因为她在深圳认识了一个来自湖北的老板,准备和他一起学做进出口贸易。我问:"那你服装批发不做了? 你的那位同事呢?"

"她的生意没钱赚的,不就几万块钱倒来倒去的小买卖吗? 刘先生做的是大生意,一个货柜就是几百万……"

这其实也完全在我的意料之中。我虽然不愿意,但还是祝她生意兴隆,要她保重身体。她说她一直会照顾自己的。倒也是,她还真没让我操心过呢。那我这些日子操的什么心呢? 我肯定也没为自己操过心。

晚上又见了 Peter 和他的女朋友。他们俩是唯一一对我在清醒时也交往的朋友。他们对于小悦的决定很不以为然,另外对我表示同情。Peter 的女朋友说她一定会回来的,像我这样好的男人小悦要是放弃就太傻了。这话是真好听,可不太有说服力。我好在哪儿? 一个醉鬼。

晚饭后他们不出去玩了,我独自一人走进一个酒吧,找了个吧台位子,低着头喊道:"啤酒!"

我发觉我的一个女同事和比她矮半个头的一个男人走进酒吧,望了一眼又出去了。她显然没看见我。他们大概嫌这里太吵闹了。

我没有遇见我的那帮酒朋友,但却交了一伙新朋友。我们最后决定今晚只喝啤酒。但我们没去酒吧,而是到通宵便利店去买了三箱啤酒,然后叫了两辆出租车去外滩。我们一伙人在外滩的江风中喝着啤酒。我们冻得直流鼻涕,最后抱作一团像印第安人一样围着啤酒箱子缓缓地转着圈。在这庄严的仪式下不时有人抬头喝一大口啤酒,好像对天念咒似的。

我回到家里,弯腰对着厨房的水池。这水池仅有一个用处,就是让我呕吐。但我吐不出来,却哭了出来。我哭得那么伤心,我自己听了都觉得伤心,于是就哭得更伤心了。

阳光照到我的脸的时候我醒了。我发觉我在一个女人的怀里,她是 Jennie。我的眼睛被太阳刺着,我想我终于喝酒喝死了。原来死了是这么温暖。

可 Jennie 告诉我她昨晚就来了。她先是给我打了个电话,听见我在电话里鬼哭狼嚎的,就赶了过来。她现在和衣躺在我身边,好像一宿没合眼。

我呼吸着她的衣服发出的气味,可能还吸进了不少衣物的纤维。我觉得还想哭,可我没有流出泪来。我累了,又睡着了。

再次醒来时,她已经走了。我看到桌上刚泡的方便面冒着热气,就呼噜噜地狼吞虎咽了一番。然后我对自己说,我要开始慢慢戒酒了。

我想那天 Jennie 一定会再打电话给我的,但接连好久她并没有打来。有一天我实在忍不住了,我打了她的手机,一个声音用不标准的普通话和几乎听不懂的英语说这个号码停机了。我接着拨了她的公司,他们说她辞职了,不知道她现在在什么地方工作。以后的几个星期里我又多方打听了她,好像她最近还搬家了,彻底没了踪影。我去问 Peter 和他的女朋友,但他们怎么也想不起来若干个星期前那个 party 上的这位大眼睛姑娘。Peter 说一定是某个朋友带来的。他们当然也不可能记得那晚有多少朋友来过。他们甚至不能肯定有这么一个晚会被举行过。"我们常搞 party 的,不是吗? 你说的到底是哪一次啊?"Peter 的女朋友说道。

另外,我一直纳闷的是 Jennie 那个晚上是怎么进我的房间的。也许我根本没锁门,醉了的人就是这样。可也许,也许她根本没来。那碗方便面被我吃了,盒子当然扔掉了。于是什么根据都没有。是啊,什么根据都没有。

我正慢慢地戒酒。我发过几次抖、发过几次冷,仅在那时候我才喝一口威士忌。小悦好久没有消息了,上次接到她的电话是一个星期天的下午,我正在一个咖啡馆和一个老朋友聊天时,我的手机响了——这手机还是在她南下以后我才买的呢。她说她不在深圳了,她在北京。她快要结婚了。她要嫁给一个开房地产公司的。她说她的房地产眼光能帮助她未来的老公成为北京房地产巨头。

我很真心地祝福她。我继续和我的老朋友聊天。当晚我也没有去酒吧。

朋友的婚礼

周健拨通了高劲超的电话。

"嘿，你已经回来了是吗？安顿得怎么样？明天晚上到我家来吃饭吧！"高劲超在电话里热情的声音。

周健被他老朋友的热情感动了，但他没有在电话里流露出他的感动。他被感动的情绪被别的情绪蒙住了。那都是些复杂的东西。

大学毕业后，周健到兰州工作了整整五年。他其实是土生土长的上海人，去兰州是因为他大学里的女朋友，海燕，是兰州人。海燕分配回了兰州，周健为了爱情跟了去。这在大学里是被一度传为佳话的。但这佳话传了没多久。去兰州的第一年，周健就被海燕狠心地踹了。她跟一个商人跑去了深圳，继而在香港定居了。海燕从一个兰州人变成了一个香港人。周健则仍然是一个放弃了上海户口的兰州人。但周健没表现出太多的后悔，也没有自暴自弃。他继续勤奋地在那个全民所有制的化工厂工作。他勤恳的表现使同事们原来对大学生的偏见和嫉妒都化解了。

由于海燕走得那么绝，她也丢了许多朋友，连父母也照顾不上。周健竟然还经常上门拜访海燕的父母——反正他在兰州没有亲人，他这么向海燕的父母说。他逢年过节会去看望一下他们，不但带些礼品，还凑合着他们的兴趣谈谈高尔基什么的，让两位老人（实为中年人而已）感激涕零。感激涕零的海燕的父母竟然还替他物色了个对象，而周健竟然在第二年真的跟那对象结婚了。她叫吴洁,是个中学教师。小两口过着挺美满的生活,这消息传回上海校友的耳朵里,他又成为佳话的主人公了。

可海燕的父母和周健的同学们都没有想到,就在他们结婚的第三年,吴洁怀了四个月的孩子的时候,他们突然闹离婚了——而且是吴洁提出的。本来人们都猜测是因为周健的什么不轨行为,或虐待妻子什么的。后来才知道,吴洁怀的就根本不是周健的种。

再后来,就是周健被一家颇具规模的德国公司看中,那公司的中国总部设在上海。这时候户口已经不算什么稀罕玩艺儿了,周健丰富的化工生产管理经验和熟练的英语德语使他的资格远远超过那些持上海户口本的竞争者。那间公司让他到上海总部报到,给了他相当不错的待遇,职位是总经理助理。

他分配时和兰州那化工厂是签了十年合同的。照理说,他要不再得熬五年才能走,要不就得赔工厂一笔钱。但周健的情感案例是化工厂出名的,哪个人事干部或厂领导都没有卡他的意思,他在一片同情之中顺利地离开了化工厂,离开了兰州。

周健的父母前一年去美国带他的哥哥的女儿,而且没打算回来。因为没想到小儿子要回来,就把房子出租了。所以现在周健没有搬回父母那边住。另外,公司在浦东,而且还报销租房的费用,因此他就在东方路旁边租了个公寓。

星期五晚上,周健到了高劲超家。高劲超是大学高一级的同学,当过学生会主席,临毕业本来还申请入党,但给学潮的事情给搅了。现在,他在一个国营大企业工作,最近又在打入党报告。

开门的是高劲超的女朋友孙婕。"是周健吧,你好!"

周健早就知道高劲超的女朋友,知道他们其实已经登记结婚了,登记前他们也已经堂而皇之地同居了大半年了。说他们堂而皇之,是因为差不多从他们认识到开始谈恋爱的最初两个星期就已经决定了要结婚了。他们好像两个公司发觉了合并的利益便毫不犹豫地开始筹划未来生活。但由于还没办酒，他们仍一直对外互称男女朋友。

"瞧你，还带什么东西啊，真见外!"孙婕说着，热情大方地请周健坐。

"带什么了?"高劲超凑过来看，"喔，拳头大的新鲜百合，好!"

"他们说挖发菜破坏环境，所以这次没买发菜。"周健道。

"这么客气干嘛? 什么都不用带，"孙婕说，"你们聊，我去炒菜。"

"百合挺好，我的同事都说好，我们书记特别喜欢。"周健以前就不定时地给高劲超邮寄或托人捎带些百合发菜什么的西北特产。现在高劲超收起了礼物，给周健泡上了茶。

高劲超问了很多关于周健新工作的事情。周健从他对每个细节的反应知道这份工作即使对一个上海人来说也是美差了。高劲超不无羡慕地说："你看我就只能在国营单位里混啦。"

"你不是也升了主任了吗?"周健道。

"咳! 即使我们老总也只有几千块的月薪，你说我再升有什么用?"高劲超跟着社会的流行，很喜欢把一个公司的头目叫作老总。此时周健眼前出现了一个小腿上捆了裹腿布、穿着土黄色军装的小军官，正皱着眉头思蹰着是投奔共产党还是投奔国民党。

吃饭时高劲超被食物阻挡的舌头不伶俐地说道："我有没有说过我和孙婕怎么认识的?"

孙婕不好意思地说："你一定说了一百遍了。"

"不不，"周健睁大眼睛道，"我真的没听过。"

吞咽完嘴里的食物，高劲超说："那时我刚接手公司的人事工作，发觉有个员工报销医药费太多，就去他看病的医院调查。然后就遇见了她。"

接着，孙婕和高劲超就你一句我一句地互相补充，好不甜蜜。他们的邂逅其实也再普通不过，只是经他们一来一回地诉说，却让周健饶有兴味了。

"很快我们就搬到一起住了，"高劲超总结道，"这样省去了不少开销。"说完，高劲超和孙婕意味深长地望着对方，为自己多么会过日子而沉浸在沾沾自喜之中。

"那，你的那位同事，他的医药费查出来正常吗？"周健问道。

这问题收住了高的思绪，他说道："当然不正常。不过我没去查处他。去医院调查本是老总的意见，我是去执行而已，不想得罪同事。"周健想象中的那位老总现在正在为整治自己队伍的廉政而拍着桌子用方言骂人呢。

饭后，高劲超让周健吃苹果。周健说不吃了。高劲超拿起一个苹果削了起来。边削苹果边说道："我们的喜酒安排在元旦的时候举行，到时一定来啊！"

"一定一定。"

"本来你是我最好的哥们儿，应该让你作伴郎才对。可你结过婚……"说到这里，他突然停止。周健猜想孙婕一定使了个眼色让他住嘴。

周健在兰州时，与高劲超的通讯远远超过了与父母的联系，所以周健的事情高与孙都很了解。孙婕大概是怕说到他的痛处。他们这样时时照顾着他，好象生怕他随时寻死，这让周健很尴尬。但总的来说，他对他们还是很感激的。

"哎，我们给你物色个女朋友吧。孙婕医院里多得是年轻漂亮的护士，医生又不够他们抢的，像你这样条件的一定受欢迎。"

孙婕也表示赞同高的建议。周健很高兴自己的条件居然还可以奇货自居，但却也没觉得很激动。他们见他没什么反应，以为是不好意思的默许，于是开始筹划一个聚会了。周健感到他们急着要卖了自己似的，便打断他们道："不过我过几天就要去北京接受培训，以后再说吧。"

　　话题于是又转到对周健新工作的羡慕上。高劲超听说他将住四星级宾馆，这个能报销，那个也能报销，简直就想跟他一起去北京了。

　　周健回到浦东的家里，洗了个热水澡。他望着跟兰州一样的天空，找寻着以前熟悉的星座。如果没有去高劲超的家里，他也许天刚黑就开始数星星了呢。这使他不由得又感激起他们来。他想，是继续地经常去享用这份亲情呢，还是应该识趣地多留点空间和时间给他们自己？他们毕竟新婚燕尔。

　　此外，他决定明天去淮海路和南京路逛逛。

　　淮海路上挤满了人。对于这个刚做回上海人的周健，既是陌生，又是熟悉。淮海路上的女孩子一个比一个时髦，虽然夏意已过，但还是争先恐后地展露着身体上可以展露的部位。都说今年流行吊带衫，但周健认为吊带衫将成为一种传统服装沿袭十年。因为实在没有理由今年暴露了明年就不露了。

　　他慢慢习惯了肆无忌惮地饱赏眼中的尤物。开始时，他向衣着大胆或身材妖娆的姑娘们瞄上一眼，立刻会引起对方的白眼。但很快他发觉，那白眼后面其实是无比的自豪和对欣赏者的赞许。他明白了大多数人都是虚伪的，受到了欣赏还要故作姿态一番。要是哪天男人们说好了，对姑娘们都不再多看一眼，她们还不知道要急成啥样呢。他这会儿买了杯饮料坐到麦当劳叔叔身边，正眼检阅着来回穿梭的姑娘们，心怀怜爱地默念道："别担心，有我在欣赏着你们呐！"

　　下午，他顺着街转呀转，突发奇想，要找南京路上的一家电影院。他从波特曼走到南北高架，又从南北高架走回波特曼，怎么也没找着。他拼命地回忆那家电影院的名字，但怎么也想不起。他只记得曾在那里看过一个美国西部片。在黑漆漆的电影院里，他颤抖的手抓着海燕的手，他们隔着中间的座位扶手别扭地拥抱着，在一片枪声的烘托下天晕地旋地接吻。

他又走了几个来回,缩短了距离,但仍不能确定曾经是电影院的准确位置。他所能得出的结论是,那家电影院要不变成了那个新建的商场,要不就是那块刚拆了围起来还没来得及造的地盘。

他走累了,想找一家餐厅坐下来吃饭。但怎么也找不到合适的。一个人总不很合适走进太豪华的大餐厅,而小餐厅却又都挤满了人,都显得特别的嘈杂。他最后又重新走进了麦当劳。反正是嘈杂,他更能接受西式快餐的嘈杂。

餐厅里全是人。他好不容易找到个位子,已经挤出了一头汗。他把外套挂在椅子背上,狼吞虎咽开了。这时对面的座位空了出来。一个中年妇女嗖地一下就立刻出现在那座位前,扯着嗓子喊她的亲人。她的亲人,一个中年男子从人堆里挤了过来,扶着被挤歪的眼镜。他还没开口说话,中年妇女就命令他在这里严守阵地,还使了个眼色,意思是随时窥伺对面的座位,等周健一走就抢在敌人前面占领新阵地。然后她消失在人堆中,去排队买吃的了。

中年男子怀里抱着他女人扔给他的拎包,缩着脖子东张西望地。他身边有很多端着盘子找座位的人,这使他更尴尬地缩作一团,只敢把眼睛盯着桌子看了。被他这么盯着自己的食物看,周健也开始尴尬了起来。他加快了吞咽速度,简直就想把半个汉堡包一下子塞进嘴里,然后恨不得拉个把手就冲它下去。但由于刚才饿了,他买了两个汉堡包,现在对第二个面包有些噎着。此时身后座位的人还老是扭动着和他背靠背的座椅,可能餐厅实在太挤了吧,他也没太在意。

不多久,中年妇女端着盘子回来了,看见自己老公仍未抢占到敌人的高地,就把食物放上桌子,拿出餐巾纸擦汗。中年男子无助地抬头看着老婆。周健涨红了脸终于吞下了第二个面包,发觉餐巾纸被中年妇女的可乐溅湿了,赶紧伸手去掏挂在椅背上的外套。可他抽搐似的收回了手,因为发现自己的口袋里有另一只手。在他正在琢磨那到底是不是他外套的口袋时，那只手已经快速地抽出，还带走了一个皮夹子，然后那只手连同那个人一起冲向外面。周健一下子反应了过来，跟着冲了出去，追到门外，眼看要追上，那人突然回头，一杯可乐全部扑上周健的面孔。等周健睁开眼睛，那人早已穿过了马路。周健站在麦当劳门口急得结结巴巴地喊："小——小偷！"他发觉自己的声音根本不是喊，简直是耳语，好象自己是小偷一样的。一个麦当劳的员工递给他一叠餐巾纸，几个过路的人很快兴奋地围了上来，好象他们在马路上转悠了半天等的就是这个。周健熟知这些上海闲人的嗜好，便转回了餐厅里。听见背后那群人用上海话议论着："外地人，被小偷铳了皮夹子，作孽……"还有新加入的急吼吼地："怎么啦怎么啦？发生什么事啦？"

周健回到座位，中年妇女已经坐下了，她的老公低头吃着、听着她的教诲。周健从椅背上拿了外套，从餐厅另一扇门出去了。

他兜里还有七八块钱，心里只记得住高劲超家里的电话，于是打了电话。孙婕说他不在家，给了他手机号码。他又拨通了他的手机。

他要求高劲超赶快送点钱来救他，因为七八块钱是回不了浦东家里的。高犹豫了几秒钟，说："也好，我马上来。"

周健在书报亭边转来转去，也没钱买杂志，只好欣赏杂志封面打发时间，一边在思考"也好"是什么意思。他向卖报的老太太买了份晚报，听见老太太悄悄用上海话对旁边打瞌睡的老头说："就是伊，刚刚碰着小偷……外地人……"

周健意识到自己一直说的普通话，已经不习惯说上海话了。高劲超和孙婕也是习惯说普通话的，虽然他们也都是上海人。但对于上海一般大众，说普通话的通常被称作乡下人。今天别人都尊称他为外地人，无非是对他成为受害者的暂时同情。就像化工厂的领导爽快地让他走，就像高劲超和孙婕提起结婚就要看一看他的脸色。

高劲超来的时候，身边有个女孩子。高劲超提议去附近的酒吧坐坐。

　　"这位是我大学同学,最铁的哥们儿,周健。高材生、现在在一个美国大公司作总经理助理……"高劲超滔滔不绝地向身边的女孩子介绍周健。周健却一直等着他介绍这位女孩子。高劲超只是简单地说了一句:"这是汪小姐。"

　　但周健隐约也猜到这位汪小姐就是刚才"也好"的原因了。汪小姐去洗手间的功夫,高劲超证实了周健的猜想。他俯过身子向周健耳语,好像吵闹的酒吧里谁都想偷听他说话似的。

　　"她叫汪燕,是我在一次行业会上认识的,在一家外企工作。"高劲超说,"今天正好,有了你这事,我也好对孙婕有个晚归的理由。"

　　汪燕马上回来了。于是他们继续那个关于小偷的讨论。大家一致认为今天才损失一个钱包和几百块人民币是不幸中的万幸。高劲超进一步阐述破财消灾的理论,说得周健简直觉得下次见了那小偷应该跟他握手感激他才对。

　　汪燕倒很想多了解一下高劲超的这位朋友,但高只说"这是个饱经风霜的人物,你慢慢了解吧,会喜欢的。"他大约是怕讲太多周健的经历又会引起他的不快。而被这夸张的"饱经风霜"一词说的,周健脑海里出现自己裹着破衣服在大雪中顶风举步为艰的场面。他不由得被这种想象逗出了一笑。

　　汪燕说:"你到底经历了些什么呀? 神神秘秘地笑?"

　　高劲超说:"你别问这么多了,这位兄弟还正没女朋友呢,你不给介绍一个?"

　　没等周健推辞,汪燕就叫道:"好啊好啊,我约我的女同学出来玩! 就明天怎么样?"

　　"明天不行,我跟周健已经有安排了。"

　　"什么安排? 我怎么不知道?"周健问。

　　"你骗我吧!"汪燕对高娇嗔道。

"真的真的!"高劲超抵挡了汪燕的粉拳,向周健眨巴着眼睛。

"哦,对对,"周健醒悟过来,怎能拆朋友的台呢?"我差点忘了。"

"那,"汪燕说,"下星期吧。别搭架子哦,周健。上海好男人奇缺的。"

趁汪燕看乐队表演之际,高劲超凑过来对周健说:"明天孙婕请了她医院的几个小姐妹来家里,你来吃晚饭吧。"

周健明白高劲超不愿意在汪燕面前提起孙婕。但汪燕知不知道孙婕呢?这只能等会儿再问了。这时汪燕已经把高劲超拉去了舞池跳舞了。

周健看着他们俩。他发现高劲超比上学时胖了许多,高高的个子现在显得有些臃肿。学校里他曾经风流倜傥,是舞厅的王子。现在虽然舞步仍然算轻松,但身上的肥肉也跟着一起瞎起哄地抖着。与他相比,汪燕娇小的身材好像才是他的一半,灵活地在他的身边跳来转去。

这一晚他对老朋友放弃与情人单独约会而又一次感到了友谊的温暖。分手时高劲超也没有叮嘱他要对孙婕保守秘密。当然,这是男人们的默契,从来不需要点穿的。周健也不会在汪燕面前提孙婕,不管她知道不知道。

周健只是觉得意外,高劲超是差没几天就要结婚的人,这往往是男人最守家的时候。通常在婚后多年才觉得野花香。也许高和孙太早地进入家庭生活的心理状态,已经觉得是老夫妻了。

第二天,高劲超一早打来电话,说家里断煤气了,还是去外面吃吧。介绍女朋友也该体面些。还让他穿得也体面些。

周健还是穿着比较随便的衣服去了指定的那家餐厅,别人已经全都到了,让他有些不好意思。但看看表,他并没有迟到。高劲超倒是穿着套西装,煞有介事的。孙婕让大家各自自我介绍。在座的除了高孙一对和周健,还有两位女士一位男士。这样安排还算随便,周健没有感到太多压力。

　　但谈了一会儿,周健就明白那位男士已经结婚,妻子是孙婕的同事,现在正出差在外地,是过来蹭饭兼调节气氛的。他甚至根本不是孙婕的同事,但看出来孙婕和他妻子挺熟。那两位女士都是孙婕的同事,是护士。周健问起她们的工作,了解到她们还都是护士长之类的高级护士呢。

　　周健仔细观察了她俩。靠近他的那位脸白白的,但手黑黑的,显然是抹了厚厚的一层粉。而且仔细看时,脖子里还有道分界线。她一直抿着嘴显出一副矜持的样子,笑的时候还要用餐巾纸遮一遮嘴,那副劲儿用在朋友聚会上实在有些多余。她白白的脸没了自然的光泽,显得平平的,像被人踩了又跺了好几脚一样。周健刚这么一想就觉得自己的想象太恶毒了些。

　　隔开一个座位的另一位没有上那么多粉,相貌虽很平常,但跟不自然的化妆相比,周健当然更愿意多看那边几眼。无奈隔着一座粉山,望过去挺扎眼的。

　　高劲超坐在周健的另一边。大家就着酒菜侃侃而谈。对于从兰州回上海,他只轻描淡写地说是调回。大家听了大概以为他的户口也理所当然地调了回来,纷纷祝贺他。那男的说:"还是大上海好吧。西北生活一定很苦。我去过兰州,住在飞天大酒店。很不错的酒店,可出来了什么都没有。"

　　"是啊,它离闹市还好一段路呢。"周健听到兰州的地名,还是很有亲切感的。

　　"可就是闹市也没什么呀!到处最明显的是洗澡的牌子,好像兰州人都特爱花钱洗澡。"

　　周健本想说,你一定没去过西固,顺着绵延的黄河向上溯,两岸的城市越来越狭窄。就在窄到快断了的时候,突然又冒出个平阔地带,那里离兰州市中心早已30公里之遥。周健第一次去的时候,真怀疑路两旁一些建在土坡上的房子能不能经得起狂风暴雨。五年后,那些土坡上的房子还跟以前一样破旧,去机场的水泥公路却被大雨冲垮过好几次。

"你在兰州时住哪儿?"那男的问道。

"哦,当时我住在厂里。"

"那厂在哪儿?"

"西固。"周健道。

"没去过。"

谈话的兴趣又转到对周健现在工作上。大白脸说:"听说你英语德语都很流利,你出国培训过吗?"

"出国倒是有几次,但不是去培训的。"周健在兰州时还真被公派过不少次出国,原因是他是厂里唯一英语流利的大学毕业生,还自己攻读了德语。

"那你外语是怎么学的? 我怎么就是背不出单词的。"

"我,我也不知道。大概我看了好多原版电影吧。"周健真的不记得为什么英语好,因为他确实不记得自己背过什么英语单词。他只记得在海燕离开兰州之后,他的周末往往是在广场边一家建在溜冰场楼上的录像馆度过的。那里共有四间放映厅,每个放映厅都像国外一样每天循环放两三个片子,这样他周末的一天就能看上十来部国外电影。现在想来,那些电影还常常是些很优秀的艺术片,多是欧洲的电影。因为欧洲电影的审查制度比美国松些,老出现些裸体镜头,因此很受欢迎。但那录象馆挑的带裸体镜头的影片还从来没有特别烂的纯色情片。他一直认为那老板一定是个人物,能挑选那些颇有思想深度的艺术片。现在在上海街头卖的盗版片,全都一律美国商业片,那才叫烂。

菜纷纷上了。刚才一直没说话的那个没怎么化妆的女人开始说话了。她说这个菜吃太多了,我不爱吃,那个菜从来没吃过,也不吃……

周健发现刚才大家为了照顾他都说的是普通话夹着上海话。其实一桌子倒都是上海人,但孙婕一开始就说周健不习惯上海话了。只是这位女人死活一句普通话都憋不出,还觉得大家说普通话是较着劲的,于是拿不吃这不吃那来体现她的与众不同。这时她又问周健一些工作上的事情,主要是探测对方的收入情况,当然又不便直接问工资。回答她的过程中,周健又再一次明白了人不可貌相。刚才还觉得没化妆的她更清新,现在才发觉其实俗媚得冒油。

大白脸对周健的每句话都表现出很大的兴趣,周健也逐渐习惯了她夸张的扭捏姿态。大家胃口挺好,酒量也可以。宴席尽欢而散。

孙婕要来了账单,服务员拿来后顺便说了一句:"九百块整。"大家都一惊,周健注意到旁边姑娘的脸上有些白色粉末落了下来,想起大惊失色这一成语。孙婕反复地审视了一遍账单,然后掏钱付了帐。大家都舒了口气。周健凑过去跟高劲超耳语道:"我昨天借的一百块加上这顿饭钱——谢谢你们这么照顾我。"说着,他从桌下塞了一沓百元钞票给他。高劲超把钱往裤兜里一塞,站起来向大家豪爽地说:"今天谢谢大家赏脸,再干一杯!"舒了口气的大家都向高劲超表示对主人款待的感谢。

周健去了北京。他的公司在北京已经建了合资厂,他的任务表面上就是去取经。他还不知道他的工作重点将是什么,只知道是替总经理分忧解愁。但人事部的那个老女人向他暗示过好多次他的责任重大,甚至有关公司的前途,并提醒他不要忘了他在合资公司里是代表德方的,虽然有些合资厂中方占控股比例。

其实中方占控股股份的合资厂只有一个,就是他去的这个北京的合资厂。他一到就发觉有很多异样。首先是他下榻的酒店换成五星的了。

由于公司占少比例股份,所以北京的同事也不多,迎接他的小常说一定是谭总指示换的酒店。

他从小常那里了解到了他的前任是个留洋 MBA 毕业生,被德国老板高薪从刚毕业的美国学校请回国。他很快得到了更多的信任,主谈北京的这笔合资项目。这家公司有个不成文惯例就是在海外任何新建厂的合资项目必须控股,占少于一半的股份的情况只出现在收购现成公司中,而且全都是由德国总部亲自主持的。

"然而,"小常说,"你也一定知道了,这个北京的公司最后搞成了中方根福集团控股。"

"那么,那个 MBA 呢?"周健想如此失职一定会被炒鱿鱼了吧。

"他呀,早就被谭总买通了。"小常说道,带些气愤的情绪,"还没被炒就先辞职去了根福集团,现在被派去美国跟好几个美国公司谈项目呢。"

到酒店歇下,小常就回去了。一小时后,一个嗲尤尤的声音打了他房间的电话。对方直接唤出了他的名字:"周健先生吗?"原来是根福集团请他去吃饭。

嗲尤尤的声音已经在大堂等他了。他看见的是一个穿着套裙的年轻女子,但总觉得那套裙和上海公司里女同事的有些本质的不同。跟着那女子钻进汽车的时候,发现不同之处在于裙子短了二寸,因为她从右后车门上车后花了些功夫才挪动到左边,然后周健才上车。还有个不同是领口开得低了一寸半,当她的身体窝在车后座时,不免露出了花边的小衣服和像啫喱膏一样抖动着的胸脯。

他们交换了名片,她的名片上写着"施晓岚,董事总经理助理"。

"我们是同行,施小姐。"周健说。

施晓岚说:"你们老板从德国打电话过来说明天也要来北京,所以要把你的酒店换到跟他一起。你知道他从来只住五星的。"

"哦,是这样。"

"不要太有戒心了,我们老总想见你是因为你在北京的培训由他负责。他是北京合资公司的执行总经理嘛。"

　　施晓岚说"我们老总",又一个绑裹腿的。周健不由得开始把谭总想象成一个老谋深算的军阀,他的大办公桌上是张大地形图,而他正拿着根小棒向他的随从们布置战术。而他的助理施晓岚……

　　施晓岚继续道:"今晚他向你作 Orientation,明天你老板来了估计你也没时间了。"

　　倒也是,既然根福集团占的大头,总经理应该是他们的人。那他这几天的培训理应是公司派人负责的。他从施的谈话中猜出她的英语应该很流利。她不像是那种不会几句英语而又整天话里夹洋词儿的人,因为 Orientation 一词实在无法翻译成中文。另外,一个叫"根福"的国营集团雇佣一个英语流利的人(真正的流利),又用 Orientation 这种词儿,这使周健觉得要更重视人事部女人和小常说过的话了。

　　出乎他的意料,谭总是个看起来很憨厚的人。当然他也跟别的"老总"一样很胖,他也穿着跟他的领带很不相配的绸质花衬衣,但他的握手很有力。

　　"欢迎,我是谭根福。请坐。"

　　他确实很尽职地向周健介绍了合资公司的情况,还有根福集团的情况。

　　酒过一巡,谭总说:"小周啊,我知道你在兰州工作过,我们算小半个同乡呢! 我当年被划为右派的时候,在甘肃坐了快十年牢呢!"

　　这么说着他们倒多了很多共同语言,于是数着都知道的地名和特产,他们把施晓岚撂在了一边。周健看见她有些不乐意,就转了话题。

　　"谭总,你现在领导这样的大企业,和外国人打交道,很利害呀!"周健道。

　　"这全靠晓岚啦,我一句洋文都不懂的!"谭总喝酒有些上脸,带劲地继续说,"你知道,我也学过英语。那是他们培养国企干部要求的。我刚学了 A、B、C、D 四个字母,晓岚告诉我,还要分大小写呢! 我一急就不学了!"

晓岚和周健都忍不住开怀大笑。谭总继续说:"我也不要他们评什么级别,反正我的企业盈利是最实在的。我现在照样每年访问美国、欧洲,带上晓岚不就行了? 她没来之前,我随便找个翻译,可就是不行。要不是不懂业务,要不就干脆跑了。根福集团有今天,她可有大功劳……"

他说着举杯为晓岚祝酒,并用带着深厚阶级感情地望了她一眼。周健注意到晓岚喝的是橙汁,而不像一般公关小姐那样替老板喝酒。看来她确实是根福集团的栋梁,决不是一个身材丰满的小蜜。周健接着想我大概已经喝醉了。

第二天德国老板来了。他的名片上印的中文名字是"司马轩"。周健明白,现在老外们都时兴来个中文名字,不管会不会中文,就跟中国人时兴来个洋名一样。但中国人取洋名至少还保留自己的姓,比如 Rebecca Cao(曹),Dick Wang(王),但老外往往丢了老祖宗地把姓都换了。试想一个中国人的名片反面印上 Jimmy Hamilton 会如何?

"司马"跟他共进工作午餐。进餐厅时他对服务员说"你好!",用英文点完菜又对服务员说"谢谢!"服务员激动地说:"你的中文真好!"

司马先将人事部老女人已经讲过的公司概况用英语再讲一遍(他坚持说虽是德国公司,但因为是跨国企业,公司坚持用英语为通用语),然后问他昨天的情况。周健如实把他的感觉说了,他认为根福集团是个实际上管理先进的公司。总经理任用有能力的人管理各主要部门,但自己也不忘了把住最原则性的事情。

司马说以后有新的项目都有可能碰到这样那样的合作对象,从他们那里是可以学到不少东西的。另外,他提醒周健,别以为这个项目已经谈成以后就没他的事了,正因为对北京合资厂不能控股,德方更要花精力和时间保证自己的产品形象和公司政策。总之,公司对他是寄予厚望的。

周健对谈判倒一点不怕。当时因为他的学力,也代表化工厂谈过很多大的业务,后来还代表过市里和省里参加过不少引进外资的谈判。他的若干次出国就主要是去完成这些任务的。对于根福那样的精明生意人,周健反而更愿意接触。因为他们是讲道理讲逻辑的,因而这种谈判是斗智的游戏。他最怕的就是那些刚见了三分钟面就奔馆子,刚进馆子就倒酒,酒一下肚就称兄道弟的生意人。跟这种人签了合同也是废纸一张。而跟精明的生意人谈,才能一字千金,驷马难追。那样,每句话都不能说错,谈判也才有了趣味。

　　司马对周健谈了一些他认为有用的谈判技巧。周健发觉这个"中文很好"的老外不但只会说"你好"、"谢谢",而且对中国的国情也一无所知。司马说明天就要飞去马来西亚照顾那边的摊子,接着还有印度……周健明白了他为什么不太了解国内行情了,也更明白自己将责任重大。

　　这天晚上,他给高劲超拨了个电话。

　　"怎么样? 在北京吃山珍海味了?"高劲超听到周健的声音很高兴。

　　周健大致说了一下他这几天的琐事。高劲超则告诉了他婚礼的一些安排什么的。他们就这么说了一阵子。然后周健说:"哎,再多聊一会儿没关系吧。"

　　"没关系呀! 这长途电话是你打来的呀。"

　　"是啊。但我是说,没打扰你吧。"

　　"没有,没有! 孙婕不在家,正好没事。"

　　周健觉得有很多话要说,但不知从哪儿说起。他问道:"那今晚你没有趁机和汪小姐约会?"

　　"约过了,人家没空。"

　　"哦。她知道你快结婚了吗?"周健一直想问这个的。

　　"知道啊! 不然才不会和我有这一腿呢。"

　　"是吗? 怎么讲?"

"汪燕是个大红人,追她的男人多得是呐。"高劲超打开了话匣子,"按她的条件,是不会看上我这国营企业的穷男人的,收入太低。她和我认识的那天就知道我'名花有主',所以我们关系刚开始的时候她就告诉我,就是因为我算是大半个已婚男人,她没负担,才愿意和我好。另外,也希望我别和她来真的。"

"那,她既然知道你'已婚',你们的关系又是怎么开始的呢?"周健对此不解。

"咳,那就说来话更长了。总之是异性相吸吧。"高劲超得意地说道,好像他跟孙婕的关系是同性恋似的。

周健觉得谈话有些累,不知是白天工作的疲劳,还是什么原因,但他还暂时不想结束。一时又没什么好说,冷场了几秒钟。

高劲超发话说:"你什么时候回? 要接吗?"

周健很感动地说:"不用了,我明天下午回,到上海的时候你还没下班呢。"

周健从机场行李履带上拿了行李往外走的时候,看见高劲超还是来接他了。他还带着汪燕来了。

"你们都不用上班吗?"周健显得很高兴。虽然他并没有什么行李,但有人接总是件令人高兴的事。周健每次旅行到站的时候,总是在接客的人群中张望,虽然知道不会有人来接他,但怎么也改不了这个习惯。其实这可能是很多人的习惯吧。

"我们单位总能脱身的,"高劲超说,"汪燕正好下午出去办事,不想回公司了,就把我也拖出来了。反正没什么事做,就来接你了。不高兴吗? 是不是有别人来接你?"说罢作四处张望状。

"行了,我当然高兴。我们去吃饭吧,我请客!"

汪燕说:"这么早,才四点半。"

周健说:"那,总不见得去泡酒吧吧?"

　　高劲超说："其实泡吧倒也未尝不可？"

　　他们三人就提着行李去了一家酒吧。酒吧里正准备着晚饭的生意，倒也没有客人。他们自己动手翻下扣在桌子上的椅子，要来了一大扎啤酒。

　　从来没有在天亮的时候泡酒吧，他们都觉得挺有意思。三人各自拿着杯黄橙橙的啤酒，不断地举杯、仰脖。

　　汪燕对周健说："我们公司要派我去香港出差。你去过香港，你说好玩吗，周健？"

　　高劲超突然想起海燕在香港，怕周健触景伤情，赶快打岔说："香港有什么好玩的？泰国才好玩呢！……"

　　周健觉得高劲超对他的敏感也估计得太过分了，干脆说："海燕和我差不多每个月都通电话的。"接着转向汪燕说："高劲超一定告诉过你海燕这个人吧。"

　　高劲超一时不知说什么好，沉浸在不能庇护周健的失落感之中。汪燕说："他说过你们的故事，我觉得能有你这样的痴情男人是很难得的。"

　　"咳，不要听他的夸张其词。其实恋爱和分手都是最平常不过的事情，在我的故事里我还多损失一个上海户口，难道这就算是丰功伟绩了吗？"

　　汪燕不太同意："不是户口的问题，是你确实跟她去了别人不会想到要去的地方。"

　　周健说完了他想说的话，便不想再深入讨论这个话题了。他对高劲超说："你说，户口曾经真是这么回事呢！我毕业时谁都劝我，好像没了户口就不能活了一样。"

　　高劲超对汪燕说："你小，一定不记得曾经什么都要凭票，而票都是跟户口的。那时候，买肉要凭票，买鸡蛋要凭票，还有布票、烟票，连买块肥皂也要凭票。……"高劲超滔滔不绝地忆苦思甜。

汪燕不愿意别人说她小、没经过什么事情，就想打断他。但也没什么话好接下去说，干脆端起杯子说："别啰里啰嗦得像个老太婆，喝酒！"

他们接着又去了卡拉OK。汪燕觉得都让周健花钱太多了，但周健带着酒兴地说："我的旅行箱还在，现在还算出差。我想公司可以报销吧。"

一听这个，高劲超立刻说要把他的其他哥们儿叫来。一会儿包房里就有了六个人，除了汪燕全是男的。汪燕和周健点了英文歌开始二重唱，剩下的四个男人，本来就都是高劲超的麻友，现在就开始切磋昨晚的麻将战况了。听起来他们好像昨晚分头作战，所以各自有许多故事要说。周健虽然也会麻将，但不常玩。他听着他们津津乐道地谈个没完，奇怪着那些简单的排列组合怎么会让他的朋友那么痴迷。

汪燕认真地唱着歌，不允许周健分心。她挽住周健的胳膊，把他从排列组合的思绪中拉回来。于是他们俩皱着眉头半闭着眼睛深情地唱着，好像男女主角在认真地演着一出爱情戏。

一会儿，轮到麻友们点的歌了。他们轮番扯着经常熬夜的嗓子唱着香港奶油小生的歌曲。周健觉得他们绝对会更适合唱摇滚的，如果他们五音俱全的话。

高劲超的三个朋友已经吃过饭了，周健于是问歌厅要来了馄饨，和高、汪一起填了肚子。高和三位麻友聊得有些蠢蠢欲动，于是他们三个对汪燕说让高劲超先走跟他们一起切磋切磋吧。原来高的朋友们全都知道高和汪的关系。刚才周健还想自己跟汪燕热乎些能给高劲超遮掩一下呢，看来自己多虑了。他想起男人们的共识。

汪燕说："去吧，我和周健配合得挺好，再唱一会儿。"

高劲超说："好好，那我先去了。"说着就走。

周健说："那我也该走了，出差回来还没回过家呢。"刚才进歌厅的时候他的旅行箱确实引起了服务员们的兴趣。

趁周健结账的时候，高劲超他们已经走了。由于他们是在高峰时间之前到的,所以倒也没花周健多少钱。

汪燕说:"你再陪我喝一杯吧,我请客。"

周健说:"你看我拖着箱子不太方便,下次吧。"

"你先把箱子放回去嘛,我陪你回去,然后在你家附近找个酒吧。"

"可我住在浦东呢,浦东没什么好玩的地方。"

"我也住浦东。"

这样,周健也就没有借口推辞了。

汪燕硬要陪周健上楼,说要看看独身男人的家有多乱。汪燕看见的周健的家一点不乱。主要原因是他的家里几乎没什么东西。

"我刚搬进来不久,椅子也只有一把。好了,我们下去吧,对面倒是有间酒吧,大概是浦东唯一像样的酒吧了。"

周健觉得朋友的女朋友在自己家里很不自在,几乎是把汪燕推出门的。他们去了那家酒吧,酒吧里放的是 reggae 音乐。

他和汪燕东拉西扯地聊了半天。他觉得高劲超对汪燕太不意思了,竟然就这么走了。但想想高今天专门接了他,而且刚才走是被朋友拖去磋麻将,看来他不是个重色轻友之辈。有这么个朋友还真是自己的幸运。

谈话自然而然引到汪燕和高劲超的关系上。周健问:"你有男朋友吗?"

"有啊,不少呢。高劲超就是一个呀。"

"我是说有没有一个固定的。"

"有那么一个,"汪燕皱着眉头说,"就是他死乞白赖地要娶我。"

"那有什么不好吗?"周健问,"你不喜欢他?"

"也不是,就是我拿不定主意。"汪燕说着,深喝了一口酒,然后放下酒杯欣赏着里面被紫外线灯光照得发出蓝光的透明液体。

从谈话中周健得知汪燕其实最近与高劲超的接触最频繁。汪燕说在高劲超结婚后(正式的婚宴后)她就会停止他们的关系,所以现在才这么频繁。

周健觉得既然汪燕现在也算自己的朋友了,就应该说那么几句警世格言来开导开导她迷惑的心情,但也想不出什么高明的话来。再说,也不能建议她跟高劲超疏远关系,毕竟高是更铁的哥们儿,这事他爱怎么做都是他自己的事。

到了挺晚,虽然汪燕明显还意犹未尽地想多说会儿话,但也没什么特别的话题了。周健建议送她回家,汪燕说:"不必了,我住徐家汇呢。"

周健有些惊奇,但想想这个小小谎言也不算什么。他仍然坚持要送她,但她坚持不要。

汪燕上车时说:"谢谢你跟我聊天,以后再聊?"

"那当然,"周健挥手道,"再见!"又对司机说:"路上慢点。"

不知不觉中,年末就快到了。高劲超和孙婕整天忙着婚宴的事。有一个星期日的下午周健应邀与高劲超、孙婕他们一对人一起逛街购物。周健虽然再三推辞说不合适,不想打搅他们,但孙婕坚持,说很希望听听他的意见,尤其是为了婚宴上要换的四五套行头。

走在拥挤的商店里,三个人很难保持在一起的队形。他们告诉周健婚宴定在建国宾馆,大概有十五桌。

"这么多? 那你们可真的要花不少钱呐。"周健说道。

"这你就不懂了,"高劲超得意地说,"不但不花,还能赚呢。"

"红包吗?"周健的反应还算快,计算了一下道:"哦,那倒真是赚不少钱呢!"

"不少倒也不至于。"高劲超手里捻着一条薄薄的裙子的摆角,若有所思,嘴里继续说道:"上年纪的亲戚们都不会给多少。但反正办酒不会亏。"

孙婕把他们从那个柜台拉开:"婚礼上又不用穿那种性感的裙子,

今天就别看了。"

这时高劲超的手机响了,高劲超站在那儿冲着电话哇哇地喊。商店太嘈杂了。孙婕和周健就又走到卖套装的地方。孙婕看着衣服说:"你说我穿哪个颜色好? 高劲超一直说你在大学里就是最有眼光的。"

高劲超这时候赶上来,对孙婕说:"单位有些急事,"又转身对周健说,"你帮她挑吧,别超过一千就行。我先走一步。"然后对周健眨了眨眼,一溜烟地消失在人堆里了。

周健早就猜到电话是汪燕的,也同时明白了高劲超的原则:麻将第一,情人第二,老婆第三。

孙婕也不很在意,继续挑选。她边认真地一件件衣服地审视着,每次问周健,周健都说挺好。孙婕终于看着一套衣服比较满意的,进了试衣间。周健拿着大包小包,已经走累了,就在一个凳子上坐下。不一会儿,孙婕从试衣间里走出,穿着套米白色的套裙。

"怎么样?"孙婕转着身问道。

"挺好啊,"周健说,"可婚礼上不是穿婚纱吗?"

"哎呀,现在的婚礼可麻烦呢。新娘要先穿婚纱,再换旗袍,再换套装,有的进了洞房还要换绸缎的睡衣,好像时装表演似的。"孙婕自己照着镜子说着,"你结婚的时候办酒了吗?"

还没等他回答,孙婕就转过了身,好像犯了什么错误似的盯着周健的眼睛看。周健心想我不会寻死的。嘴里说:"没有。也许这就是她离开我的原因。"他希望尽量说得轻松些,让孙婕以后别再老是怕讲这个话题,"吴洁后来嫁给了她学校的司机,这样她就有车坐了。这是她的一个梦想,我当时不可能帮她实现,连结婚的时候也没有车接。"其实与吴洁离婚确实没有让周健受什么太大的打击。他现在甚至都不太想到她。

孙婕用怜爱的眼神看着仍然坐在小凳子上的周健,伸出了手捋过了他的头发。周健明白她的善意;但这份善意让周健浑身像触电一样,继而产生了一丝快感;这份快感又让周健突然紧张起来,浑身僵硬。待孙婕的手离开了他的头发,他立刻站起来说:"这件衣服对你正合适,多少钱?"

"八百九。"营业员说道。

周健已经开始适应他的工作。现在还没有特殊的项目要他谈,也许若干年里也没有。他的主要工作是与中方合资者周旋。公司在上海有三个合资厂,虽然都占的大多数股份,但那也仅仅是因为那些中方厂原先都快倒闭了,根本没钱来争。然而那种厂往往问题很多。即使当年的财务账、三角债都搞清楚了,不会突然冒出个什么债主来,可别的烦人的问题总能层出不穷。

这天,周健正在对付松江厂的员工宿舍楼停电的问题。中方谈合资的时候把宿舍楼也算上了,因为实在没什么财产,那现在宿舍楼的任何问题当然是控股公司的事情。然而这次停电是供电局掐的线,因为欠电费。原先协议好电费由松江厂中方行政科代缴,这边钱早就给了行政科,而他们就是没交。工人们可不管钱在哪儿,宿舍没了电就闹腾起来,还派出代表来找周健。

工人代表进了周健的办公室就一屁股坐下,大声地喊道:"我们已经决定要罢工了!"然后就一脸委屈地呼哧呼哧喘起粗气来了。周健看他正气头上,什么也没说,让人倒来一杯热茶。

"怎么不给我喝可乐?阿王上次来就喝可乐的呢!"

周健赶紧又差人出去买可乐。

"我告诉你,你不要仗着洋人欺负我们中国人……"为了阐述这个道理他用了一些不很适合写出来的、比较生活化的词语。周健也没往心里听进去。

可乐买来了,周健看快到吃午饭的时间了,就让助理陪代表去吃个饭。办公室安静以后,周健打电话找行政科。他得出的结果是工会把这笔钱付了一年前给工会办公室装的空调。

"空调是一年前装的,不付钱也实在说不过去吧。"工会主席对周健说。

"你们没钱装什么空调!"周健生气地说,"既然是你们工会挪用的钱,你们跟工人代表解释吧。"

"可这些工人已经是你们合资公司的员工了,而你是代表控股的德方公司的。"工会主席振振有词道,"再说,我们工会不管这种事的。我们一向只负责逢年过节给工人发草纸和桔子汽水,宿舍楼的事应该由后勤部门协调啊。"

周健挂下电话,平静了一下自己。他没有给后勤部打电话,后勤部或任何其他什么部门会跟他说什么,他也能猜个大概。他直接跟中方王总经理打了个电话。他把事情解释了一下,并主动要求王总和行政科以及工会核实一下,以免他的一面之词有所误导。然后他要求王总协助将此事妥善解决。结束通话前周健顺便提到安排王总去德国考察的事情。

"哦,对了,现在德国领事馆对签证卡得很严,上星期拒签了好几个国营企业代表团。不过王总不用担心,我们总经理马上要来上海,他跟德国总领很熟的,你的签证应该没问题。"

事情很快得到了解决。王总决定把给退休工人报销医药费的基金先交上电费,退休工人的医药费再延迟两个月报销。他对退管委说:"我们是国营企业,不能欠国家的电费,影响国家的正常秩序嘛。退休工人都是思想先进的老同志,一定能理解的。他们以前就一直很理解的嘛……"

周健知道事情得到解决以后,又给松江供电局打了电话,希望他们尽早通电,并说明以后帐单直接交合资公司财务部,保证再也不会延误付款。

工人代表回来的时候红光满面,好像喝了些酒。周健正想告诉他问题已经得到解决,他却开口说:"好了好了,我们宿舍楼里确实有很多人违章用电炉什么的。我回去一定去教育他们。"

周健想也不必跟他多解释,反正他回去的时候电应该通了。他扶着工人代表送出去的时候很耐心地跟他讲解中国新宪法是不允许罢工的云云。

周健回来,正想去倒杯咖啡喘口气的时候,电话铃响了,一个嗲尤尤的声音说:"周先生,是我。我明天到上海出差。"

"哦,施晓岚!欢迎来上海。哎,我们都是朋友了,就叫我名字不好吗?"

施晓岚来上海出差是和周健的公司毫无关系的事情,但周健还是很乐意地尽了地主之仪,请她吃晚饭。席间他们谈到那个去了根福集团的 MBA,施晓岚说:"两个月前被谭总炒了。他是个没有原则的人,去美国谈项目又跟美国公司眉来眼去的,别人说要他过去,他就不顾我们公司的利益了。谭总对此很后悔,说当初就不该用这种墙头草。"

"那他又跳槽去美国公司了?"周健问道。

"美国那边也不是傻瓜,说要用他也是因为看他没骨气,准备借此在谈判中取得更多信息和利益的。他呀,现在在旧金山的唐人街里洗盘子呢。美国 MBA 大把大把,哪个公司要用一个人担任重要职位都要跟他以前的雇主了解一下情况吧,他以后还怎么找工作呀。"

周健想倒也是,名声臭了再从头开始可比白手起家还难呐。

饭后,他们去了家酒吧。周健并不熟悉很多酒吧,去的这间还是上次高劲超和汪燕带他认识的。进了酒吧果然见到了汪燕,不过她和另一帮朋友在一起,高劲超不在。汪燕过来跟他打招呼,说:"哟,还骗我们说没女朋友呢,原来金屋藏娇啊!"

她瞥了一眼施晓岚,眼光立刻落在她啫喱膏一般不停晃动的胸脯上。施晓岚的胸脯是很惹眼的,虽然她今天穿的是件松松的外套,都没有太引起街上男人们的注意,但汪燕这样小胸脯的女人的眼光比男人更犀利。

周健介绍了一番,然后问汪燕要不要把她的朋友们叫来一起坐。汪燕说:"你们慢慢聊吧,我不做灯泡了。"说着一甩头走开了。

"你的女朋友?"施晓岚问道。

"不不,朋友的女朋友。"

"那——"施晓岚端起杯子到嘴唇边,"她为什么好像很吃醋的样子?"

"没有吧……"周健有些尴尬,不过他又说:"你们女孩子不是都这样吗? 即使不是自己的也要攥在手里。贪婪的天性吧。"

他们聊天的时候,注意力不断被那边汪燕一桌吸引过去。汪燕好像有意地不时爆发出狂放的浪笑,一会儿倒向左边那个戴金丝边眼睛的文弱书生怀里,一会儿又手搭着右边浑身肥肉的男人肩上笑得把他的一身肉都牵动起来。那一桌共三男两女,剩下的一男一女好像是一对,跟着一起笑但没太多动作,也没很亲热,所以也许不是一对。

施晓岚发觉汪燕不时朝这边桌子瞟一眼,就对周健说:"我看汪小姐是有点喜欢你的。朋友妻不可欺喔!"说着笑出两个酒窝。

周健想说她不是朋友妻,但又不想把这层复杂的关系跟施晓岚解释。于是他跟着一笑,大口地喝啤酒。然后他突然想起星期天孙婕抚摸着他的头发。

汪燕一伙过了一会儿就出去了。汪燕没有过来道别,只是远远地向周健挥了挥手,还作了个飞吻的手势。

周健和施晓岚目送着他们出去,然后回过脸来。施说:"你看我没说错吧。"

过了没多久,周健的电话响了。一看来电显示是高劲超,周健对施晓岚说:"这个刚走,那位就到。"

　　"是那女孩的男朋友？你的朋友？他们怎么不一块儿来？"施晓岚问题好多。为了把电话听得清楚，周健走出了酒吧，所以也没来得及回答那么多问题。

　　电话里，高劲超知道他在那间酒吧，就说也要来。

　　"好啊，我跟一个客户在一起，不过没谈公事。来吧。"

　　刚准备挂电话，高劲超又问道："哎老弟，汪燕没在吧。她自己也常来这酒吧的……"说话的声音变得像瓮里发出的，但很响。一定是捂住了话筒。周健猜到孙婕一定会一起来。

　　"放心吧，比没在还安全。她刚才跟朋友一起来了，几分钟前离开了。估计不会回来。"

　　回到桌子上，施晓岚把刚才的问题又问了一遍。周健觉得很难回答，只顾喝酒。幸好酒吧很吵，他哼哼哈哈地答应了过去。

　　不一会儿，高孙俩人到了。他们一到还没坐稳就分别发话了。

　　高劲超说："这么漂亮的客户？真的是客户？"

　　孙婕说："怪不得给你介绍的女朋友都看不上眼。金屋藏娇哟。"

　　周健今晚已经第二次被人用这个成语形容了。他觉得女人的用词怎么那么相似，并且感慨女人天然的醋意怎么也那么千篇一律。

　　施晓岚还没来得及对他们的揶揄作什么反应。她正在试图搞清楚今晚出现的周健的朋友们到底是什么关系。高和孙的夫唱妇随是那么典型，他们一定是一对。周健的话也证实了她的猜测。

　　"介绍一下，好友高劲超，他的未婚妻孙婕；这是我的客户。真是客户，你们别再给我出丑了。"

　　聪明的施晓岚也很快明白了一切。毕竟婚外情人也是件家常便饭的事情。

　　周健看出她已经明白，而且不动声色地明白了，想男人的共识也可以有女人参加，感觉到施晓岚可以是个哥们儿。

　　可他的朋友们还没准备饶了他。孙婕开始对施晓岚问长问短，说话口气像个老大姐一样。而且没说几句就问她有没有结婚,有没有男朋友。孙婕就是有这本事,她想做媒人就能让别人很快进入角色。这不,施晓岚被她问得已经扭捏起来了。

高劲超也不停地问些乱七八糟的问题,虽然主题和重点跟他老婆的不同,但直接程度毫不逊色,几乎快要问人家赚多少钱一个月了。他的视线同样地直率,直盯着她的胸脯。施晓岚刚才因为酒吧里热已经脱去了外套,现在被盯得恨不得立刻找件滑雪衫穿上。

周健想为施晓岚解解围,但也一直找不到机会。孙婕问施晓岚八字的时候,高劲超一个劲地问周健是怎样的客户,有没有什么发展,他有没有意思发展,好象周健要是没有意思发展的话,他就要抢先一步了。而高劲超调查她户口的时候,孙婕又回过头来说,满好的女孩,人家一定对你有好感,等等。

倒是施晓岚首先为自己解了围,她问他们是怎么认识的,怎样安排即将举行的婚礼。周健以为高劲超又要开始讲他们的恋爱经历,可没想到倒这次是孙婕提起了这话题。

"他呀,是假公济私把我骗到的,"说着回头甩了个媚笑。没有甩准,因为高的眼睛又落到施晓岚的胸口,这媚笑却被周健接个正着。周健一尴尬,双手捧起酒杯咕咚咕咚了一番。周健也就这点伎俩。

孙婕继续绘声绘色地描述高劲超如何到医院来死追猛打的。高劲超一个劲地说没那回事没那回事,还不时斜眼瞄着施晓岚,好像他已经决定要追施晓岚而怕老婆的一番话阻碍了他似的。施晓岚聚精会神地听着,眼睛睁得大大的。其实酒吧很吵她未必听清了多少。周健觉得她睁大眼睛的反应一定是在联想高劲超是怎样追求刚才看见的汪燕的。

施晓岚确实也如此联想了。她耳朵里听着孙婕形容高劲超怎样追自己,心里想着高劲超会怎样地追汪燕,胸口还同时体验着高劲超赤裸裸的眼神,各路感观充盈地交错着。

孙婕说完他们爱情故事的时候，施晓岚对高劲超说："没想到你是这么个罗密欧呀！"

"什么？"高没听清。

施重复她的话的时候凑近了些，胸口蹭到了他的手臂。

"什么？"高劲超又喊道。他也许真的还是没听清，酒吧里的表演开始了，非常吵闹。

施甩了一下手，用口型告诉他："没什么。"

一时无话，高劲超凑到周健的耳边问道："刚才汪燕看见你们了？"

"是啊，不过没说什么。她和好多朋友一起来的……"

这时孙婕和施晓岚开始窃窃私语了。高劲超把头转向舞台观赏演出。周健则分别打量着两个女人。他心里胡乱地想道：施晓岚别是正在没遮拦地把刚才见到汪燕什么的事情告诉她哟。其实他的担心太多余。女人碰到一起，即使不太熟悉，也能戚戚磋磋地像闺房好友一般地说话。而说话内容无外乎一些琐碎小事。她们并不很在意具体交谈什么，只是通过这交谈开始熟悉对方。女人天性对周边环境有一种不安全感，这种交谈所建立的熟悉还能让他们共同产生对此不安全感的动态防御。男人所不同的地方在于在互相真正熟悉之前，是不能做到假装亲昵地交谈的。男人的不安全感往往是对谈话对方的，而不是对环境，所以当然不可能先营造出熟悉感来。然而，男人一旦熟悉了，也并不怎么交谈，至少不像女人那样以交谈为目的地交谈。男人的谈话总有些目的，所以可以说，男人并不纯粹地交谈。

现在，高和周正是这样，不是抿一口酒，就是望望台上的表演，要不就是踩盘子一样地四顾一番，所有这些动作其实也全无意义。

音乐稍停，孙婕和施晓岚从她们的谈话中满足地退了出来，两人都红光满面，像吃饱喝足了一样。

这时大家也说得差不多了，开始进入冷场。幸好酒吧里很吵，所以也不用为没话找话而尴尬。当乐队继续演奏的时候，往往为了说一句话要喊半天才能让对方明白。而且四个人的谈话往往要跨过桌子，有时干脆喊半天也听不出，也只好点点头假装听懂。不然嗓子都要喊哑了。

　　他们出了酒吧的时候嗓子确实哑了，一半是喊的，一半是醉的。好像刚才声嘶力竭唱歌的不是乐队而是他们。

　　街上夜风冷得很清脆。他们在酒吧里的倦怠一下子消失了，才发现有些意犹未尽。孙婕让施晓岚下次来沪一定要到他们家里坐坐，并叮嘱周健说："你要带她来哦！"然后她很诚恳地邀请她如果赶上出差，就参加他们的婚礼。高劲超在一旁乐呵呵地，附和着孙婕的邀请，态度倒是也非常诚恳的。他们叫了出租车回去了。

　　周健和施晓岚另外叫了辆车，两个人用哑嗓子争相向出租车司机解释他们要去的酒店名字，但司机好半天才听懂。

　　车子一开动，他们倒安静了。刚才喝酒和喊叫累了，现在都快睡着了。施晓岚更是把头靠到了周健的肩上。周健不知道她是睡着了无意的还是有什么意思。但周健没有去拉她的手。到了酒店，门口的行李员拉开了车门。施晓岚跨出了出租车，站在车外晃晃悠悠地回头看了周健一会儿，然后对车里的周健说明天再通电话，然后头也没回地进了酒店。

　　车子继续朝浦东开去。周健感到傻懵懵的，仍然不知道她刚才是有意接近他还是睡着了。另外，毕竟他们白天是生意伙伴，他也不希望有影响工作关系的事情发生。

　　周健在平稳抖动着的车里都快睡着了，突然司机发话道："你怎么没跟这女孩子上去？"

　　周健一惊："为什么？"

"你没注意？她刚才头靠在你肩上像是睡过去了,却不时睁开眼睛望你。我从倒后镜里都看见了。"

周健想起刚才他一直眼睛盯着窗外呢。

司机继续说:"那女孩一定很喜欢你,我可以肯定。她望了你好几次你都没注意,然后她看到我,发现连我都注意了,就对我一笑,好像希望我提醒你似的。"

高劲超和孙婕婚礼的那天,周健早早地请了假去帮忙。他怎么也没想到仅仅是请客吃顿饭会那么复杂,高和孙几乎从早晨六点就起来忙这忙那。高的麻友们给他搞来了几辆车,一早忙着贴花布置。孙婕到了下午还在和建国宾馆的销售部谈每桌送多少饮料的问题,还要赶回去换婚纱——他们认为新娘一定要在娘家穿了婚纱用专车接来。周健一到宾馆,就被高劲超指派去买这买那,总有很多东西临时想起。

到五点半客人陆续来的时候,高和孙已经精疲力尽了。但他们像专业销售人员一样堆起微笑,热情地招待客人。客人如果没有像他们一样忙过婚宴,是不会看出他们脸上的疲惫的。这时周健的手里突然被塞进一只相机,也不知是谁对他说:"你负责拍照,所有客人和新郎新娘都必须拍合影。"他就开始咔嚓咔嚓地拍了起来。

就在一家三口要和新郎新娘合影的时候,高劲超的电话响了。高劲超说:"你们和新娘单独拍一张吧……"就去接电话了。周健从他的神色看出来电的一定是汪燕。

过了好一会儿,高的电话才讲完。他又和宾客周旋了一番,给周健使了个眼色。高拖过一个麻友,把周健手里的相机塞到麻友手里说:"你接着拍吧。"然后把周健拖到一边。

"不好了,你一定要帮我这个忙!"高劲超神色慌张地说道,"汪燕吵着要来!你能不能去稳住她?"

"那我怎么跟孙婕说?"周健对朋友的要求当然是两肋插刀的,但总得给嫂子有个交代。

"你别管了，我就说你妈病了……"高劲超有些急晕了。

"你别急，我来跟孙婕说吧。"还是周健头脑清楚些。

周健走向孙婕对她说："我我……我的老板突然给我来电，说我们松江的厂里有工人闹事，要我赶快去处理。我……"周健支吾着装得挺象。

"哦，那就去吧，没关系的。"孙婕理解地说道，"你已经帮了我们很大的忙了，而且你也到过了。要是能赶回来就尽量早些赶回来喝口酒吧。"

高劲超这时还在旁边佯怒地说："你真不够朋友……"

孙婕阻止了他："你怎么能这么说，工作的事也要紧呀。周健是自己人，我们不见外的。"

周健走出来的时候觉得很对不起孙婕。但想想这种事情要是在婚礼上暴露则孙婕更没面子了，所以这样做还是对的。

"哼！我就知道那没种的自己不会来。"汪燕看见周健进来这么说道。她坐在一个茶座里，眼睛红红的。

周健坐下，叫了瓶啤酒，看汪燕的茶杯空了，给汪燕也叫了一瓶。

"那你有没有猜到他会派我来？"

汪燕恶狠狠地说："我什么都没猜。"过了一会儿说："你们男人都不是好东西，串通一气……"

周健说："我以为你并不那么在乎他的呢。"

"哼！我当然不在乎。"汪燕甩着头，眼望窗外。"他也不撒泡尿照照自己，看看自己是什么人……以为我是他的什么东西……"

过了一会儿，周健问道："那天晚上那两位男士，哪个是你的男朋友？"

"我没有男朋友。"

"我是说,那个死乞白赖要你嫁的那个。是那胖的还是瘦的?"

"都不是。那个人在澳洲,再说我根本不想嫁给他。"

喝了好几瓶啤酒了,周健估计她不会再冲婚宴了,便提出要送她回家。其实周健估计她本来就没打算去冲婚宴。但她说还要在外面转转。周健怕有什么事情,比如过会儿她改变主意去建国宾馆转转什么的,就只好跟她一起转转。他们又转进了一家酒吧。酒吧没什么生意,周健点了些吃的。但两个人都已经喝了些啤酒,此时胃口不大,酒倒是还能再喝。

聊着些乱七八糟的东西,周健也忘了什么时候开始汪燕破涕为笑了。汪燕笑的时候不像施晓岚那样有酒窝,但嘴歪在一边,也挺可爱。

汪燕问道:"你说我漂亮吗?"

"你漂亮啊!"即使在别的情形,男人也只能如此回答,更别说是周健拼命想让她开怀的时候呢。

"那,我可爱吗?"汪燕继续觍着脸问。

"你很可爱呀。"周健答道。为了怕她认为是自己的敷衍,还补充道:"真的很可爱呀。"

"那么,你,喜欢我吗?"汪燕凑过上身,稍稍抬着头看着周健,说话的气息喷射到周健的脖子里。

"喜欢……"周健只犹豫了一两秒。他明白这时也决不可冒险用别的方法回答。况且喜欢也不算什么。

"真的?"汪燕凑得更近了。周健想如果是施晓岚,那自己的胳膊现在就被硕大的乳房顶着了。这么想着他发现自己的血流方向有些改变。他调整了一下坐姿。

汪燕眯着半醉的眼睛,继续说了好多类似的挑逗话。周健告诉自己她并不可能真的喜欢自己;而且即使是,她也不是自己所应该碰的女人。朋友妻不可欺,朋友妾不可欺,朋友的女人全都不可欺,即使朋友只看过一眼的女人也一样。尤其是高劲超这样的好朋友。

已经很晚了,周健几次催促着送她回去,但汪燕就是不肯:"我们去浦东那家酒吧好吗?"周健越劝越没用。最后他们竟然真的又去了浦东的那间酒吧。在那里,周健开始改喝矿泉水,而汪燕还坚持喝啤酒。很快她醉得不成样子。周健问她住哪儿,她死活不说。周健急了,翻开她的手袋找线索。汪燕则看着急坏了的周健痴笑,说:"你还装什么正经啊?"

周健找到了她的身份证,但上面写的是南昌路的地址。汪燕说:"那是拆迁前的户口所在地,那里早变成华联商厦了。"说着,更是笑个不停。

最后周健没办法,只好承认上当,把她扶到了马路对面自己的公寓里。公寓只有一张床,连沙发也没有。汪燕看了就得意起来,双手勾住周健的脖子不放。

周健把她放倒在自己的床上,帮她脱了鞋子,解开了她牛仔裤的扣子。汪燕以为他会继续拉开她的拉链,但周健说:"这样你就会舒服些。"然后就给她盖上了被子。汪燕迷迷糊糊地说:"周健,你别走……"然后就睡着了。

周健本想去附近的一家酒店开个房间,但又想也许她会半夜起来呕吐什么的,所以还是留下来了。他搬过唯一的一把椅子坐下,对着窗外的星空抽了枝烟。

第二天汪燕很早醒了。她看见周健趴在写字桌上睡着了。她起床去卫生间洗了洗脸,出来的时候周健还是没醒。她站到他跟前,伸手慢慢捋了一下他的头发,然后转身开门走了。

周健在天大亮以后起来梳洗了一下,又躺回到床上继续睡觉。下午,他还睡着呢,突然被敲门声惊醒。是高劲超急急地问昨晚的情况:"你后来手机也没开,家里电话也没接,我急坏了……没什么事吧?"

周健这才发觉手机早就没电了,家里的电话线也从电话上拔了,大概昨天晚上把汪燕放上床时碰的。然后突然想到昨晚实际上汪燕在这里过夜了,他的心头一紧。他隐约记得汪燕早晨走了,但那段印象现在像是梦境一般,不能确凿。于是他不自觉地向床上瞄了一眼。床上当然没有人,自己刚刚还躺过呢。

周健揉揉眼睛对高劲超说:"没什么事,你也知道她不会真的冲婚宴,只是闹闹就好了。你现在可以找她联系一下了。"

"我找了,她的手机也关了,我才急得冲了过来。"高劲超听说没什么事也就放心了。他昨晚整个婚宴上一直紧张兮兮的。

"太感谢你了。真是我的好哥们儿,不知该怎么感谢你才好。"高劲超感激地说道。

"谢什么,你一直在照顾我的嘛。"

"昨天施晓岚也打电话来祝贺我们呢,她说虽然不能赶上婚礼,但准备了件特别的礼物送给我们。" 高劲超说着,低头琢磨了一会儿,然后抬头问周健道:"你说她会送什么东西? 不会太贵重吧? 她一个月赚多少钱?"

周健打了个哈欠,趁嘴还没完全闭上的时候说他不知道,这样更突出了他的回答的含糊。高劲超也没有继续追问,只是陷入沉思,像是在追问自己。周健还没完全睡醒,两眼呆呆地忘着窗口,焦点聚在空中。

"哦,还有,"高劲超掏出一堆小纸条,"这是我这几天跑婚礼的出租车票,四百多块。你们公司报销方便,你帮我报了吧。"

周健接过发票,一时无语。高劲超盯着周健看,一脸催促的表情。周健就从皮夹子里拿出了四百块钱给他。他接过来说道:"那我告辞了。"

临关门时还说:"再见了,周健。你昨晚真是帮了我大忙了。"

周健关上了门,把这沓发票扔进了纸篓,又点了枝烟。

这时他打开了手机,想给汪燕打个电话,毕竟他记不清她什么时候离开的了。但刚开机还不能打。手机花了一小会儿的时间搜索着网络。周健还在试图回忆汪燕早晨是怎么走的。其实他已经确信汪燕早晨自己走了，但还是探头往洗手间里望了一望。望完了自己也笑了。

手机搜索完网络信号，仍然不给周健拨电话的空隙，连续"哔哔"地响着，报告着有短信收到，还不少。除了一条是孙婕的，其他都是施晓岚的。

周健坐在窗前，一条条地仔细阅读着施晓岚的短信，禁不住笑了起来，抖动的肩膀把在阳光中飞舞着的粉尘惊得改变了畅游的路线。

邻　居

　　老黄一家在公用过道上花的时间比在自己家里还多。他把很多我认为是废物的东西尽情地摆放在公用过道上。那些纸箱、塑料袋和半死不活的盆景，像脚气一样地孳生出来，蔓延开来，很快地占据到我的门口。我好几次比较含蓄地把它们挪动一下，往他们那边推一推，但很快发觉已经没有多少余地可以挪了。

　　于是我把上星期喝完的一箱空啤酒瓶放在了自己家门口，虽然出入有些不便，但至少阻止了脚气的气势。原先以为老黄会不高兴，但没想到他觉得这是再正常不过的了。他反而像是棋逢对手似的，自己制定了游戏规则，把他的杂物整齐地堆到我们两家的中心线。脚气的气势其实丝毫未减，只是朝上发展了。堆得高高的，经常显得摇摇欲坠。我只好往空酒瓶箱子上再堆上个空纸箱，免得他的东西倒下时散个一地。

　　老黄的老婆并不遵守老黄的游戏规则，所以总有根秃头的扫把或没了面子的伞骨从他们家的破箱子中间穿插过来。我开始为杂物绞尽脑汁。通常我把废物都及时扔掉，但现在我找到了规律：凡是一时不会烂掉的垃圾都属于公用走道。老黄一家三口，生产垃圾的能力是我力所远远不及的。

　　那天我翻出了一个大学时用过的双肩背包，背带早已开线，材料也软疲疲的，决定可以扔掉。我又翻出些当时考托福的参考书，塞满了这只背包,拿到了公用走道。老黄正在把一些刚洗过的马夹袋往走廊里的一个纸箱里塞。他看见我,显得很高兴,默默地赞许我终于接受了他们关于公用走道用途的理论,还很绅士风度地把那把秃头扫把往回抽了抽。

老黄的老婆把马夹袋洗了才让老黄放出来,说明这不是垃圾。可我却从未见他们使用过任何洗过的马夹袋。

他们半开的门里,汪汪和咪咪正在打架,这是它俩每天早晨的广播体操。打完架就会各自吃它们的早饭。汪汪和咪咪不是同一种动物,各操一种不同的语言,但其乐融融,沟通得好好的。

这时老黄的儿子回来了。老黄的老婆从里屋探出头对小黄说:"酱油买回来了吗?"

我的双肩背包在我那堆箱子的最上面,由于它下面的箱子是空的,正在慢慢地往下陷。我突然觉得饿了,就带上门下楼吃早饭去。二楼的老太太笑眯眯地说:"吃早饭去呀?吃什么呀?小笼还是生煎?豆浆里放糖好喝……"

我住在这里三个多月了。房东买了莘庄的房子,比这里大许多,鸟枪换炮住了过去,把这一室户租了给我。我看中的是这里的方便,跟淮海路紧挨着,坐地铁方便。虽然离繁华、先进和时髦那么近,可住这里的人都把自己的家当作繁华中的世外桃源。除了喜欢在公用过道里堆东西,他们还都喜欢把垃圾摆在自家门口的马路上。这当然极其符合逻辑,只要不是自己家的地方,尽量占领。拾荒的人们最喜欢这里了,因为不用弯腰探头去垃圾桶里寻宝,只要随便把马路边的马夹袋打开就可以尽情发掘。这里的居民养的宠物也跟了主人的习性,喜欢在门前撒尿拉屎,划分自己的地界。

咪咪和汪汪是此界猫狗中的代表,咪咪长得像条狗,而汪汪长得像只老鼠。这附近的狗都长得像老鼠。所以咪咪总是欺负汪汪也在情理之中,狗爱拿耗子嘛。咪咪从来不抓真老鼠,我亲眼见她在楼底下的树根旁和本地老鼠一起撕扯新鲜垃圾袋分享食物。

而汪汪的主要使命是被咪咪追杀。

我一直对老黄他们一家靠什么营生没搞得太清。他的老婆是下岗了,这点可以肯定。她以前是在一个点心铺里端盘子的。那种点心铺以前都被叫做"合作社"什么的,要在现在听到这名字还以为是什么贸易公司或什么东洋玩意儿。自从搞市场经济以后,那合作社就生意不济。自从服务行业提倡良好服务态度开始,老黄的老婆就开始进入下岗状态。那时还没发明"下岗"这个词儿呢。合作社是属于食品所的,食品所是属于轻工局的,所以她一直在这个局的各种下属企业展转着换工作,最近终于正式下岗。下岗以后她反而胖了许多,天天呆在家里摘菜。她大概也不时找些零活干吧,三天两头地穿上她的上班服装——踏脚裤,去搬一纸箱一纸箱的不知道什么东西回来,赚点外快。

老黄是家里的主要经济来源,他是开车的,现在在为某个国家机关开车。每次提起他的单位他还总是神抖抖的,但我倒也没搞清楚是什么机关。以前开车是个美差,开卡车的不用搬货,开轿车的还能跟领导一起上桌吃喝,所以老黄的神情总还流露出一种优越感。虽然他抱怨现在领导再也不让他一起吃酒席,只能在酒店外面吃路边的盒饭,但说起他的工作,总还像个没落贵族一般地说老早怎样怎样的。然而,我发觉近来老黄经常待在家里,像不用上班似的,特别惬意。还从话里听出他可能想跳槽去开出租车。也不知道他已经辞职了还是正在计划中。

老黄的儿子平时在家或在家附近总是不声不响,老法子的人把这类孩子称作"闷皮"。他的功课不十分好,尤其是数学,好像他对数字不敏感。去年老黄夫妻专门还教小黄打扑克牌,他们说这样可以培养他的数字能力。但帮助可能不大,上次期中考的时候好像三位数的题他全都没做。而且现在学校要教几何了。于是老黄的老婆还给他买了游戏机,培养他的空间感。

　　那天我下午回家,看见老黄的家门大敞着。可以看见老黄的老婆
那硕大的身躯,几乎没穿什么衣服,坐在客厅的小板凳上摘菜,准备晚
饭吧。因为天热,他们总也不关门。他们总也不明白我为什么天热天
冷都把大门紧闭着。其实老黄知道我一直开着空调,有时出门也不关,
就是怕一会儿回来太热。他一面在背后说我浪费电,同时又很希望我
不时开一开门让凉风穿过走道往他家里溜一些过去。

　　我刚开门,就看见汪汪窜了出来。这只狗最怕热,总是很羡慕地看
我进出常开着空调的房间。今天,他提起了勇气竟一溜烟冲了进去。
咪咪也紧跟着冲了进去,继续玩他们的追杀游戏。我只好敞着门进去,
设法把它们赶出去。

　　汪汪绕着厨房的桌子转,咪咪紧随着追,不时反过来绕圈子,迎头
扑向来不及转身的汪汪。也不知道汪汪是真傻还是装傻,总是不厌其
烦地被咪咪欺负,直到咪咪筋疲力尽了还不放过,一副被虐狂的样子。
他们俩总让我想起 Jim Davis 的加菲猫和欧弟狗。可是他们长得一点
不像。

　　这时传来老黄老婆的声音,大声地喊咪咪和汪汪,语气里带着常有
的愠怒。咪咪和汪汪只是竖一竖耳朵,继续厮打。在凉爽的环境里他
们乐着呢,才不会去理会她的喊声。接着她继续喊她的儿子,要他过来
把猫狗捉回去。

　　一会儿,小黄扭扭捏捏地过来了。我把钥匙和钱包什么的从裤兜
里掏出来扔在桌上,准备洗个澡。小黄站在门口的时候我正打开冰箱
取出一瓶可乐。看见小黄站在门口望着我,我倒被望得有些不好意思
了,问他要不要来一杯冰镇可乐。小黄向后望了望自己家的方向。不
管小黄外面有多顽皮,在邻居中因为不常开口总给人老老实实的感觉,
所以常接受邻居们的小零食。为此他常被他妈劈头盖脸地漫骂。他妈

对于自己儿子在邻居中那么受欢迎一向非常恼羞成怒,还常演变为莫名其妙的打骂。因此小黄在接受邻居小恩小惠的时候就更畏畏缩缩了。

我向小黄又招了招手,给他倒了一杯可乐。毕竟是个小孩子,怎能抵御大热天里冒着气泡的冰镇可乐? 他蹑手蹑脚地近前来咕咚咕咚地喝了起来。咪咪和汪汪这时停止了打闹,仰着头望着小黄,无比羡慕的样子。他们跟其他小动物一样,见到别人吃什么喝什么都想尝尝,也从来不管自己的肠胃本来并不是为人类的食物而长的。

走廊那边又传来震耳欲聋的喊声,小黄的妈认为小黄在这空调的房间待得太久了。小黄一转身跑了回去,汪汪和咪咪像跟着小头目一样地也跑了出去。

在我关上门的时候,还听见小黄的妈在用震得楼道发抖的嗓门无目的地漫骂。那漫骂一定是无目的的,因为字里行间骂的都是小黄的娘。

到了晚上,我忽然找不着钱包了。记得是放在门口小桌上的,可现在满屋子没有。我拼命回忆,却只记得小黄站在门边的那一会儿。会不会是他拿的? 看他那老实劲儿,总觉得不像。但这个年龄的孩子容易受各种不良事物的影响,也难说。想来想去也没有别人进过屋子,当然除了汪汪和咪咪。

我鼓了勇气,敲了他们家的门。

门是虚掩着的。老黄一家正在看电视。小黄在一旁做作业,一边抬头看一边低头写,好像是给电视节目做听写一般。

老黄热情地迎上来说:"来来来,坐坐坐!"

我却一时不知怎样说好。在老黄真诚的征询目光注视下,我吞吞吐吐地说:"呃,小黄……小黄他刚才到我家去的时候……有没有……"

"我没有拿!"小黄"噌"地从小板凳上站起来道。

小孩子就是沉不住气，我倒有点觉得他可怜。

事情很快明朗化，老黄从小黄的书包里找出了我的钱包。接着他就当着我的面开始一阵狂暴的发作。他打小黄简直是红卫兵抄家之势，面目狰狞，到处滥加拳脚，几乎把电视机砸烂。小黄还没挨到多少下打，却被他吓了个半晕。老黄的老婆在一旁声嘶力竭地喊骂，还不时地掂量一下扫帚、拖把之类的家什，给老黄助阵，生怕老黄赤手空拳吃亏。

我既不能劝他们，就悄悄地溜出门外。

这个晚上就这么吵闹着过去了。我的卧室就紧挨着他们的客厅，一晚上听他们教育儿子。老黄声音浑厚，他老婆的声音则尖锐刺透，小黄的呜咽声被他们完全遮盖，只在间歇时勉强听得到，说明他还活着。他们的喊骂也最终变得稍微理性了一些。

"哪有你这样的白痴?! 人家没说你就承认?"

"做了这么大一件事情回来也不告诉爸妈?"

"×你娘!"老黄骂道。

"×你娘的×!"老黄的老婆骂道。

夫妻俩一唱一和，好不热闹。

此事也就这么过去了。老黄夫妇有好几天没有往过道里添东西。我把这看作他们的姿态，算是道歉什么的，也不知道是不是这个意思。

若干天以后，过道里又多了个黑糊糊的铁锅，我想这应该意味着生活又完全照常了。小黄又跟往常一样跑上跑下。

隔壁还是不时传来叫骂声，小黄的成绩仍然处于及格的边缘。老黄夫妇看到小黄成绩单时的叫骂，通常倒不是针对小黄的，而是漫骂老师存心难人，间或还会很综合地抨击教育制度。我时常感到奇怪，小黄竟还一次都没留过级。

那天，虽已入秋，天还是燥热。我回家进门的时候，汪汪和咪咪又一前一后冲了进来。其实最近我已经很注意,进门的时候通常立刻关门,免得它们把战场延伸进我的房间。但这次正巧我接了个电话,两只手对付电话、钥匙和门有些应接不暇。既然它们进来了,我就不好关门了。这天还正巧我出门时关了空调,所以汪汪和咪咪进来以后,感到温度不很对头,就面面相觑,然后抬头对着我一副询问的表情。我站在门口,希望他们明白个是非赶快出去,至少过道里还有丝风,而且老黄他们家一向门窗大开,同样没有空调的时候应该比我这儿凉快些。

这时老黄的老婆出现在门口,肥大的身躯把门给挡了个严实。咪咪和汪汪这时好像明白了过来,从她的腿缝里钻了出去。然而老黄老婆没有回去的意思,反而进来了。她开口说话的时候,我才注意到她刚才没有大喊大叫。而且她开口时甚至还很客气。但她不是对咪咪和汪汪客气,它们早已在自己家的厨房里追杀开了。她是对我客气。于是我又注意到,老黄的老婆在此之前还从来没有跟我直接说过一句话。

她说第二遍的时候我才明白过来,她说的是:"你怎么没开空调?"明白过来了,却还是反应不过来。我为什么没开空调? 或者说,我为什么因为她问我了,就要为不开空调想个理由?

汪汪和咪咪不在我房间里了,但她却没有走的意思。她穿着件大概是丝绸的汗衫,本来就是半透明的,被汗水浸湿,可以清楚看见麻袋状的奶子垂在大于胸围的肚腩上,下面是条玫瑰红色的大裤衩,有许多破洞。一看就更是一身汗,我下意识地打开了空调,别过了头,希望这景像赶快从我的面前以及我的记忆中消失。打开空调本不是为了她的问题,但她却认为我回应了她的建议,干脆走了进来,还把门给关上了。进来了还问:"哟,要脱鞋子的吧。"于是她踢掉了拖鞋,一屁股坐在我的床上。坐在床上倒不能怪她,我的房间里除了床也就电脑前的那把椅子。可我没有邀请她进来或要去邀请她坐,她这么坐下了,不知想要干嘛。

按理说,我现在背对着客人是很不礼貌的,但她那衣着不整的样子,我也不好意思面对着她。当然除了不好意思,我也不大情愿让自己的视线被一大坨子肉挡住。我想她平时在自己家这么穿惯了,也经常敞开着大门。但毕竟这是在我家。我猜想她关了门是怕浪费空调吧?但反正有点不对劲。

"小李啊,"幸好她开口讲话了,我琢磨着能不看着她又不尴尬的唯一行为就是去冰箱取瓶可乐了。"小李啊,你是有文化的人,你看我们小讨债鬼的功课一直不好,你是不是可以在周末或者他放假的时候帮他复习复习功课啊。"

我几乎退着给她递去可乐,眼角已经被她身体的隐约形象侵蚀,觉得燥热,直想眨眼睛。

她揪着我的衣角要我坐下。我只好坐在椅子上,她的几乎裸露的身体就这么堵住了我的视线。

"我们很重视他的教育的……"她这么絮絮叨叨地说着的时候,我想也许扑克牌和游戏机就是他们能想出的最好的方法了吧。当然他们还会打骂,他们当然地觉得打骂儿子是教育的至高境界,因为每次打骂完第二天还要在邻里间炫耀一番,很像公安部门以前每次夏天"刮台风"严打之后总要标榜抓了多少不法分子一样。"……我们也很严格的,你知道,"她这会儿更强调了我的认识,"上次他数学不及格,我狠扇了他一记耳光,害得我的手疼了好几天,那几天一洗菜都觉得火辣辣的——然后补考他就及格了……"说着她抚摸着自己油腻腻的手掌。

絮叨了半天,她又绕了回来,要我给小黄补课。我告诉她我自己早把数学忘光了,怎么可能对他有帮助。她说:"你可别以为我们穷,我们会付你家教劳务费的……"我赶紧阻止她:"不!不!我不是这个意思!"我摆着手道,"我真的不合适……"

就这样推脱了半天,我终于说服她收回了这个惊世骇俗的想法。

第二天快到中午,我下楼的时候,二楼的老太婆已经守候在那里,看那架势大概等候多时了。但她没有问我早饭吃什么,也没问我出去干什么,甚至有意假装不看我。这有点反常,尤其是她已等候多时。我一走下一楼,她就跟另一个邻居开始喊喊撮撮,声音很响,想必是有意要我听到,但她牙少漏风,我一句没听到,只感到那情绪不很友好。

去单位报个到就又溜了回来,跟往常一样。我捎了几瓶健怡可乐奔上楼去。经过二楼的时候,老太婆和两个邻居站在一起,盯着看我上楼,好像我出去的半天她都没回过家的样子。这次是那年轻些的女邻居在说,我隐约听见"变态"、"色狼"什么的字眼。

上到顶楼掏钥匙进屋,发现老黄他们的门紧闭着,记起出门的时候也是这样。这也有些反常,莫非他们俩同时找到工作了?

但进门没多久,就有人敲门了,是老黄。他刚才在家。

老黄一屁股坐下,然后并没有说话。

老黄在我家也是稀客。我把新买的可乐放进冰箱,取出两瓶冰的,递了一瓶给他。他一摆手拒绝了。他还是没说话,好像千头万绪不知怎样开头似的。

我想是不是他要来劝我给他们的儿子补习功课啊。我放下可乐,打开空调,耐心地等他开口。

"唉,"他叹了口气,"你也不小了,怎么也没见你有对象,没有成家的意思?"

咦,这话从哪说起啊? 该不是他要来介绍女朋友给我吧。

我正不知道怎么回答呢,他继续了,"可桂芳毕竟是我老婆,你怎么可以……"

虽然还出于莫名其妙的状态,但我已经知道事情的大概走向了,尤其是把楼下老太们的评语结合起来。我开始琢磨该怎么应对这指责。对策之难,首先在于这种指责跟老黄的老婆联系在一起,就很让人恶心;其次还要去洗脱罪名,似乎不但是画蛇添足,而且还多了几分让人作呕的成分。我想说:你老婆自己光着身子到处乱闯你怎么不说? 你老婆当着你儿子的面经常衣冠不整你怎么不管？我被迫看到了你老婆的奶，没要你们赔偿我的视觉污染，反倒要被你们指责？但是我什么都没有说。

然后，老黄竟然换了种苦口婆心的语气，教导我说男青年对女人身体有兴趣是正常的之类。我干脆笑了出来。我看也只有这办法了，把这件事情当笑料吧，就像人在雨天摔在泥塘里，虽然又疼又脏，只要你没摔断骨头，能笑的还都会先笑一笑。

一边听着老黄的絮叨，一边我揣测着，老黄的老婆是怎么告诉他的。

老黄老婆（现在我知道她叫桂芳了）的一声喊叫打断了老黄的演讲，是叫他回去吃晚饭的。老黄叹了口气出去了，好像背负了多少委屈但已经决心承受了，还顺手拿走了两瓶可乐，我递给他的以及我准备喝的那瓶。

我倒真想伸个头看看正在叫老黄回家的"桂芳"是个什么表情。但我没有伸头，我好像不好意思伸头看。然后我想难道我还不好意思了不成？！

等我关上门，我突然更加觉得好笑，尤其是想起楼下年轻女邻居的评论。如果我果真那么做了（偷看桂芳的奶子），那确实非常的"变态"，远远超过"色狼"的范畴了。一个人笑有些怪异，我真想打个电话给哪个朋友分享一下，但一时想不出给谁打。只好一个人怪异地大笑。

第二天出门，迎面撞见了桂芳。我朝她点头一笑，完全忘记了昨天的事件。可她竟然一脸羞愤，扭头回屋里去了。不但令我想起昨天老黄的一番话，更令我纳闷的是，难道她真的认为我看她的奶吃她的豆腐？大概女人不论美丑都自认为只要是肉就是一身宝吧。

楼下的老太婆今天没有在过道里等我，她半开着门露了个脑袋，用两只惊慌的小眼睛监视着我下楼。是啊，我接着就该去非礼她了不是吗?

　　事情虽然可笑,可那天我不觉得很可笑。我那天的心情还是被搞糟了。我觉得不是跌到泥塘里,更像是踩到了狗屎,一点不痛。

　　晚上回家,上楼的时候像是有个小型妇女集会。看见我上楼,有一个拉拉另一个衣角,那个衣角说,"怕什么,这种人应该告到公安去!"她说话的时候吐沫溅到了二楼老太的身上,不过她没有觉察。现在有那么多妇女壮胆,她当然不怕我强奸她了。等我上了三楼,那衣角还甩着头抛出一句"流氓!"

　　六楼,老黄已经恭候多时。我开门没有让他进去,但他推开我大摇大摆地走了进去,好像是自己家一般。我跟了进去,他示意我关了门。我关门的时候想,是否应该做好搏击准备呢?

　　他今天比较开门见山:"这样吧,我也不去公安告你,这样对大家都没好处……"既然不打架,我就从冰箱里取了瓶可乐。就一瓶,没打算给他。我拧开盖子,却被他夺了过去。

　　他用可乐润了润嗓子,继续道:"你给桂芳安排个工作吧,她下岗久了,也该干点事情了。"

　　我从一个被唾弃的流氓摇身一变成为某权势人物了。我发觉老黄还真是个能人,他又让我语塞了。

　　他看我顿着没说话,又说:"也不用什么特别的好工作,但就是不能去扫厕所。"他倒还想得蛮仔细的。

　　我只好继续愣着。我又不是职业介绍所。我非常纳闷他怎么会想到要求我这件事的,我怎么也看不出自己有这功能啊。

　　接下去,老黄就像梦呓一样地打开话匣子了。他说他们儿子没考上高中,他们筹划着请家教,还有他们准备买个空调,等等,这些都需要钱……"以后都仗着桂芳了。"老黄总结道。

　　"怎么都仗着她? 你不是有工作吗?"

"辞职了。"老黄又吞了口可乐。

"哦,去哪家出租车公司?"

老黄对我的问题没有反应过来,呆望着我。

"你不是说你要开出租去吗?"我说。

"对呀,我可以开出租车嘛。"老黄明白过来了。

"是你辞的职吗?"我明显感到不对,没有找好下家就辞职,连我都不敢,老黄能那么大胆果断?

"是单位,单位把我辞职了。"老黄说,"不就多报了些加油发票嘛……谁知道新客站买的发票是假的?!……不过不用担心我,我自己会去招聘的。就是桂芳,一个女人家,我怕她出门被人欺负……"

那个他怕外人欺负的桂芳的一嗓子喊叫,把老黄惊了一下,把他从思绪中拉了回来。他意犹未尽地回家去了。

还好老黄家吃晚饭是很准时的,这漫无目的的谈话才得以终止。我害怕老黄饭后还来继续逼迫我给他老婆找工作,就关了门关了灯。我这个晚上就在电脑前面度过,在网上找房子搬家。

在我搬离这幢楼以后,大约半年吧,在一家商场的厕所偶遇桂芳。当时是这样的:我正往男厕所走;一个刚进去的男士惊慌地退了出来,我还没踏进厕所,就听见里面熟悉的声音,尖锐刺耳:"我在扫厕所呀!有啥稀奇啦?我儿子都有你那么大了!"

所以我的偶遇仅限于声音。

事后试图想明白她说的话到底什么意思。老黄家的逻辑一直让我觉得比较特殊。是她儿子大了所以她就可以看陌生男人的私处了?还是她儿子反正大了,她回家也能看见儿子私处的?到底什么东西不"稀奇"?看那退出来的男士那脸惊慌,她别是穿着她家里的装束在扫厕所吧。

厦门的女孩

　　飞机打水飘一样地降落在厦门机场。剧烈的两三下颠簸中,一位胆小的女人发出不太夸张的一声尖叫,另外有个孩子开始哭了。起陆架第一下着地又飘起来时,大家还都以为飞机要重新起飞呢。

　　程宏看了一眼旁边座位的乘客,想他应该明白刚才快降落时为什么空姐跌跌撞撞地到他跟前叫他先坐下了。没几分钟前他还义愤填膺地向邻座的程宏唠叨,说飞机上的空姐还没有火车上的服务员好。他满以为广播说快着陆了就是要他收拾行李,于是就站了起来,但空姐还是软硬兼施地让他重新扣好了安全带。虽然程宏坐过很多次飞机,但这种降落还是头一遭,简直像惊险电影。要是没有安全带,他的头一定撞到顶上了。他发觉这位老兄的脸色有些不妙,便从椅背上抽出废物袋递给他。那位老兄算不上瞪地看了他一眼,也没接也没摇头,紧咬牙关,双唇紧闭,专心致志地攥着椅子扶手。

　　下飞机时程宏觉得有些头晕。他看见邻座已经恢复常态,一头钻上摆渡车抢了个位子。程宏拨通了姚青的电话。

　　"你到了吗?"那边传来既熟悉又陌生的声音。

　　"对,刚下飞机。"

　　"那你就直接来吧……我在家呢。"

　　"好,一会儿见。"

在出租车上，程宏闭上眼睛，希望能把头晕的感觉在到姚青的家之前消灭掉。上次见到她是两个月前的事情，而第一次见到，则是四月份的事情。那是程宏第一次来厦门出差，开一个产品展示会——他们公司是卖电器的。姚青在他来之前就帮他与假日酒店的销售部谈做好了大部分准备工作，让他的工作非常顺利。

可程宏的产品展示会并不成功，一单生意都没签到——他公司的电器是以北方市场为主的，优势在于加湿器暖风机什么的，厦门当然没什么生意可做。程宏来之前也多少预料到这些，所以并没任何失望。那么他为什么会选择在厦门呢？这还得从他认识姚青开始说。

姚青是厦门大学的一个小教师，工资太低就兼职帮一个朋友的公司打工，所谓的工作就是打电话销售他们的旅行优惠卡。程宏接到她的电话纯属偶然。作为一个销售经理他通常是不在自己座位上的，而那天下午他正无所事事，迷迷糊糊地想打瞌睡。姚青在电话里的声音像是杯冰冻橙汁一样地让程宏提神。他竟然耐心地听完了她长达五分钟之久的销售讲演。自己是作销售的，本来很容易打发销售员的。

说完那套讲演词后，姚青深吸了口气，好像刚才是一口气讲完的似的。一般讲演如果只有五分钟那应该算是简短得可以的了，但姚青是电话里连讲了五分钟，而且用的是一口气。然后她问道："那么程先生，你有兴趣吗？"

程宏道："你刚才是在念稿子吧。"

姚青告诉他，她的办公桌面对一堵墙，墙上就是一大张印着销售台词的纸。要是没这么长，她早就背出来了。

于是他们就有一句没一句地聊了起来。姚青因为是兼职，并不急着打下一个电话；程宏那天刚丢了个客户，也没心情做什么正经事情。他们就这样聊了将近一个小时。

然后变成几乎每天半个小时，甚至有时一天要通两次电话。这里要提一句，程宏是结了婚的，这一点他并没有向姚青隐瞒——他们的聊天根本不以谈情说爱为目的，只是互相交换对生活的看法。也不求什么苟同，只觉得说话从来没这么痛快过，因为不必取悦对方。

就这样，每天的通话时间逐渐超过了一小时，程宏的销售业绩不进则退。他的老板找他谈了一次话。这次谈话使他觉得有必要开发新的销售市场，自然而然地，他就想到了厦门，姚青的城市。

维持了多时的电话聊友听到他要来，非常热情地提出帮助。这时姚青早已不在那家公司里打电话了，她回到厦大继续教英语。

那次程宏的出差，总共才四天。第一天准备会场，姚青帮着程宏，忙得不可开交，到晚上吃饭时才坐定下来，两人才第一次有机会好好地端详对方，并且面对面地聊天。他们这时发觉其实还很陌生，不像电话上那么无所顾忌了。毕竟现在没有了任何隔阂，而隔阂就是保护的屏障，让人有安全感。在饭后继续喝着啤酒的时候，姚青觉得心跳突然一阵子猛烈起来，几乎快要晕厥过去。等她回过神来再看程宏一眼的时候，眼睛里噙着泪花。这泪花也许是刚才身体的那阵子不适引起的吧，姚青自己也不清楚。然而却把程宏吓了一跳，以为触动了什么她的伤感事情，于是更不敢说话了。两人就着沉默把酒喝完了，然后就分别回去了。

其后的两天程宏忙着产品展示会，也没有跟姚青有更多的谈话机会。每天忙到半夜才休息。最后一天，他觉得应该以什么方法报答姚青的帮助，提出由公司出些劳务费什么的。姚青说什么都不要，说请吃顿饭就好了。程宏说好啊，什么地方由你定。姚青说到我的宿舍去，我们一起做吧，可以多说说话。只不过买菜得你出钱。

程宏也觉得本来的聊友现在说不出几句话很不好意思，这正是个说话的好机会，就跟着一起去买菜了。程宏还怕她以为自己见了她嫌她不漂亮什么的，所以拼命找了很多废话说，以说明自己挺爱跟她说话的。说起样貌，姚青虽不是个绝色美女，但她有种特别的魅力吸引着程宏。不太漂亮的眼睛，不太漂亮的鼻子和不太漂亮的嘴唇，可放在一起不但不难看,而且让程宏觉得挺耐看的。以致于程宏在趁她做饭的时候从各个角度端详她,希望等会儿能告诉她是哪个角度最好看。最后程宏发现不是角度问题,甚至不是漂亮与不漂亮的问题,其实没有任何问题。有的人就是长成这样。

那顿饭弄得很简单,他们做完吃完时天色还没有暗呢。姚青递过一罐啤酒给程宏,自己拿着另一罐走到窗前。昏暗的天色勾勒出她的剪影。可是她穿着件汗衫也看不出体形线条什么的,程宏继续琢磨着为什么他那么爱偷偷地从背后或旁边看着她。

他们的谈话仍然很僵硬,几乎能谈的话题以前都谈过了,见面只能使他们更没有话题。于是程宏开始讲些笑话。在公司里他总能绘声绘色地讲笑话,不管荤的还是素的。甚至他的同事们愿意把笑话先讲给他听,然后让他复述一遍。笑话的精髓总能在他的演绎下生动地表现出来。可现在他发现自己笨嘴拙舌的,甚至立刻后悔,觉得根本不应该开始讲笑话。转而他又认为自己表现欠佳是因为自己丰富的表情和肢体语言不能很好地起辅助作用,因为此时天色已经全黑了。

他对黑暗中的姚青说:"不早了。今天也够累的,我先告辞了。以后你来上海时我好好报答你。"

可姚青又说:"再说会儿话吧,你看我们都没说过什么话。"

姚青心里希望跟他接近,肉体上的接近。她并没有明确的希望和他拥抱或接吻或做爱的念头,但觉得肉体上接近了才能真正继续开始沟通。她希望不开灯和留他再待一会儿的暗示能够让他明白了,可程宏好像决心不明白似的。是不是他这时正在想着他的远方的妻子?

程宏现在实际上在琢磨姚青。姚青显然是给了一系列明显的暗示,可他不敢接受这些暗示。面前是个刚刚无偿帮了他大忙的女孩子,他觉得至少不应该在今晚造次。但是他明天就要走了。他何尝不想跟她接近,他刚才对她琢磨了半天,正希望通过身体上的接近来揭晓她的吸引力到底在哪里。现在在黑暗中,两个人都僵硬着肢体。虽然很像在电话上那样看不见对方,但总不是一回事。

　　程宏拿出一枝烟,他并不常抽烟,他是想借这枝烟缓解一下自己的尴尬。姚青替他点了火,程宏的手自然地搭在了姚青的手上。程宏希望暗示得到进一步的证实,希望她的手不要挪开。但她的手挪开了,把打火机放在了窗台上。程宏正准备再一次提出要告辞的时候,他的嘴唇被另两片热乎乎的嘴唇贴住,一具热乎乎的胴体靠了过来,被程宏的臂膀接住。他们只吻了短短的几秒钟,之后身体贴在一起好像两个疲惫的人互相支撑着,靠在窗边的墙上。

　　过了几分钟。也许十几二十分钟。那段时间里他们同时觉得像是说了很多话似的,但其实一言未发。但第一天晚饭时的不安全感现在消失了。看来有没有隔阂都能给人安全感,只是在隔阂不多不少的时候才倍觉尴尬。

　　程宏又低下头,给了她一个更深更长时间的吻。然后他们彻底放弃了谈话的企图,倒在那张宿舍的单人床上。

　　姚青虽然留程宏住下,但程宏还是坚持回酒店,因为第二天一早要直接去机场买机票。他没有邀请姚青跟他一起回酒店。当然即使邀请了,她也一定不会去的。他们就这样告别了。第二天早晨程宏赶的是早班飞机,也没来得及给她打电话道别。

　　回了上海,他们继续通电话,甚至好像什么都没发生过一样。程宏觉得自己算是有过一夜情了。虽然电话上认识她很久,在厦门也一起待了几天,但这件事情好像也再不会发生一样。因为以后他们谁都没再提过。

　　直到有一天在电话上,姚青忽然问:"你什么时候再来厦门?"

　　程宏其实再也没有理由去厦门了,老板已经说他浪费了公司的市场经费。但他想都没想地说:"很快……"然后补充道:"也许下周末。"

　　第二次去厦门,程宏用的是自己周末的时间。他跟公司请了星期五下午和下星期一上午的假,跟老婆说是去出差。由于用的是自己的钱,而钱又是老婆管的,他就在某一天慌称被偷了皮夹子。皮夹子里有两千多块钱,于是他有了这次南下的来回机票钱。

然后他给姚青打电话:"我星期五晚上到,我……可以住你家么?"

"当然可以,"姚青的回答没有任何犹豫,然后还加了一句:"我想你。"

于是在两个月前程宏第二次来了厦门。在机场他就打电话告诉姚青实情,不是因为出差来的,而且机票还是这么得来的。她的宿舍实际上是学校替年轻教师租的校外公寓楼,所以比较自由,一个外人进出也不会引起别人的注意。

到了她的家,刚一开门,姚青就扑了上来。差点儿没把程宏扑倒。姚青的身上散发着浓郁的沐浴露的香味,头发还是湿漉漉的。她的吻像倾盆大雨般落到了程宏的脸上、脖子上。他好不容易放下了行李,关上了门,然后放下了姚青,还来不及说什么,第二轮亲吻又迎面而来。于是他们几乎什么话都没说,一直到饿得胃痛了才穿上衣服下楼吃饭。

这次来,程宏自己也没有完全搞懂是为什么。这会儿他更是没有机会想太多。他们吃着饭,说着其实非常无聊的话。姚青兴致很高。程宏很想问她心里是怎么想他们两个人的关系的,但不知怎么开口好,于是说:"上次你帮那么多的忙,还没机会报答你呢。"

"你临走前那晚已经报答我了。"姚青脸上灿烂地笑着,答道。

程宏显然对这种回答很感动,说道:"可我倒觉得是你让我更欠你情了。"

"难道你认为女人和男人做爱就是失去什么了吗?"

"哦,当然不。这当然应该是两情相悦的。所以我也没有给你什么呀,怎么能算是我的报答呢?"

"行了,别客气了。明天陪我玩一整天好吗?"她的笑容仍然是那么灿烂。

"当然好。上次来得匆忙,还没机会玩呢。反正我过来就是陪你的,这你知道。"

晚上他们回到房间,又缠绵起来,所以第二天快中午了才起床。早中饭并作一顿后,姚青带他去了滨海大道。

"来厦门的游客都会去鼓浪屿。你要想去就找别人带你去吧。我要带你去真正的海滨。"

于是,他们来到了曾经是架着大炮的东南部海滩。隔着海看得见台湾的小岛。他们沿着海岸线向北走,走过一段乱石滩,走过一段沙滩。海滩上视线所及的地方总共才能见到五六个人,可能因为那是个阴天。天气并不很热,也不冷,但风很大,把程宏的外套吹得像个气球似的,把姚青的裙子吹得像面旗子一样地飘动。程宏看到她被风吹打的裙摆下不时地露出雪白的大腿,有些心动。虽然海滩上不会有人看到,但他还是伸手帮她拉住了裙裾。姚青仰起脖子看着他,半闭的眼睛被海风吹得湿乎乎的。程宏俯身深情地吻着她的唇。拥抱着的两个人显得重心不稳,程宏找了块岩石坐下,姚青就势跨坐在他的身上,他顶撞着她温暖的跨下。姚青激动得有些发抖,伸手拉下了他的拉链,引导他进入。他们就这样在午后阴暗的天空下,在海风肆意的撕扯中,在海水涨潮的澎湃中,舞着亢奋而又热情的节奏。其间有一家三口踏着浪花从他们身后不到一百米的地方经过,但互相应该都没有注意,沉浸在各自的快乐之中。

晚上,他们舍不得离开那片海滩,便在堤上的一家海鲜餐厅吃饭。一个中年妇女从海边朝他们走来,脖子上挂着个望远镜,像个军事指挥官一样。姚青对程宏说:"租个望远镜吧,跟你女朋友一起看看对面的八个大字……"

程宏意识到,他有个情人了。

但席间他们的话题避开了程宏的婚姻。姚青说:"我们的关系不应该是情人的关系。"

"那是朋友的友谊吗?"程宏问道。

"你跟你的朋友睡过觉吗?"姚青反问。

"那,你说是什么呢?"

"我也不清楚,"姚青望着肉眼看不见的金门岛上的八个大字——"三民主义,统一中国",跟滨海大道上的"一国两制,统一中国"像一副对联一样远远地摆开。她继续说道:"也许,就是恋情和友谊的结合体,应该高于两者中的任何一种。"

程宏这第二次去厦门,和姚青得到的一个共识是,他们的关系决不应该跟别人的婚外恋一般。至于具体怎样二般,他们都说不清,但总觉得既已建立的沟通模式是普通两个人所难以达到的。加上,谁也不愿落俗。

但程宏回到上海后,发觉跟妻子的关系就不好处了。诚然姚青一点没有要他离开妻子的意思,甚至也没有要他承诺经常去看她。也就是说,只要他们的电话继续通着,每天继续聊上半小时、一小时,她也不会要求别的什么了。可程宏仍然难以面对自己的妻子,因为姚青的灿烂时常浮现出来。现在程宏明白了,姚青给他的难忘感觉,可以称作灿烂。即使想不起她长什么样,灿烂也能像个符号一样搅得他一整天心神不定。

程宏的妻子叫苏倩,是他前一个公司的同事。那个公司也是经营电器的,他们都做销售,部门里的销售业绩不是程宏第一,就是苏倩冒尖。他们在竞争中认识了解了对方,然后像公司兼并一样地同时认识到结婚的好处,于是就结婚了。

结婚后,他们俩的销售总额超过了部门的一半,引来同事们的深恶痛绝,连部门经理都因为害怕地位不保,而不时找他们的茬。而公司的总经理呢,用比较尊重他的话说,是个草包,听信了谗言也对他防了一手。形势逼迫下他们双双离开了那间公司,程宏就到了现在的公司。

那间他们离开的公司当然在一年后只剩下一个门市部还存活着,原来的销售部经理被总经理羞愤之下炒了鱿鱼,而总经理本人拿着个电喇叭在门市部门口叫着:"八块八块、一律八块……"

他们结婚也有三年了,没有要孩子的准备。他们本来决心要赚到了十万就生孩子,但十万元的作用在迅速地缩小。现在他们的计划是赚五十万,但住着的房子旧了,而且也该买车了,于是那还没赚到的钱已经有了去处,他们又得重新调整目标了。

苏倩是个好妻子,外能独挡一面、打工赚钱,内能操持家务、把生活安排得妥贴。程宏深知这种生活稳定而有奔头,方向已定,只要努力动动两腿往前跑就行了。

正是这种稳定使最近的程宏工作没有了冲劲。他一度在现在公司也是销售第一,但近来却接连几个月没开锅了。老板估计人有高潮低落,所以给了他足够的空间作调整,他却用来跟姚青聊天了。这不,聊出了婚外情来了。

他最近与妻子的关系处不好,自认为是因为在姚青身上找到了苏倩没有的东西。可他不知道,这苏倩没有的东西正是因为苏倩是他的发妻。苏倩既然不是他的婚外情人,当然就不可能有作为情人所有的一切特点。

姚青最近的一个电话也把程宏的思绪带到了一个新的迷惘境界。姚青在那个电话里其实什么特别的话也没说,她有一句没一句地、但同时是竭尽全力地在应答程宏的话。她流露出的情绪被程宏理解为失落,进而认为是姚青爱上了自己,希望与自己长相守。他的理解并没有太多的偏差,姚青确实觉得自己越来越离不开程宏了。她需要一个男人,一个常在身边的男人,那个男人是否就是程宏,正是她最近常思考的问题。人生的问题是越思考越糊涂的——你一旦停止思考,答案就来了。可思考的人们是不愿停止思考的,也就是说,他们是不太有希望得到答案的。

　　事有凑巧，厦门的一个公司鬼使神差地给程宏打电话，在产品展示会以后那么多月，突然表示出对他们公司产品的兴趣。程宏义不容辞地要再去厦门，而且不需要再丢一个皮夹子了。

　　就这样，程宏又来到了厦门。他今天急于想见到姚青，感到有许多话要讲。

　　出租车驶到了厦大附近，程宏觉得自己的头晕已经好了很多。他提着箱子上了姚青的宿舍楼。姚青开了门，没有像上次那样地扑过来。他们分别坐下。

　　姚青问他要喝什么；姚青又问他要不要洗脸。总之，他们像是陌生人一样。即使第一次见面也没有现在这样尴尬。

　　程宏说我现在什么都不想喝、什么都不想做。然后他伸手抓住了姚青的手，试图把曾经觉得要说的那么多话想几句出来。姚青的手被抓着，却浑身僵硬。她原本也觉得有很多话要说的。但其实，凡是人觉得有很多话要说的时候，基本上都会一句话也讲不出来的。

　　程宏想不出要讲的话，于是就去洗了把脸，小了个便。出了洗手间，姚青又给他泡了杯茶，给自己削了个苹果。姚青啃着苹果，程宏吹着茶叶从唇间吮着滚烫的茶水，这样就遮掩了他们绝大部分的尴尬情绪，他们又开始有一句没一句地聊上了。如果能作为第三者听到现在的对话，他们一定会觉得自己是傻子，但为了讲这些话他们已经绞尽了各自的脑汁。

　　但说着话气氛倒是轻松了起来。其实程宏一直想问姚青，她对自己的感觉到底如何，是爱、是喜欢、是想占有还是想怎样。但程宏无法引起这个话题，万一姚青的失落感只是因为她厌倦了这份关系，而希望和他保持距离了呢。姚青也一直希望告诉程宏现在困扰她的思想，她并不期望程宏放弃现有的生活来跟她好，因为她还没有肯定自己是否需要的就是他，但她想把这些话说出来。可如果说了就是希望发展这份关系的暗示，这话可不是随便说的。

就这样他们各自胡思乱想着，同时又继续着一场听来挺有逻辑的谈话，聊着各自的工作和生活琐事。

他们没有跟上次那样做了爱才去吃饭，天没黑就下楼找饭馆去了。当程宏提出"我们吃饭去吧"的时候姚青欣快地同意了，好像两个人都饿坏了一样。但进了饭馆他们还是没饿。

晚上，他们就如同一对老夫妻一样地洗漱、脱衣、上床。过了好久，程宏想大概姚青已经睡着了，他才终于在黑暗中伸过手臂抚摸姚青的肩膀。他的手把姚青的睡衣从肩上捋下，凑过嘴唇温柔地吻着。程宏希望姚青这时真的睡着了。可姚青当然没有睡着，肩上突然被如此逗弄有些痒，但她忍着。她身体的僵硬被程宏察觉了，停止了亲吻。姚青转过身来，眼里噙着泪花说："别停……"

程宏吻她的嘴。他的上身压到了她的身上。感受到了程宏的重量，姚青紧紧搂住了他的背脊。接着他们的腿就互相钳紧了对方。这次做爱让两人都特别激动。姚青不断地流着眼泪，但怕程宏误会是她伤心，还不断地说："我好高兴，来吧……"程宏浑身游走着一种难以抑制的颤抖，回应着说："我也高兴……"

之后，他们肩并肩地躺了好久，至少半小时以后，程宏突然问："你睡着了吗？"

"没有。"姚青的声音很清醒，"有什么事吗？"

十几秒钟后，程宏又开口："我，我爱你。"

说完后，他支起身子，认真地端详着姚青，并抚摸着她的脸和头发。他准备开口再说一遍，姚青伸出一个手指挡住了他的嘴唇。程宏抓住了这根手指，还是准备再说一遍，因为他现在确实想再说一遍，但姚青这次用吻堵住了他。

第二天早晨程宏醒来时，发觉姚青的头枕在自己的胸口。他道了声早安。这时姚青也醒了,开始吻他的胸口。她的头发抚弄着程宏的皮肤,有些痒,但程宏不希望她停止,所以忍住没说。她的头发继续撩拨着他的腹部,继而是大腿,她的舌头则落在他早晨挺拔而又敏感的下体。这时程宏望了一眼窗外,阳光刚刚投进窗户,投到他被快感浸润着的躯体。他忽然觉得这一望,是如此地奢侈。

在姚青起床去煮水饺做早饭的时候,苏倩给程宏的手机打来了电话。程宏的声音有些紧张,生怕姚青从厨房叫一声"要多少个"之类的话,因为厨房里姚青一定没听到他有电话进来。

苏倩随便地问了几句家常话,然后告诉他,她明天将要到福州出差。福州距厦门大约四小时的车程,程宏没有理由不去看她。于是说好明天坐大巴去福州。

电话挂了半分钟后,姚青才从厨房端着水饺回来。她坚持让程宏坐在床上吃,从她那兴高采烈的情绪看,一定没听见他打电话。程宏犹豫着要不要告诉她,明天就要去见妻子。但程宏更犹豫的一件事情,是怎样面对自己的妻子。他觉得这面前的女孩已经是个确确实实的情人了,如此在妻子面前装模作样他作不到。他心里同时觉得已经深深爱上了姚青,那个和自己的身世几乎没有什么共同点的姑娘。他在姚青灿烂的微笑面前无法相信自己和苏倩的合并同类项一样的婚姻是爱情。

"明天我要去福州……"

"哦。"姚青像没听见他说什么似的,兴致勃勃地吃着早餐。

第二天姚青一早自己去学校上班了。中午,程宏整好了行李,带上了门,叫了个出租车朝车站赶去。

在车里,程宏想给苏倩打个电话,但犹豫来犹豫去,还是打给了姚青。姚青在电话里也没说太多的话,因为还要赶着去上课。程宏告诉他,还会从福州回厦门,然后才返上海。至于在福州待多少天,他也不知道。程宏说因为福州的公事会很忙,可能没法多打电话。姚青表示理解,会等他电话,期待着很快和他再见面。

然后,他还是给苏倩拨了电话。他希望确认她晚上没有什么安排,因为他希望跟她好好谈一次。电话里传来"关机"的提示,大概她已经登机了。程宏闭上眼睛,琢磨着该怎么说。他不能想象自己的妻子能否理解自己对一个认识没多久的女人的热情、相见恨晚的感情、以及认真程度。他想象苏倩听了也许噗哧一笑,以为他开玩笑。这样,就会使他的解释显得更严肃。他能够想象苏倩的无法理解,因为几天前,他自己大概也不能理解现在的感受。那么,这感受到底有多少是真实的呢?会不会是一时的冲动,只成为不久将来的懊悔呢?

在去福州的大巴上,姚青的形象不断地浮现在他的眼前。很多是煽情的画面,他们过去约会的场景;也常出现对将来两个人一起生活的想象。这些频繁出现的意识流把他的思绪搅得很乱,使他越来越相信这种热情一定是真实而又意味深长的。但他转而又想,难道自己和苏倩之间就不曾有过激情?难道这合并同类项真的是一开始就有的感觉?还是被现在的事情影响而产生的对这婚姻的新的诠释?他努力回忆谈恋爱的时候、新婚的感觉,但思路总回到和姚青缠绵的镜头。他终于打断了自己混乱的思想,又给苏倩拨了个电话。按说飞机应该降落了,但听见的仍然是"关机"的提示。也许飞机晚点?或许? 一丝不祥的预感略过他的脑际,但很快被他挥去了。颠簸的大巴发出吵闹的声响飞驰在公路上,他继续努力地思考着。

苏倩会爽快地认同他的新欢,进而和和气气地跟自己离婚?还是会异常地痛苦、拼命留住他?他无法想象那么理性的妻子能苦苦哀求自己,同时也不能想象她会冷静地同意自己的变心。总之,他不能想象苏倩的任何反应,好像任何一种态度都和苏倩格格不入。那么她会怎么样?

　　另外，如果脱离了这场婚姻，他应该立刻投入姚青的怀抱，还是独身一个阶段、仔细地调整一下自己呢？暂不考虑姚青是否愿意和他厮守，他毕竟没有和她进行过任何有关两人将来的讨论；他依稀能够明白，他和苏倩的关系，与他和姚青的关系，并不是完全相关的事情。

　　颠来倒去的思考令他昏昏欲睡。他想在睡着前再给苏倩打个电话。现在离第一个在出租车里给她打的电话已经时隔三四个小时了，飞机无论如何都应该到福州了。可还是"关机"。程宏有些急了。会不会是有什么问题？虽然飞机的意外率是诸多交通工具中最低的一种，但人们总会自然地想到飞机失事。这次他连打了好几次，预先录音的"对方已关机"以及那拗口的英语重读令程宏有些紧张。

　　飞机会不会出事？这个刚被断然挥去的念头这会儿又萦绕在他的脑中。如果飞机出事？他隐隐感到自己有些兴奋，但立刻被自己的兴奋感觉吓了一大跳。如果飞机真的出事，那……那样就什么问题都没有了。生活就被逼着作一个改变，不管有没有姚青。他将不必作什么选择、不必说服任何人。他感到有些骚动。他被自己的大胆设想，以及这大胆设想所带来的罪恶感搅得乱糟糟的。

　　天色渐渐暗下去，但公路上的车还没有开灯。昏暗的高速公路上，隐约的车影像迷惘的幽魂互相擦肩而过……

　　苏倩到了酒店才发觉忘了开机，但她的福州同事们已经在大堂里等着她一起吃晚饭了。她跟他们一起吃饭讨论工作，到九点才想起该给程宏打个电话。但听到的是"对方已关机"。试了好几次，都是一样。十一点，她的手机响了，可号码是她上海的公司电话。她的上司告诉她明天要一早赶回上海，公司有些急事改变了她的行程。她十二点的时候再打丈夫的电话，又听了一次"对方已关机"，就睡了。

　　苏倩回上海的第二天接到了程宏公司人事部的电话,才知道那辆从厦门驶向福州的大巴在快到福州时出了事。在一个弯道处,大巴司机没看到前方一辆抛锚的集装箱卡车。那辆卡车刚抛锚也没开警示灯。大巴司机来不及刹车,匆忙中改变方向,但没能完全避开。大巴的右侧撞上了集装箱卡车,整个右侧都被撞击得向后挤压。大巴司机和左侧若干乘客受了伤,大巴右侧十一人中九人当场丧生,二人重伤不治。程宏坐在右侧车门后的位置,当场死亡。

　　没有人知道姚青是什么时候才知道程宏遇难的,相信至少是一个星期以后了。她花了好久的时间才回忆起他们最后的通话是那天中午的电话,她记得自己平静地说期待很快与他再见面。她花了更长的时间才想起他们最后在一起,是那天早晨她临走时吻了他一下。当时,程宏还没起床,正睡眼惺忪着呢。那天早晨他们没有做爱。由于知道若干天后还要再见面,他们都没表示出太多的依恋。上班的路上她还琢磨着等他回到厦门该跟他说些什么,做些什么。当她接了程宏的一个电话以后,她还想着下次一定要拉他去鼓浪屿。程宏来了那么多次厦门从未去过鼓浪屿。他也认为那是游客去的地方,而他对观赏游客没有兴趣。姚青想告诉他鼓浪屿的居民中出过诗人、作家、艺术家。她甚至准备花点时间去找有关鼓浪屿名人的资料。

　　以后很长一段时间,姚青都沉浸在他们渡过的最后一天的回忆中,就是煮水饺作早饭的那天,就是程宏遇难的前一天。那一整天她都企图整理自己的思绪,想着该跟他说些什么,但怎么也没想出什么有意义的话。她还记得的是,那天她一直都在想象自己能跟程宏过上一段完整的时间,比如一个月。她当时很想把这想法告诉他,但他一天都有些心不在焉。也许是工作分了他的神——姚青知道他的工作很不顺利。她相信那心不在焉仅仅是工作的原因,因为那天每当程宏无言地望着她,都能让她明确地感到一股温情,让她有种冲动想撞进他的怀抱……
但她那天没有这么做。那天甚至他们像一对老夫老妻一样地平静地度
过了一天。

Between

一

　　早晨醒来。知道天已经亮了很久了。我在床上辗转反复了很久,才懒懒地起身。其实已经不是早晨了,但还没到中午。

　　我知道很多不用上下班的人都不吃早饭(很多上下班的人都不吃呢),他们往往只吃午饭和晚饭,有时候加一顿夜宵;也有个别朋友在凌晨天快亮的时候吃第二顿夜宵,鸡鸣时入寝。不过我坚持还是要吃早饭的,哪怕已经 10 点半,11 点,或更晚;哪怕吃完早饭不多久就吃午饭。我愿意尽量持久地保持这三顿饭的规律,当作一种仪式来遵守。而且再晚睡也几乎不去吃夜宵。因为我相信,这种情况是暂时的。我要尽量保持这种情况的暂时性。

　　什么情况?

　　我辞职了。也不算什么特殊的情况。辞职了,所以不用上下班。下一个工作还没有找到,但估计很快就会找到的,所以没有工作这个情况是暂时的。所以,我不是没有工作,我其实处于两份工作之间,I am BETWEEN jobs。

　　我没有女朋友。准确地说,我现在没有女朋友。我原来当然是有一个女朋友的,而且还算在不久之前。但现在没有了。至于怎么结束的? 这个么,说来话长。不管怎么样,反正我现在没有女朋友。但我并不是独身主义者。我相信我迟早又会有女朋友。没有女朋友也是暂时的。所以其实,我并不是真的没有女朋友,我更愿意说,我是处于两个女朋友(上一个和下一个)之间,I am BETWEEN girlfriends。

所以,我不想让自己进入无业游民的状态,毕竟随时可能继续上班,我不能把自己的生物钟搞得太乱。我也偶尔跟姑娘们约会,她们中的任何一个都随时可能成为我的下一个女朋友。我不但不是一个独身主义者,我还很希望找到一个女朋友,一个可以跟我分享生活的伴侣。

非常幸运的是,我有朋友。我处于朋友们中间。朋友们是长久的,没有间歇的,这跟前面两种情况不同,不是处于朋友们之间,而是中间。所以,I am AMONG friends。

吃完早饭,已经 11 点了。今天我要到原来的公司去一下。

我离开那个公司才一个多月的时间。本以为辞了职就没什么事儿了,但还是不断地要去公司,签个字,领些钱,向接任的人交待一些工作。所以我这段时间还是经常回公司的。我还是把它称作"我的公司",简称"公司",还没有称作"我以前的公司",所以简直像还在那里上班一样。我想等我去新的公司上班以后,就会称它为"以前的公司"了。但我记得我刚进这家公司的时候,也一直把再以前的公司称作"公司"或"我的公司",而把这个公司称作"新公司",过了好长一段时间才改了过来。这都需要一个过程。

本来离开这个公司是可以立刻进入一家新公司的,我提出辞职的那天,就已经有两家猎头公司给我打电话。也不知道他们的信息是哪来的。我好像除了老板和人事部谁都没来得及说。

然而,人事部的吴大姐拿出了合同,我的聘用合同,指出我必须遵守其中的"不竞争"条款,就是不可以到该公司的竞争对手公司去工作。时限是两年。既然合同是这样签的,我就只好遵守。所以,不期然地,我进入了这种在两个工作之间的状态。

我本来想,自己可以重新找一个同行业但不构成竞争的公司的工作。但吴大姐翻开合同范本念道:

"你的合同约束你一年内不可以进入和我们公司有竞争关系的同行公司。这些行业包括计算机软件、应用程序的开发商、销售商、代理商、顾问咨询……还包括计算机硬件和相关设备的生产商、经销……"

也就是说,我不能待在这个行业了,我要在一个新行业里从头开始了。

不过这事儿跟我的好友毛学林一商量,就觉得还没有结束。不能光是我一个人遵守该条款而放弃就业的机会,公司是需要做出相应的补偿的。即使合同没有明确如此规定,劳动法还是会偏袒员工而不是公司的。况且,合同法规定,任何合同中的模糊条款在仲裁时应对于非合同起草方有利。毛学林是个法律专家。他并不是学法律的,但他就是特别懂这些条条杠杠的东西。

毛学林是跟我上一个幼儿园的。在幼儿园第一天报到的时候,爸爸妈妈们刚走,他就哭得满地打滚。本来所有来报到的小朋友们都要例行公事般的哭闹一阵的,但被他那么夸张地闹腾了半天,大家只有看他的份儿,其他小朋友们竟然都忘了自己哭了。我把别在衣襟上的手绢递给他,因为他的手绢已经湿得像洗过了一样。他把手绢还给我的时候,用双手拗着绞出了几滴水。从此开始了我们的友谊。

我把毛学林的这意见跟吴大姐说了。今天去公司就是为了这个事儿。

进了公司,大家还是跟以往一样地跟我打招呼。好像我没有离开一样。不过因为已经是中午时分,大家匆匆出去觅食。吴大姐穿一套咸菜色的套裙,正往外走。

"哎哟你来得不巧,我正好要去开一个会,你先跟姐弱母谈吧。"说完就出去了。

姐弱母,就是 Jerome(吴大姐说英语比较像四声不准的老外说中文),是公司的总经理,简称老板,一个马来西亚籍的华人,起了个奇怪的英文名字,并逼迫全公司的人都起英文名字。因此,我们的扫地阿姨叫 Amanda,我们的两个保安叫 Winston 和 Philip,我们公司的司机叫 Alexander。这些并不奇特,奇特的是我们司机的老婆也被冠了个英文名字,叫 Rebecca,因为 Jerome 经常打电话找 Alexander 开车接他,所以常把电话打到他家里,接电话的人都必须有个英文名字。

我走进了老板的办公室,看到 Jerome 不停地整理桌子上的文件,把很多摆得不够整齐的文件整理得就像部队里的被子一样。等他觉得满意了,才抬起头。他跟我不着边际地寒暄了几句,然后更不着边际地说道:

"我还是搞不明白你 resign 的理由。你有什么 frustration 吗?"我们老板姐弱母,缺乏用同一种语言说完一句话的能力。

我心想不会吧,现在还打算拉我回来?

"没有什么的,就是想换换环境吧……"

"不是对 Jacky 有什么不满吧?"

他说的 Jacky,我们平时称作老张,是销售部的头儿,我的顶头上司。我们都知道 Jerome 特别喜欢抓手下人的把柄,最好所有部门的头儿都互相钩心斗角,他就觉得自己稳坐钓鱼台了。

"没有,他待我们很好。"我这么回答着,心里倒是觉得更明白自己辞职的原因了。

"那你是对其他 department 有什么不满?"他的眼珠子滴溜转着,像个狗仔队记者一样地期望我用一些八卦新闻满足他的好奇心。

在我试图告诉他不是这么回事的时候,Aimee 进来了。Aimee 是他的秘书。公司里所有的英文名字只数 Aimee 起得最有点小心机,我刚看到她的名字的拼法的时候就猜她也许是个伶俐的小姑娘。这段时间的接触也证实了这点。这会儿，她正站在 Jerome 的身后等着他在某份文件上签字，并向我抛着媚眼呢。

说到这里不必误会，Aimee 跟我没有任何暧昧关系。Aimee 向任何男同事抛媚眼，或者更准确地说，公司的所有女同事向所有男同事抛媚眼，反之亦然，这基本上已成为一种公司文化——暧昧文化，而且据我所知的若干外资企业都如此。原因我也说不清，也许是因为大家都暧昧了，就可以遮掩同事间真正发生着的暧昧关系（这绝对不少）。再者，你要真想追求某人也方便些，反正大家暧昧。如果情投意合，则可假戏真做，如果不然，也毫不尴尬。

Aimee 出去的时候还甩着宽松的裙摆有意擦到我的手臂。有限的身体接触也属于暧昧文化的一部分。但又有个不成文的规矩，身体暧昧只能女的对男的做。这样说出来，倒有点像美国脱衣舞酒吧的规矩似的。

Aimee 出去的时候，把 Jerome 桌上的一些文件也带走了。他的桌上显得空空的。Jerome 现在用他的西装袖子开始擦桌子。这是他很奇特的一个习惯动作。他的桌子总是一尘不染，一旦有文件，也要像刚才我刚进来时的那样，花很多精力堆砌得整齐完美，而且很快会让秘书带走。他的桌上大多数时间是没有什么东西的。一旦没有什么东西的时候，他还是会很不满足，要擦，而且就用西装袖子擦。他的办公桌，总让我想起军营里的床。

人们说西装袖子上钉的纽扣原来是西方女人为防止男人用袖子擦嘴，钉在内侧的石头。后来这个作用消失了，就渐渐转移到外侧，成为一种装饰。我想对于 Jerome，这些扣子钉在外侧了应该反而很碍事。

我就这么看着他擦桌子，听着纽扣碰在桌子上的声响，等着他继续说话。

然而，他擦完桌子，就坐直了身子看着我，不说话了。

　　我们都知道这是他的一个惯用伎俩,意图用冷场来给谈话对方造成紧张感,进而取得自己的谈判优势。好几次销售培训的时候他都很沾沾自喜并不厌其烦地诉说他曾经如何用这种方法压倒了谈判对手,取得优势的。如果 Jerome 对你使用这个伎俩,而这时候你眼睛对着窗外心里想着心事脸上毫无紧张感,他的脸会很快发紫。所以我们进公司的时候就接受培训,吴大姐千叮咛万嘱咐,老板一旦沉默,就立刻要作紧张状。

　　可我想,我都已经辞职了,懒得配合了,就没有作紧张状。我也没有东张西望,就是平平地望着他。他这时候大概在心里读秒。他在销售培训的时候告诉过我们,使用此沉默之招的时候,自己千万不能紧张,所以心里最好啥都不想,就读个 10 秒,10 秒不行就读个 15、20 秒。

　　我就由他读秒,我只顾自己发呆,等待他脸色发紫,心想等会儿跟销售部同事会面的时候可以多个有趣的话题。

　　这时我还发现他的桌上有一根用过的订书钉,歪斜地躺在他刚才袖子擦桌子形成的扇形面积之外。我看看订书钉,看看他,琢磨着是否要告诉他。

　　他终于开口了:"听说,你对 Non Competition 条款有不同的意见?"

　　我突然临机一动,也想试试他的沉默术了。

　　我还没有读到 8 秒,他就接着说:"Samantha 告诉我的⋯⋯"吴大姐被他称作 Samantha。

　　我重新读秒。读到 5 秒,他又接着说了:"你觉得公司应该每个月发给你相应的补偿?"

　　我又重新计数。读到 6 秒的时候,他竟然站了起来,左右踱步子。踱了几个来回,发觉桌子后面空间不很大,就干脆跑出去对 Aimee 说:"给我倒杯咖啡⋯⋯咦,人跑哪去了? ⋯⋯哦,lunch break⋯⋯"就这样他一个人自说自话了半天,一边走向茶水间自己搞咖啡去了。

　　我也站了起来,伸了个懒腰,发现公司里基本上没有几个人了,大家都午饭去了。Jerome 是不吃午饭的。据说他早饭也不吃。他的早饭和午饭就是不断地喝咖啡。吴大姐曾经心疼地说："你这样日理万机又不吃饭是不行的，身体要紧……有了身体，才有公司的业务……人是铁……"吴大姐的口气经常酷似一位政工干部。

Jerome 咖啡搞了好一阵。等他回来，大家也陆续回来了。他坐定到椅子上，首先把那颗订书钉拣掉，口里念道："Damn coffee machine。"然后开始啜饮咖啡，又抬头跟我说："你也来一杯咖啡？"

我想僵持也没啥意思，就去茶水间了。

茶水间里，扫地阿姨 Amanda（我们都不知道她的真名呢）正在擦桌上的咖啡渍，嘴里唠唠叨叨地。

等我也端着一杯咖啡回到 Jerome 的办公室，吴大姐已经坐在里面了。他们示意要先谈一会儿，让我过一会儿再去。

我于是跑到销售部。老张像个娘家人一样地接待我，客气地让座。当然他平时也是个客气人。

"去哪里高就啊？透露一下？"这当然都是客套话。

"待业在家啊……"我客套回。

"听说你也没有去那家美国公司报到，你心很高吧……"

"你难道没听说公司里卡着我的'不竞争'条款？"

"不会吧，你真那么老实？不去竞争对手公司工作，难道饿死啊？谁跳了槽不去同行业另谋高位啊？"老张句句在理，我也一时无语。他接着说："我听说有些公司挖人干脆连'不竞争'赔款都给一起付了，就像球星换俱乐部一样。"

"话是这么说，但那就不是把自己又卖给另一家窑子了？之后更严格的'不竞争'条款等着你。"

"说得也是，嘿嘿。"老张会心地笑道，"不过你走得真不是时候，我这几天刚接到一个苏州工业园区一个新开的德国公司的询价，很大的盘子,我还真不放心让销售部其他人接这个客呢。"

这是我们销售部的行话,既然公司是个窑子,谈客户当然就是接客。

老张如此器重,即使是客套话听着也蛮惬意的。

此时 Aimee 进来,告诉我吴大姐有请,顺便再给我和老张分别抛了个媚眼。我走出销售部的时候老张还跟我约定要一起喝杯啤酒。

我跟着 Aimee 去吴大姐的办公室。Aimee 神色诡秘地跟我说,吴大姐中午的会是跟外服的人谈事儿,她看刚才吴大姐和 Jerome 的交谈神色,估计这事儿对我有利。在我进吴大姐办公室之前 Aimee 对我眨一下眼睛说:"告诉你这内部情况你要请我吃饭的哦。"我们公司里就这样互相欠着饭欠着啤酒累积得很多,有时候欠来欠去就互相抵消,有时候就越欠越多。就在刚才五分钟我既答应了老张的啤酒,又答应了 Aimee 的饭局,好一般繁忙景像。跟老张吃饭是无甚大碍的。但无论如何,一旦我真的请 Aimee 吃饭了,一男一女,就会有点破坏公司暧昧文化之嫌,所以,尽管答应了,欠着就是。

我对她"噢"着,坐到吴大姐面前。

吴大姐其实 40 都不到。她总喜欢把公司里比她年轻的同事叫做"这孩子"、"那孩子"的,因此公司很多年轻同事都把她叫做吴大姐。她看来挺受用的,于是我们都尽量尊重她的爱好,不管男女老少,连比她大几岁的老张也叫她吴大姐。只有被她叫做姐弱母的老板坚持把她叫做 Samantha。

"你一直是我们公司的好小伙,"她跟人严肃谈话时暂时把人升级为成年人,"你离开公司我认为是我们公司的重大损失……"吴大姐语重心长地开腔了。我并不十分了解她的来历,但觉得她一定在街道里委之类的地方积累了丰富的工作经验。除了跟老板,她跟任何人讲任何事情的时候都是一副调解离婚的苦口婆心的样子。

"你是最优秀的……"她继续口头禅道。

她绕了比老板更多的弯子以后,还是想试探我的意图。我根据刚才 Aimee 的信息,明白她大致已经跟老板汇报了外服的意见,并很可能商量好了公司所能负担的底线,现在是来跟我讨价还价的。

她跟我说了半天还是没有说到点子上,几乎要把中西方革命先烈一个个搬出来说的时候,我打断了她,直接问道:"公司决定给我怎样的补偿了吗?"

她一愣,我接着说:"我也大致了解了一下这种情况的惯例,这种条款的处理在上海已经不是头一次了。"这话不是虚晃一枪,毛学林确实给我收集了不少案例。

接着的谈话比较顺利,大致条款基本谈妥了。只是今天不能给我具体的文字协议,需要公司各部门头儿的首肯。这件事情会在下周一经理会议上讨论,但既然老板和人事部已经做出了意见,其他部门是走形式而已。唯一还有发言权的就是我的顶头上司老张,但他应该是只会给我争取更多利益的。于是我下周还要来公司一趟,取这份书面协议,作为我的遣散合同。以后我只要没有找到工作(就是行业外的工作),我就可以享受此每月补偿费一年。虽然是个很小的数字,但我可以骑驴找马了。这有点像离婚协议。只要我还不嫁人,他就要不断付我赡养费。哈!我毕竟还是良家的,就等一纸休书了。

下午,我离开了公司,到了公司附近的一家健身中心。现在还没到下班时间,很空。

我找了个镜子前的位置,开始跑步。没多久就已经汗流浃背了,这才想起,我已经至少有好几个月没来健身了。去年买了一年的会员卡,贪的是离公司近,希望能多来几次的。可不知怎的,买了卡就好像完成任务了似的,这些时间里一共来过十多次。如此消费太奢侈了!

是否今天应该跑出本钱来?我暗自下了决心。

慢慢开始人多起来了。来这里的女客都还看得过去,不像其他健身房,简直是奇形怪状大展览。我希望我面前的划船器上会坐个养眼些的女孩。在健身房,你必须时常想些奇奇怪怪的念头,才不至于太过乏味无聊。

没多久,我面前的镜子旁出现了一个男士。我当然谈不上失望,况且他在照镜子,并不一定会坐定下来。

可他却在镜子面前安顿下来了。他在仔细地察看脸上的一个痘子。

其实不管面前是谁,总能在观察中消磨掉一点时间。脚底下在机械地一二一二,真怕自己会睡着。要是睡着了会怎么样?虽然每小时才九公里的速度,我会摔得多惨呢?

这位豆子先生,此时此刻对其余九十九颗豆子毫不关心。他现在所关心的只是其中一颗。大概是今天才爆发出来的吧。那颗豆子长得不是地方,不方便他的观察,看他的双手已经把脸挤成极为扭曲的形状了,还是不能痛快地看清楚。看他是有些急了——我也替他着急!我已经不自觉地加快了速度,然而跑步机是匀速的,我差点撞上仪表盘。一个踉跄以后我拾回了速度。还没跑稳,我的电话响了。

我把速度调低接电话。

"是我!你在哪里?"电话那头是毛学林兴高采烈的声音。

"我在健身房……"

"今天怎么这么有兴致了?……哦,到公司去了……谈得怎样?"

"还不错,还要感谢你的信息。我晚上会去老地方,到时候跟你详谈。"

"但是今天没空了,我打电话就是告诉你,好不容易约到了那个在电梯里邂逅的小姑娘,要是我能跟她好该多浪漫呀——电梯之恋!……"

"那随便什么时候吧……"

"晚上看情况,我还是想跟你喝一杯的。"毛学林结束了我们的电话。

挂了电话,看到旁边的摇船器上坐了一个女孩。那女孩一定先在别的器材上运动过了,背上已经汗津津的了,有点性感。她穿的是件连体的黑色紧身运动衣,背部线条蛮好看的。我把跑步机的速度重新调高,没多会儿又开始气喘吁吁了。被电话打断了以后好像又重新开始一样,无聊和乏味也被切碎了。看来我今天要跑出本钱来了。那女孩子划船的动作连贯自如,我能够想象她真的在一条小河上割浪前进,而我则好像锲而不舍地追赶着她,一派乡村浪漫景象。只可惜运动器材都是黑的。她的运动衣也是黑的。健身房的顶也是黑的,隔着深色玻璃的窗外的马路和天空也是黑的。我的运动短裤和跑步鞋也是黑的……

胡思乱想之中,我已经跑了半小时了,创了我的个人纪录。也许因为我今天特别高兴?划船的女孩早就走了。

更衣室里人挺多,下班以后的高峰时刻到了。一帮肌肉发达的业余健美运动员在讨论服用类固醇的经验。我想他们大概不是同性恋,只是碰巧在健身房聚会,喜欢把肌肉练得跟同性恋似的。他们也许还觉得这样很阳刚呢!不过,谁说同性恋不阳刚呢?

走进淋浴室的时候正巧碰见豆子先生出来。他的脸红红的,脸上的豆子更加灿烂了,一定就着热水搓揉来着。

淋浴间里,隐约听见隔壁淋浴间的谈话,"大哥,要我帮你搓背吗?"这是什么地方啊?!

有人说运动以后就精神百倍,有人因此早起晨跑,说这样一天都有精神。但我不知怎的,运动以后就觉得困。这几天因为不用上下班,已经睡得比以往多了,健身完回到家,还是觉得困得厉害。本想翻本书看看,没想到就因为看了几页书更困,几乎就是这么晕倒在沙发里。

二

　　醒来的时候天也黑了，记得做了许多千奇百怪的梦，也忘了睡了多久，只觉得天昏地暗。看了手表说是 6 点，天是半黑半明，半晌才明白是晚上 6 点，是 21 世纪的某年某月某日，才明白是我自己在家里昏睡了半个下午，然后想起，我就是那个刚刚辞了工作，丢了女朋友，晚上要跟好友毛学林见面的人。

　　昏睡起来，下午本来蛮好的精神却不见了。心情突然很郁闷。脸上麻麻的，我左右运动脸部肌肉，但总好像它们还不是我脸部的肌肉似的。我往脸上泼了冷水，喝了冰橙汁。我想我该出去吃个晚饭，但最终还是从冰箱里拿出了方便面。

　　方便面放好久都不会坏。这是徐薇跟我说的。徐薇是我的女朋友。这些方便面就是她给我买了放在冰箱里的。应该说是我的前女友了，因为她斩钉截铁地跟我分手了。

　　方便面，上海人称之为熟泡面，已经下肚。我估量了一下营养成分。没有蛋白质，有一些淀粉，很多的味精。其实那面条的口感很特别，我甚至怀疑有没有多少淀粉在里面。下午跑步了的我，显然需要更多的食物。天已经黑了，我应该出去觅食。

　　我把觅食的过程拖拉得很长。本来自己家附近是有一些熟悉的小饭店的，但已经全部试过，没有一家留下深刻印象。有了一包方便面垫底，我阈值提高，走远了。试了一家没有尝试过的餐厅。腰花炒青椒，还有些乱七八糟的蔬菜。我知道，我知道，吃动物内脏不健康。偶一为之，况且下午锻炼身体了。也没什么特色，不过味精狂多，印象倒还是深刻的。

　　吃很多味精是否也会像咖啡因一样令人兴奋呢？不管是不是兴

奋,我反正是口干舌燥了。要了瓶啤酒,喝的时候心想:下午跑步即使消耗点热量,等会也跟着这瓶啤酒全部回到肚腩上去。

没舍得浪费啤酒,喝完了,离开味精餐厅。脚下觉得轻飘飘了,至少比出门时候昏昏沉沉的感觉要强百倍。吃饱了肚子再闻见餐厅飘出来的味道,觉得有点恶心。我懒懒散散地往回走。

这时候毛学林又来电了。

"你在哪里?"这是毛学林的电话开场白。他必须搞明白你在什么地方,大致处于什么情况,才开始讲他的正题。他是很需要搞清楚周围情况才感到安全的人。

我简短地告诉他我在散步,离家不远,晚饭已毕。了解了这些大致情况以后,他也主动跟我报告他的情况:刚跟"电梯之恋"吃完晚饭,他送完姑娘要跟我喝一杯。

我们当然就说好在洞吧见面了。既然我已经在附近,我就先进去了。

"洞吧"是个黑漆漆的酒吧,半地下,我的"老地方"。通常没什么生意。而现在,整个酒吧还是黑漆漆的。

这里成为我的"老地方"的原因跟我买公司旁边那个健身房会员卡的原因差不多——近。我就住在旁边,几乎可以说就住在楼上——同一幢大楼,不同的入口而已。好几次我都想探索酒吧的边门、后门,希望找到通往住宅的捷径,但行不通。即使确实是同一幢楼,还是要绕过大半块马路才能走到。

我在我习惯的角落里坐下。我总是喜欢坐在这里欣赏整个酒吧。我其实是喜欢欣赏酒吧服务员的衣服。她们穿着深色的旗袍式的短裙,旁边开着并不太夸张但很性感的叉。就是这个原因让我喜欢上了小水,因为这制服显出了她的膝盖,她的膝盖是很美的。当我告诉她的时候,她不以为然地笑道:"你竟然就喜欢上了一块骨头!"

"两块。"我说。

今晚，小水的服务区是酒吧尽头的卡座。我得以远远地欣赏她。她看见了我，越过酒吧大厅给了我一个倦倦的笑容，把我留给了三五个啤酒促销小姐。她们很殷勤地向我介绍她们各自的啤酒，拼命地告诉我买半打可以送一瓶什么的促销内容。

我想等会儿毛学林来了以后又会不断喝啤酒的，就先要了杯 Black Russian。啤酒小姐们一哄而散。

毛学林在十点半的时候来了，我刚喝完第二杯 Black Russian。他发福不少，尤其是最近。用他自己的话解释："咳！我们这些穷时代长大的孩子现在有得吃了，还不先大快朵颐？哪像现在的小妞儿们，吃了还要抠小舌头吐出来。"我发觉好像什么年代的人都认为自己小时候是吃过苦的。这只能说明生活的水准在不断地提高。当然这话要是跟他说，他一定不服气。他会搬出他的爷爷："我爷爷年轻的时候过的那才叫好日子！可到我爸爸那里就没能享受上……"

毛学林似乎情绪高涨，坐下来的时候弄出了很多响声。接着他又跟啤酒促销小姐胡闹了半天，最后选了 Foster 啤酒，明显因为 Foster 小姐的迷你裙最短。我当然也跟着要了一杯。

这些消停之后，我问道："怎么样？跟你的电梯小姐进展顺利？"

"噢，挺不错的。我们去避风塘吃的饭。说好周末再见面的。"

"为什么没有带来一起玩？"

"人家要装淑女，要早回家，什么明天还要开早会。再说，我们有正事谈。说说你的事，跟公司谈得怎样？"

我就把白天的事情跟他汇报了一下。

"嗯，"他首肯道，"你还没有下狠招，不然可以争取更多的，甚至让他们报销手机费……不过这样也不错了，蛮革算的。"

这时小水走了过来，跟毛学林打了个无声的招呼。

"你知道阀?"毛学林对小水说,"这老兄今天开始被人包养起来了!"回头对着我说,"虽然价格不高,薄利多销嘛!"

"怎么好事都轮不到我呢?"小水笑吟吟地说道,"今天老板的朋友在那边喝酒,我就不过来招呼你们了。"

"至少跟我们喝一杯吧,"毛说,然后转向我,"庆祝刘杰暂时从良!"

"早晚要回风月场的……"我举起我的杯子喝了一口。

小水把我放下的杯子拿起,也喝了一口。毛仰脖喝光了他酒瓶里的啤酒,把 Sapporo 小姐叫了过来,续了瓶札幌啤酒。

"瞧他们的制服最难看,不知谁设计的,竟然让她们穿裙裤! 她今晚一定一瓶酒也卖不出去。"

"你倒挺会怜香惜玉的哟!"小水说着,走了回去,伺候别的客人去了。

其实毛学林来的时候脸上也已经红扑扑了。我和他一样,喝开了就刹不住。我们从来不互相劝酒,慢慢腾腾,一口一口的,我们也不比划拳猜酒令的那些酒客喝得慢。

毛学林忽然凑近我道:"小水是个好姑娘。"

"嗯嗯。"我含糊道,不知道他又有啥高论了。

"我看她蛮喜欢你的。"

"哦哦。"

"你应该约人家吃饭。"

我没有作答。

"唉……"他大叹气道,"你别牛角尖里钻不出来了。过去的已经过去了。"

我点点头。

"还怕找不到女朋友? 你这么优秀……"口气有点像我们公司的吴大姐。

其实人怎么算是优秀？公司里，吴大姐几乎对所有的人都用过优秀一词。我从吴大姐那里明白，只要你在一个句子里是第二人称，你就肯定是优秀的。这年头，即使批评人也要先来句：你本来是个优秀的员工嘛……人际沟通指南之类的书泛滥的结果，谁说话都是在背公式。不过我知道毛学林不是在背公式。他真的认为我优秀，但又说明什么？我也认为他优秀。这么多年了，如此互相吹捧已经是我们的主要乐趣之一了。

这晚，我和我的这位老朋友都喝得有些过量。他每次举杯都是一副庆祝的样子。我想对他表示感谢，也就跟着一起一杯一杯地喝。毕竟他明天要上班，所以我们刚过半夜就摇摇晃晃地离开了"洞吧"。酒吧老板从大厅尽头向我们遥遥地挥了挥手。出来的时候没有看见小水在哪里。

"真羡慕你住在这么近的地方……"毛学林住在梅陇，"出租车钱又可以喝两杯啤酒呢。不革算……"

半夜里头疼。起来喝了水又睡下。天亮了，醒了，又迷糊过去。也许饿了，饿了就更没力气起来了。有点后悔昨晚喝太多。心想毛学林今天一定像个僵尸般地在他的公司里假装上班，魂不附体，觉得自己还真是蛮幸运的。

三

那是一个星期一的上午。那时候我还刚进这家公司，一般上班都尽量准时，早晨总是昏昏沉沉地带着睡意挤公交车。挤完公交，基本上睡意也没了，早晨的澡也白洗了。

那个星期一的上午，我大概头一次找到晚到公司的理由。那样的理由后来就越来越多,直到想准时上班的时候反而找不到准时上班的理由了。那天,公交车因为已经过了高峰,就一点都不挤。然而,一上车就发现气氛反而十分紧张,售票员骂骂咧咧的,也不很清楚她在骂谁骂什么。原来后门有个老人,从衣着上看显然是农村里上来卖菜或做些别的什么小买卖的。他旁边的地上靠门的地方吐了一地。他正坐在地上,一手拉着杆子,头埋在膝盖上。看不见他的脸,却可以想象他身体的痛苦,心情的羞愧。售票员不饶不让地要他下车前保证打扫干净。也许他在默默地点头,也许他的身体只是因为车子的开动而晃动着。

我也不知道旁边其他乘客是怎么想的。靠近他那里的乘客捂着鼻子捂着嘴,这当然情有可原,那味道不好闻是事实。我这时候觉得特别的手足无措,明明知道售票员的态度不对,却也不敢说什么,或者不知道说什么。这种突发事件,确实让她增加了很不愉快的工作负担。我想这位老人一定身体难受,售票员还在不断地责令他清扫,他则不时隐约点点头,但始终也没有抬起头。我真希望身边有瓶水,我知道呕吐以后要是喝口水会好受很多。我甚至想在某个站下车买瓶水回来递给他,但又想,估计那个售票员是不会等我回到车上的。

就这么想着想着,我就到站了。大家都纷纷挤到前门下车。我看见一个女孩轻盈地走到后门,递给老人一包餐巾纸。然后下车了。

我也跟着下了车,在原地呆呆地站了好一会儿。我看着那女孩向远处走的背影,我自惭形秽。我怎么没有想到呢?我兜里明明也有一包餐巾纸。没有水,餐巾纸也是对老人的关心和支持。

我想追上去,结识这位女孩。可又觉得那么好的女孩子,我万分地不配。在我左右犹豫的时候,她几乎就要转过拐角消失了。

这个女孩子,就是徐薇。也就是说,我最后还是追了上去。

我追上去时很诚恳地自我介绍,并请求做她的朋友。我们确实做了很长时间的朋友。对于她我一直没敢有任何非分之想,只觉得自己是高攀了一个红颜知己。她成为我女朋友,是一年以后的事情了。

一旦闲下来,生活就显得很浑噩。只要不喝醉酒,我还是一如既往地吃早饭、中饭、晚饭。早饭和中饭的间隔越来越短,有时候必须把中饭推迟。那样就会推迟晚饭。晚上通常精神振奋,晚睡晚起。但总的来说没有太明显的规律。也有几次9点就睡觉,倒是早晨一大早起床,生活好像又恢复了上下班时的规律。但没几天又会周而复始。科学家说人类的自然生物钟,每天是二十五个小时。这解释了为什么大家都永远睡不够的道理。像我这样可以完全按自然生物钟过日子的人,当然就把时间不断地推延,直到每天多余的一小时攒足一天,就又开始新的推延。也就是说每二十四天就是一个周期。还是二十五天?这也许又解释了女人的生理周期,不过那好像是二十八天,平均值。也许每天不止多余一个小时?不过,如果日历上每天是二十四小时,生物钟每天是二十五小时,是否真正的周期是二十四乘以二十五?那是多少?600?600天还是600小时?好像跟什么周期都没有关系。

空闲的时候经常做这样的数学思辨。最后也得不出什么结论。

毛学林说他真羡慕我这段偷闲的日子,我也觉得不应该浪费,应该做点什么事情。做点以前想做却从来没有时间或精力做的事情。记得上班那阵,晚上捧了一本好书会舍不得放下睡觉,第二天拖着缺觉的疲惫身躯照样去公司。现在除了吃饭和睡觉,好像根本做不出什么正经事情来了。看来人忙的时候反而能做更多的事情,闲的时候却什么事情都做不了。

当接到电话要去公司取那协议书的时候,我简直就像个假期返校的学生一样兴奋。我竟然还穿戴整齐去的,只是没有打领带。这些天净穿乱七八糟的衣服,自己都觉得自己邋遢。取到了休书,我就可以领取赡养费了。

当我精神百倍地跨进公司时,看到大家都是疲惫的表情,更觉得精神了。

吴大姐看见我,说:"你要等我一下,我马上有个英特忽悠。"其实吴大姐的英语特别差,但她还蛮爱讲。她说的英特忽悠,当然是指Interview。姐弱母听见她讲"英语",总是用异样的眼神看着她,但也从来不阻止,顶多闷闷地多喝一大口咖啡。

我就去客户服务那里串门儿了。客服人员一半都出去服务客户了,说明公司生意还蛮红火。剩下的就跟我闲聊。他们看见我没有打领带,很羡慕,你一句我一句地:

"敞着领子多好,现在也没人管你了。"

"就是啊,不用穿得人模狗样去'接客'啦……"

"不过说到这个,其实你们销售才不是接客的,顶多是拉皮条的,我们客户服务才是接客的呢。"

"说得是啊,你们只管软硬兼施地把客户拉进来,留给我们揩屁股啦……"

他们说得高兴,我听得来劲,其乐融融。其实我心里很羡慕他们,虽然生活在条条框框里,但这是组织生活。人是群居动物,任何时候的人都需要皇帝、官吏、上帝、神仙、爸爸妈妈、领导、老师、凶悍的老婆、还有爱吃醋的老公。被管束的时候人是有安全感的。听说被绑架的人还经常跟绑架者产生互相依赖的情绪呢。我现在,就像是一个从绑架者手里逃出来的被绑架者,浑身觉得不自在。

这会儿 Aimee 来叫我了。Aimee 虽是老板的秘书,但也常客串其他部门经理的助理,她告诉我吴大姐面试结束了。大家开始用了电脑以后,各大公司都开始省去秘书这个职位了。即使有秘书,也不像以前以打字为工作中心。这个公司就按照 Jerome 精简机构的想法,各个部门合用这一个秘书,或助理。不过,真说精简机构,我们就怎么也不明白为什么人力资源部安排了 5 个人。

进吴大姐的办公室时,她正对着电话听筒点头哈腰的,像个日本男人(日本女人动作比她含蓄)。

"叶死,凹凯……白白!"

挂下电话,我拿到了合同。签字的时候,发现公司还没有签字盖章。吴大姐说等我签了字,她再签字,然后再盖章,然后由 Jerome 再签一遍字。

本以为就这么来一次什么都解决了,可还要来很多次。

"你急什么呀,这么快就想跟我们划清界线啊。你以后还是可以常来的啊。什么时候请我吃饭啊?"

我哦哦地应承着,退了出来。

Aimee 还在外面拐个弯的过道里候着我呢,一看见我就说:"什么时候请我吃饭啊?"

"啊?"我楞了一下。今天是请吃饭日啊? 不过,我马上想起上次来好像调侃中答应请她吃饭来着,"哦,啥时候都行啊,现在我比你空呢。"

原来她真要我请她吃饭啊。

也是啊,我都不是公司员工了,暧昧就没有必要了。

离开公司没多久,电话响了。Aimee 告诉我,她今晚就有空。于是我们就约好徐家汇某处见面。

Persistency(就是"执着"),Jerome 说,是很重要的销售员的品质。

也已经是下午了,我就自己来到了徐家汇。这里熙熙攘攘的,现在还只是下午。大家都不用上班的吗? 我还以为就我不用上班呢。必胜客门口排着长长的队,可现在既不是午饭时间,也不是晚饭时间。估计是推迟午饭的、提早吃晚饭的和下午加一餐的人凑在一块儿了。有点像以前凭票买年货的样子。看到那么多不用上班的闲人,我心里倒有点暖暖的感觉。以前起早摸黑工作的时候,看见他们就气不打一处来。现在,我觉得像是找到了组织一样的亲切。他们让我感到自己不是孤单的。大家都可以闲着,也许是长期的闲,也许是跟我一样处于中间状态,也许只是上晚班白天看起来闲而已,但反正现在我和他们是一伙儿的。

　　徐家汇是我和徐薇以前经常出没的地方。也许是我太没有新意，总是提议去徐家汇。那里可以逛完我喜欢的电脑市场，再去给她买点女孩子永远不嫌多的衣服饰品。无数的餐厅，各地的风味，还有咖啡馆，如果你觉得吃饭太早的话。这里什么都有，就像莫里斯说的人类动物园的缩影，充分体现了现代人类的分工。这里一应俱全，我们只需要在笼子里来回走动就可以取得所有的生活必需。

　　在地下商场里，徐薇给我买过一块手表。我到现在还戴着。我有个习惯，就是除了洗澡，几乎从不摘下手表。徐薇跟我一起睡觉的时候非常讨厌这个习惯，于是我把习惯改为：除了洗澡，以及跟徐薇一起睡觉的时候，从来不摘下手表。为此她还是经常唠叨，说她跟我在一起的时间，还没有我跟我手表在一起的时间多。后来我过生日的时候，她就一定要给我买块手表，因为她要让跟我待在一起时间最多的东西是她给我买的。

　　我确实一如既往地一直戴着这块手表。徐薇跟我分手已经两个月了，我跟这块手表待在一起的时间当然又有所增加，因为睡觉的时候不用摘下它了。

　　等着 Aimee 的时候，我不自觉地又抬起手腕看了看手表。表面已经刮花了，玻璃面上还有条不很明显的裂痕，是某次睡觉的时候一抬手砸在床框上的结果。我一直怕某一天这表面就这样"咔嗒"裂开，但却一直也没有。

　　Aimee 跟我的晚饭在友好的气氛中进行。我们选择了一家中餐厅，一般都是比较吵闹的。她一坐下就跟我说了很多公司的事情。Jerome今天喝了 6 杯咖啡；吴大姐面试了 6 个应聘做销售的，然后直接把面试记录给了 Jerome 而没有给老张，老张一下午面带愠色；客服部经理的领带被匿名者烧了个洞——这个经理有无数衬衣却只有一根领带,这下他必须再买一条了。就像惯性一样她说个不停。我想她不吐不快吧,就由着她讲。Aimee 像献宝一样地跟我一一道来,看我在点头,还以为我听得津津有味呢。其实除了领带经理,别的事情我都没什么兴趣知道。这个知名的领带经理,每天穿着洗得干净浆得发硬的衬衫来上班,却永远只用一根领带,天天戴,连干洗的机会都不给。我们早就阴谋策划了许多次,打算偷袭领带,就是没有付诸实践。我心里着实佩服这个英勇的领带杀手,也有点觉得被人捷足先登的不爽。记得以前他的领带是黑红条子的。不知道他会买条怎样的新领带,但基本肯定的是他又会对这条新领带,不管什么花色什么样式,继续保持多年的贞操。那他会怎样去买这样重要的一条领带呢?以前我们就私下里琢磨过这个问题,是不是那条领带是一件非常重要的纪念品?是不是他老婆给他的定情物,不许他一天不戴着它?也许就像我的手表?不过手表一个人最多几块,像我这样从来戴同一块手表的人多得是。戴同样一条领带的,即使领带多么珍贵,也不是足够的理由啊。不过,突然想到那领带也许是件珍贵的礼物,倒让我觉得有点不安。不安了一小会儿以后,突然醒悟到,这个洞又不是我烫的,我不安个啥哟。

　　于是我突然一笑。正在津津有味地继续说话的 Aimee 已经不知道说到公司哪个部门的八卦新闻了。她见我笑,先愣了一下,然后也笑了说:"对哦,其实蛮好笑的?"

　　她还在继续唠叨,我倒是开始琢磨,Aimee 干嘛一定要跟我一起吃晚饭。据我所知她是有男朋友的,而且经常在别人面前夸耀。我估计她知道我有女朋友,但应该还来不及知道我已经没有女朋友了,因为我没有跟公司里的人说过,就辞职了。无论如何,公司的暧昧文化今天已经被破坏了。

　　不过我担心什么呀?我都不是公司的人了。怎么这么没有出息,就像个旧时守寡的女人。看晚饭以后怎样吧。

　　吃完饭,我们就在附近瞎转悠。我觉得自己有些累了——人在无所事事的时候特别容易累。但很明显 Aimee 没有立即回家的意思。吃完饭不立刻分手,就俨然是个约会了。毛学林跟他的电梯之恋的约会在晚饭后还嘎然而止呢。我想我要是告诉毛学林我已经开始约会女孩子了,他一定会为我高兴的。

　　约会? 这个词一出现,我又感到一种无形的压力——我必须为此准备下一个节目了:"现在去看个电影会太晚吗?"

　　"不晚啊,好主意!"

　　电影院当然没有什么好片子看,大多数上映的片子我已经买碟看过了,但假装说一个都没有看过。于是我们买了好多爆米花和可乐,煞有介事地步入电影院的黑暗中。

　　约会时看电影有两个好处,这是毛学林告诉我的:一、不用说话,避免冷场,在约会的某些阶段特别有用;二、黑暗中两个人靠在一块儿,有利于把关系提升一个级别。在餐厅里、商店里、大街上,你突然抓住一个姑娘的手,无论如何都有些唐突;在电影院里就不同了。

　　这是个很糟糕的电影,真的很糟糕。我感到有些心不在焉,东张西望的,好像自己不在电影院里,而是在一个黑暗的酒吧里。Aimee 却好像在很认真地看电影。我靠后坐坐,干脆欣赏起她的侧影来。她就这么稍稍靠右地斜坐在椅子里,我在她左边,所以她是朝我的反方向斜着。这是什么意思呢? 毛学林告诉我,追女孩子的时候要时刻注意她们的身体语言。这种远离我的坐法,是否意味着她在回避我呢? 也许我吃饭的时候太不风趣了。这一点我就怎么都不如毛学林。他在女孩子面前总是显得很风趣。

　　Aimee 的手捋了一下头发,就这么垂在了自己的大腿上。我想我现在应该抓住这只手才对。于是我就去抓住了这只手。她的手被我一抓,变得特别僵硬。看来她不喜欢我抓她的手? 我想现在又应该放开她的手了。然而我的手也随之变得僵硬,鼓足勇气也放不开了。我们两个人的手就这么僵着。我想，要这样下去，不消多久这两只手中就至少有一只要开始麻木了。也许两只都会。

Aimee 用这只手再捋了一下头发，于是很自然地跟我的手分开了。我不知道我的手是否已经麻木了，但也不敢甩几下来验证一下，因为觉得这样做似乎非常不妥。

这时电影放到了一半，Aimee 的身子扭动了几下，朝跟刚才完全相反的方向斜坐过来，也就是我的方向。等她把坐姿调整舒服了，她的头也就靠在我的肩膀上了。她现在的姿势应该和刚才完全呈轴对称。我突然想，难道刚才她的头就这么一直靠在右座的人肩上?! 我禁不住朝那边望了一眼，是个男的，他此时也正朝我望了一眼，是很不知所以然的表情。我又跳过他望去，他那边还有个女的，正在用跟徐薇差不多的姿势斜坐着，把头靠在这位男士的肩上。我想他倒挺美的，上下半场各有一位女士的头靠在自己肩上。

于是我就很自然地往左边看，我左边是位姑娘，她的头也正靠在她左边男士的肩上呢。我想，也许再过几分钟她的坐姿也需要调整，那么她会把头靠在我的肩上? 如果真这样我该怎么办呢? 可直到电影结束我也没有等到她靠过来。相反她跟她的男伴有很多小动作，令我非常分神。

其实 Aimee 把头靠过来，就是再明显不过的毛学林所说的身体语言了。而我竟然就这么胡思乱想，完全忽略了她的语言，毫无表示。等我把思路抓回来的时候，她显然已经很不耐烦或很无聊了，扭动起身体来。我想她是不是准备又斜坐过去把头靠在右边那位陌生男人肩上? 我的胡思乱想没有能够停止，但我的手臂作出了反应，果断地把她的肩膀搂了过来。Aimee 抬头望了我一下。我低下头吻了她，可她随即又把头转向了银幕，继续欣赏那部糟糕的电影。

电影结束时还没到半夜。走出电影院的时候，由于人多，我走在 Aimee 的后面。她的衣服很别致地收了一把腰，显出了臀部的曲线，走起路来摆动着,煞是好看。

我提议是否去酒吧坐坐,她表示时间已经晚了。我也没有异议,送她回家了。出租车里我又拉住了她的手。这次她的手没有僵硬,手指在我的手指上滑动。我又吻了她。她下车的时候,说了句晚安就消失在她的小区里了。我乘同一辆出租车回家。

四

毛学林跟我同一个幼儿园。之后我们进了不同的小学。然后,在不同的初中。这期间我们几乎是失去联系的。然后我们又读了同一个高中。重新拾回联系,倒不是因为在高中里面遇见(最后我们文理班还是分开了),而是在初中毕业,将要进入高中的那个暑假,我们在一个女同学的家里遇见了。

这个女同学的名字叫做张虹,她跟毛学林同一个小学,跟我同一个初中。我和毛学林同时都跟她保持联系,但却互相之间失去了联系。直到那天重新相遇。那天在张虹家里,还遇见了羊肉串、金钟和阿宝,我们后来基本上就一直保持联系至今,成为一批死党。并不是天天碰头,但还是常常聚会的。我们把这种聚会称作同学会。可仔细想想,聚会的人并没有同时在一个班级同学过。所以,当徐薇问我这是小学同学聚会,还是中学同学聚会的时候,我实在不知道怎么回答好。

羊肉串当然是后来起的绰号,自从新疆人来上海摆摊卖羊肉串的时候就开始了。进了大学以后,羊肉串第一个把头发烫成了小卷卷,当时叫做爆炸式。于是更像一个卖羊肉串的新疆人,以至于他身边已经没有人叫他原名了,全部叫他羊肉串,包括他的妈妈。

阿宝也显然是一个外号,不过这个外号好像干脆就是他妈妈给起的。记得小时候他家里比较宽敞,他爸爸又老是出差,他就请我们去他家里,他妈妈给我们做好吃的东西。那时候,大家的爸爸们总是很凶,好像那是做爸爸的社会职责。所以爸爸不出差的孩子，家里不太接待客人。像阿宝这样，爸爸常出差的，就真是我们的宝了。

张虹在很后来开始被毛学林叫做提拉米苏了。她很中意这个称呼，她就是爱吃这东西。那天应该是张虹的爸爸妈妈都不在上海，不管是不是出差，她就当了一回大人，请了新老朋友同学，到她家里聚会。这就是我跟毛学林重新遇见的机会。

至于金钟是否是原名，我不得而知，也没怎么打听过。阿宝和我同一个小学同一个初中，羊肉串实际上是张虹的一个远亲，而金钟是怎么进入这个圈子的，就不太清楚了。他跟阿宝一直像兄弟一样亲，但我们都知道他们没有亲戚关系，也没有同学过。其实，金钟好像跟我们谁都没有同学过。

这个小聚会，是我不可多得的群体友情。

最后，我跟毛学林成为接触最频繁的哥们儿了。这倒不是因为我认识他时间最久（从幼儿园的第一天开始），而是我们都一起去酒吧消磨时光。羊肉串常说我和毛学林是一对狼狈为奸的崇洋媚外之徒。金钟和阿宝总是问我们：你们去酒吧干什么呢？就喝酒聊天？去搓麻将也可以同时喝酒聊天啊，还可以搓麻将！

然而，在我跟毛学林成为死党之前，他主要的时间都跟张虹在一起。至于他们是否有过一段明确的浪漫史，这个大家都不知道。那个时代大家好像都发育推迟，心理更加晚熟，到高中的时候还只是情窦初开。偶尔有男女同学经常放学结伴回家，也就算是开始谈恋爱了。我想他们大概连接吻都没有过，顶多拉拉手。也许比我想象的稍微多些，毛学林反正什么都没有告诉过我。我们这代人，都把中学大学时代谈过的恋爱，看得特别神圣，更别提恋爱的对象了——甚至即使只是暗恋的对象。

不过，张虹和毛学林的关系，现在已经成为我们的调侃话题。他们自己也经常以青梅竹马相称，张虹把毛学林称作"阿毛"，毛学林把张虹叫做"提拉米苏"。口气当然极具调侃,让人觉得完全是胡诌的。但我经常觉得他们太过调侃了,也许真有过一段恋情,需要过分的言辞来掩盖。

这个晚上,我和毛学林在洞吧。毛学林要了啤酒以后,也没喝,也没跟我说话,只见他的一个大拇指正忙着在他的手机上频繁地发送短信。

然后,就看见毛学林抬起头朝门口看去。一个陌生女孩儿站在门口稍稍环视了一下酒吧,然后就朝我们这里走来,乖乖地坐到了毛学林的身边。

"你刚才想跟我说什么来着?"毛学林算是缓过了神,开始跟我说话了,也开始喝啤酒了。

"我没说什么啊。"我说道。

原来,这就是他的电梯之恋。他简短而又兴奋地介绍她身边的Amy小姐。对,也叫 Amy,不同拼法而已。

"对了,你刚才跟我说你跟谁一起看电影来着?"毛学林要我继续交待我的约会。

因为我觉得约会中已经大量运用了毛学林的教导,所以不无骄傲地说完了那天约会的大致经过。

"啊? 你怎么那么木讷的?!"毛学林突然吼道。

他这么一吼,我还一惊。我本来还以为他会赞扬我呢。毕竟是他一直催着我要开始积极约会的。

"我怎么了?"

"这都多少天以前的事情了? 你怎么不乘胜追击呢?"毛学林说着,搂紧了他身边的"电梯之恋"。

毛学林自己已经乘胜追击,跟"电梯之恋"热恋上了。这时候他肉麻地亲了他怀中的 Amy 一下,Amy 推开他,不好意思地看看我。

"就要让他看看,馋馋他,"毛学林说道。

"可她是有男朋友的,我也不知道她具体情况如何,不想做第三者。"

"你这木头,女孩子说有男朋友,并不说明一定有;女孩子说没有,也不一定说明没有。这个简单的道理你都不懂? 她既然主动约你吃饭,就说明,要不就是没有男朋友,或者即使有,也不管你的屁事,懂吗? 再说,你不赶紧约她,就在这里喝闷酒做我们的大灯泡,就能搞清情况了?"毛学林说到这里回头问 Amy 道:"你说对吧?"

"啊?"Amy 大概还在玩味毛学林前面那番话的紧密逻辑。

"我问你对吧,你就说对,好阀啦?"

"噢,对!"Amy 重重地点头表示同意她男伴的话,这句以及前面那堆都同意。

"嗯……"我也点头表示同意。

毛继续命令道:"赶快摸出电话,现在就打个电话!"

我从命,播通 Aimee 的号码。电话那头有点吵闹的声音。她说她在跟朋友吃饭,愿意吃完饭以后到我们这里来坐坐。

挂了电话,我很高兴,但发觉毛学林比我还高兴。他叫来小水多要了一轮酒,还拽着小水说:"我这位老兄艳福不浅,还摆彪劲呢!"

小水笑吟吟地说:"恭喜啊! 我请你喝一杯!"

"别别,你的辛苦钱自己留着,我们请你喝一杯。"毛学林一贯怜香惜玉。

于是,在等 Aimee 的时候,我们开怀畅饮。小水也不管其他客人了,左手搁在我肩膀上,右手端酒一饮而尽。

"够哥们儿!"毛学林说着,也咕咚下一杯酒。

"够姐们儿!"小水抹着嘴喊道。

"啊呀我不会喝酒的……"Amy 说完把她的一大杯啤酒分两口喝完。

"……"我只好什么都不说,也喝完我的一大杯。

Aimee 来的时候,我们几个都已经喝高了。小水这时候在服务其他桌子。她往我们这个桌子望来,然后远远地对我伸了个大拇指。是在夸 Aimee 漂亮? 她根本没看见 Aimee 正脸呢。反正是鼓励我吧。

两个女孩叫同一个英文名字,好像老乡见面似的。其实这都是英文名,为不会中文的老外老板们起的。

毛学林又对我说:"我白天见到羊肉串儿了!"

"他怎么样?"我问。

"他气色好多了,好像走向小康了,还继续爱好羊肉串。"毛答道。

"原来羊肉串是个人,"他的 Amy 说。

"是啊,爱吃什么,我们就把他叫做什么,"我说,"我们还有个朋友叫提拉米苏呢。"

"那是我的前女友,"毛学林自己点穿,然后转向 Amy 说,"不堪回首……"Amy 伸手深情地摸摸毛学林的脸。毛学林则坏笑着。

酒精使我们都兴致高昂。Amy 已经把头靠在毛学林的肩上了,而 Aimee 则正拉着我的手,跟我讲述她的童年。

酒吧里灯光昏暗,南美洲的音乐使空气变的潮湿而又炎热。音乐如此之响,你必须对着别人的耳朵喊叫才能进行谈话。Aimee 的嘴唇已经在我的耳边厮磨了半天了,我还是没有听清她童年的许多细节。我的手搭在她的腰际,她的手翻弄着我衬衫的领子。

我们越过桌子上跳动着的蜡烛火光可以看见毛学林的嘴唇已经开始跟 Amy 的嘴唇互相厮磨了,我想在这么吵的情况下嘴巴不对着耳朵直接喊,他们应该是无法听见对方说些什么的。也许该说的话已经说完。我低头看 Aimee 的眼睛,她的每个眼睛各自闪烁着一支蜡烛的缩影。我对她建议离开,好让毛学林他俩更肆无忌惮地亲热。

出了酒吧我顺口说道:"想到楼上我的狗窝参观一下吗?"

Aimee 点头答应。

在我的狗窝里，Aimee 很兴奋地东张西望。而我，在忙不迭地收拾脏衣服和没洗的杯子盘子。

"太乱了，实在不好意思！"

"没关系，单身男人的家里就应该这样乱的。"

这确实是一个被很多人接受的理论，但我的想象里，我的家还是应该干净整洁的。我也不是从来不收拾，每每心血来潮我会花整整一天的时间把家里整理得面目全非，徐薇可以见证。只不过，整洁，是一只天天需要喂养和关心的宠物，而且为此还必须放弃很多本来属于自己的东西。于是，我的家，绝大多数时间是如此，在外人看来乱七八糟，在自己看来有一种莫名的秩序。那整洁的一天像是一个中心点，大多数时间的乱，是相对于那中心点渐渐远去的辐射线，在我眼里仍然是整洁的投射。某一天离那中心点太远了，连我也认不出这种投射的秩序了，就会重新整理一遍。

我问 Aimee 要不要喝水。

"不用。"

"要不要坐。"

"不急。"

"那我放点音乐。"

于是她就去了洗手间。

其实酒吧里的音乐还隐隐约约在脑子里荡漾。离开的时候放的是 The Cure 的 High。我找出了 Cure 的单曲集锦。

刚按了 Play，Aimee 就从后面抱着我，头靠在我背上。The Cure 的音乐，好像还在酒吧一样，虽然不是同一首歌。她的脸很烫，隔着衬衣我感觉得到。我站直身子，她还是这个姿势，大概她喝得多了有点头晕，需要靠一会儿。我就没有动，原地这么站着。

人这么原地站着,感官会突然敏感起来,我发觉我也需要立刻去洗手间方便一下。我这么等了半分种,转过身去。

Aimee仍然抱着我,伸手勾住我的脖子,吻我的嘴唇。我的舌头回应了她,我的手臂搂紧了她的腰。她的手抚摸我的背,很用力地,好像要数我的肋骨有多少根一样。

我的尿意更强烈了。我不好意思地推开了她,冲进了厕所。

阳具已经勃起,站着无法小便了。情急之中,我只得脱了裤子坐下来尿。坐在抽水马桶上,我才觉得刚才的举动有点鲁莽,好像就这么把她推开了,嘴里也许咕噜了一句要去厕所的话,但未必咬字清晰,她未必听明白。不过,她总能猜出来吧。她刚才也急急地去了厕所,当对我予以同情啊。她现在在干什么呢?也许有的女孩现在会脱了衣服钻进被窝?

我起来扣好裤子冲了马桶洗了手,却又想洗手干嘛?穿脱裤子也要洗手吗?

Aimee没有钻进被子。她坐在床沿看着CD封面。我坐到她身边,吻她爱抚她继续刚才的事情。她也没有被打断的感觉,很投入地加快了呼吸,甚至伸手到我裤裆里摩挲。

做爱之后,Aimee告诉我,她并不知道我为什么冲进厕所,以为我在拥抱接吻的过程中太激动了,冲进厕所手淫去了,或者干脆早泻了什么的。当然也想过我大概是去尿尿,但就是没有听见我尿尿的声音。"男人憋了一泡尿是会搞出很大声音的,"她说道。所以,她看我出来就伸手摸我的裤裆,是想知道我是不是真的那么没用全飙掉了。

"我可不是那么淫荡的哦,"她补充道,躺在全身是汗的我的身边,一手支撑起上身,一手摸着我的胸口,"你怎么没有女朋友?"她好像很惊奇地问。

我没有回答。

我可以问:"你怎么看出来的?"也可以反问:"看你这么惊奇,我为什么就一定会有女朋友?"但我什么都没有说。

她继续道:"这里看不到女孩子的迹象……我记得你有一个女朋友的,不是吗?"

"结束了。"

"你把人家踹了?太花心了吧你?"

不知道为什么谁都是这个意见。当我刚告诉毛学林关于我和徐薇分手的时候,他也发表了几乎一样的意见,认定是我踹了她。然后我稍微争辩几句,他又继续认定是我"外插花"被捉奸在床什么的。直到看见我脸色不对了,才停止揶揄,拍着我肩膀道:"唉……开玩笑的,你说啊到底怎么回事情?……你倒是说啊……"

我起来把放完的 CD 取出来,想换一张。黑暗中也没有立刻找到,况且也不知道放什么音乐好。我问道:"想听什么?"

"随便什么都好。"

我放了张集锦 CD,80 年代新浪潮的,心想总有一首她能喜欢的。

当我回到床上的时候,Aimee 却已经坐起来了。

"你不多待会儿?"

"除非你还想再来一次。不然我要回家了。"她笑道。

"你多待一会儿吧。"

"我明天还要上班呢,"她伸了个懒腰开始穿衣服,"哪像你那么轻松?你自己躺着,不用送我。"

但我不能躺着。我必须起来帮她找她的袜子。为此还把灯都打开了,还是没有找到。我眯着尚不适应强光的眼睛,一手遮着自己的羞处,就这么尴尬地站在床边。

"你还害羞呢?"她笑了。

身前挂着个不勃起的阳具,确实令我害羞;这时候,连称其为阳具都有点欠妥当似的。

Aimee 翻着被子枕头找,我跪下往床底下找。她抖着我的衣服找,翻着她的外衣找。最后,她像兔子一样跳跳蹦蹦的:"找到了找到了!"

我刚想说找到袜子了也不用那么高兴,她却停止蹦跳弯腰从裤管下面抽出袜子——原来藏在她的裤子里刚才一起穿上了。

"反正丢不了。"我说。

"怕留在这里让你跟下一个女伴不好交待。"

她的高跟鞋在楼道里留下一串声响;楼道的声控灯一层接一层地为她打开,我看她下了三层,就掩上了门。

有点热,我就这么躺在被子上面,也没有钻进被窝。手臂枕在头下面。没有旁人在的时候,我并不害羞裸露着身体,即使不勃起。音响里放的是 Duran Duran 的 Save A Prayer。并不能算他们的代表作,不知道为什么会被收录到这盘集锦中。但确实是他们早期作品中比较抒情的一首。

"Save it till the morning after … "Simon Debon 唱道。

我是一个没有女朋友的人了。其实不用 Aimee 提醒我也知道。我刚才倒是忘了问 Aimee 有没有男朋友。但这样问不好。如果有,自是尴尬;如果没有,那下文是什么? 我要她做我的女朋友?

徐薇是怎么成为我的女朋友的? 我并不经常这么想,好像她很自然就是我的女朋友。但开始跟她接触的时候,我们确实是非常纯洁的友谊而已。并不是我没有想过。在追上去的时候,我就想,要是这样的女孩子做我的女朋友,应该是多好的事。但认识了以后就没有怎么动过这个念头。我跟她公司离得近,常常一起吃午饭。她会跟同事一起出来,有时我也有我的同事陪伴。大家各自扯扯公司里的琐事,发发牢骚,就跟普通同事、同学、朋友一样。从她的同事那里,我好像听说她是有个男朋友的。但从来也没有怎么谈起过。

我那时候时常跟一个叫做苏晓玲的女孩子约会。但应该称不上女朋友。或者说自己从来没有过把握,又从来没有直接问她这个问题的机会。

苏晓玲从来没有在我家留宿过。我甚至一直怀疑苏晓玲也在约会别的男孩子。反正也没有一本正经谈恋爱,当然也互相不问不管。我倒是蛮想知道苏晓玲是否把我当作男朋友。毛学林经常描述他约会的女孩子,一跟他上床就要跟定他一生了,在他眼里,好像女人都是那样的。我也在等待苏晓玲的类似表达。

苏晓玲的类似表达是在一次激烈做爱之后。她的表达终于解除了我的疑问。

"这是最后一次了,"她说。表情甚是幸福,不像是分手的话,所以我断定她从来没有把我当作男朋友。

"我很快就要结婚!"她的眸子在黑暗中闪闪发光。

"恭喜啊!"话说出来了,就发觉对怀里一个赤身裸体、刚刚干完性事的女孩子恭喜其不久后的婚事,有点不妥。不对,不是有点不妥,是大大地不妥。但我知道我的恭喜还是很诚恳的。

"以后你的小弟弟就没有人照顾了。"她说着伸手把疲软的小弟弟握在手里。

我没有说什么。她继续很专心地用手拢住我腿间的多余东西,甚至又加上一只手,直到把疲软的"小弟弟"等一并拢入她的掌中,才欣慰地把头放回到枕头上。

"好,全罩住了……这么多东西,你也不觉得烦?"

"烦,很烦的。"我说,"你不知道有多烦……"

但我想,再烦,也还用不着你担心吧。

五

毛学林提醒我要努力找工作。

"他们不让你找你就真的不找啦?"

"这不是不可以找行业内的吗？你要我在行业外找，还一时没有头绪啊。"

"你这木头，真这么老实啊？再说了，不管行业内还是行业外，这几天你找了没有啊？你不能有人养了就懒散下去呀！"

这话说得太有道理了。这几天我实在觉得自己懒了许多。睡眠时间直线上升。本来想趁这机会多去健身，却也每天都能给自己想出各种千奇百怪的借口而不去。即使去，跑步器上没几分钟就觉得腻味了。不是觉得累，而是觉得腻味。如此简单重复的动作，很难坚持。有时候看碟片看到半夜。看片子固然也不能算什么都不做，至少比睡觉这件事更有建设性一点。但就因为看片子，把白天黑夜更搞得一团糟。

不过最近又看了一篇科学报道，说看电视消耗的能量其实比睡眠还稍微低一点。科学家们倒是没有闲着啊。

吃饭也一团糟。因为生活没了规律，也很难跟朋友们凑时间一起吃饭了。自己一个人懒得做。偶尔实在有兴致了，就会在厨房里做一个菜，吃一个菜，再做一个菜，再吃一个菜，最后坐下来吃一碗白饭。吃完了觉得如此吃法比较惨兮兮，下次就更不愿意再自己做饭吃了。

总之，上个月给自己制定的尽量不破坏生活规律的决心，到现在已经溃不成军。我到底还是不是处在 BETWEEN 的状态呢？

于是毛学林为我张罗开了，联系了几个猎头公司，很快我就接到一些电话。电话里无外乎要我寄个简历去。为此我写了不少邮件，发了不少简历。他们给的很多机会都是直接竞争对手的空缺，甚至有一个猎头公司竟然就是替我的公司（就是我刚辞职的公司）物色人选填补我留下的空缺。我想我先不要急着顶风作案吧，就跟他们说了我的要求，希望在一些有点关系但不算太搭界的行业找到销售的位置。很多猎头公司的操作也很流水化，一旦超出他们熟悉的行业，也就有些为难，如此发了不少简历却还没有约成一次面试。反正不急吧。倒一直是毛学林给我操着份心。

　　我没事的时候就去洞吧坐坐。去的时候经常很早,酒吧里没有什么生意,小水就跟我侃上半天。

　　"你干脆来我们酒吧工作吧,闲着也是闲着。"小水半开玩笑地说。

　　"就怕我来了把你们的酒都偷喝光了。"

　　"说不定还调戏我们女顾客。"

　　"那也许给你们稳定客源呢。"

　　洞吧老板这时候也会来凑热闹:"那你就来做我们负责女客户的公关吧。"

　　"白给酒喝就成,都不用付我工钱。"

　　"那不成,宁可付你工钱,你要是敞开喝,我们就亏大了。"老板连开玩笑都不吃亏的。

　　酒吧里陆陆续续地来客人了,老板也会客气地说是我带来的财运。其实我几乎每天都是没有客人的时候坐进去,客人当然在我坐下之后才逐渐来到。

　　等到小水开始忙了,我也就撤了。

六

　　已经有一阵没有见到毛学林了,他应该沉浸在电梯之恋中。一个星期六的下午他给我来了电话:"我一会儿去徐家汇买点东西,你过来跟我聊聊。"

　　"我已经在徐家汇了。"我说。

　　"那好,你先逛着,我到了给你电话。"

　　"我差不多逛完了,去咖啡馆等你吧。"

　　我在一个咖啡馆找了个位置坐下看书。他的电话没有以弄清我在干嘛在哪里为开场白,看来他有心事。

毛学林来的时候,拎了些购物袋。

"看什么书呢? ……哦,《神射手张桃芳》……你怎么对这个感兴趣了?"

"打枪嘛,男人都感兴趣的……"我递过书让他翻阅。

"听说过这个人,一个取了女人名字的农村大老爷们儿,从来没有打过枪却在朝鲜战争中成为中国第一射手。"

"是啊,你看这里写的,中国的杀手就没有美国电影里那些婆婆妈妈的事……这里说,他到老都没有感觉到过杀人的内疚感,把杀人称作杀敌。"

"多高的杀手境界啊……莫非你也想做个杀手?"

"倒是一个很吸引人的职业!"

"肯定吸引很多女孩子!"毛学林把书递回来。

"怎么吸引法啊? 又不能到处跟别人说自己是杀手! 孤独的职业。"

"书写得不错吧?"

"不好,乱七八糟,就看看附录里的世界狙击手排名挺有意思。"我合上书。

"刚才买了些内裤……"他抖开了他的袋子,"我在下面那家店里买内裤呢,那营业员撺掇我花了好多钱,然后发了张 VIP 卡,以后可以打八五折。你也去买点?"

"我倒是也买这个牌子的。他们的一个宣传上面还自称是他们发明了男士三角内裤呢,也不知道是真是假。"

"他们的用料我也喜欢,比如这短袖汗衫……"

从内裤,我们说到短袖汗衫;从短袖汗衫,我们又说到袜子。我们又从袜子继续讲到衬衣、牛仔裤。话题竟然就停留在衣服上面了,很阴性的话题。我并没有对这个话题特别感兴趣,至少今天没有。但看见毛学林的兴趣,我也不好扫他兴。

一边继续聊着，我一边想原来男人谈衣服，而且是内衣，也能谈得那么深入啊。这个问题好像一直是女人的专利来着，今天我们谈着，倒也觉得得心应手。

他一边聊着，一边把刚才买的内衣裤都从包装盒里拿了出来。他的目的是把包装盒扔掉，毕竟买了很多，这样可以省掉些空间。但都顺便给我看了看。

"这个是回收棉做的，倒是非常柔软的面料，可惜因为是回收棉，只有深灰和黑色的……"

我倒是有点不好意思，向周围看看有没有人用奇异的眼光看我们。

"走，下去到那个店里你也买些内裤，趁我刚弄了张 VIP 卡，你可以打折。"他把一大包内衣拆开了，全部塞进一个小塑料袋里并到背包里去了。

在那家店里，营业员笑盈盈的。回头客当天就回头了。在她和毛学林的共同撺掇下，我没有用他的 VIP 卡，自己也买了很多东西，让店里也发了我一张卡。

"有用的有用的，"他说，"你不能每次买内裤都来问我借这张卡吧。"

我想起海明威的《太阳照样升起》里面，主人公 Jake 和好友 Bill 的所谓 Male Bonding("男性情谊"？这个不好翻译)，是他们一起去西班牙郊外钓鱼。那段有点离题，却写得很好，而且这种情谊的发展，在整个故事中是有深邃含义的。而我和毛学林现在，也像是在进行类似的 male bonding，只不过内容是内衣裤，跟钓鱼相比就太不阳刚了。

没有鱼可钓，没有猎可打，我们生活在密集的城市空间。我们的 male bonding 就只能是讨论内衣裤了(甚至一起去买！)。希望也有点含义。反正一起喝酒不算的。Jake 在整篇小说里面都在跟各种人一起喝酒。

不熟悉毛学林的，如果听见我们这会儿的谈话，一定会产生不少误解。幸好我熟悉他。我几乎猜到他为什么会进入这种状态。

"我们吃饭去吧！我饿得前胸贴后背啦!"毛学林叫道。

前面说了,毛学林有点发福,尤其是中围,就是肚腩,俨然一个备用轮胎了,不是汽车的也是摩托车的了。"前胸贴后背"让我不由看了一眼他的备胎。

我们在一家餐厅坐定以后,我开始问他了:"电梯之恋怎样了?"

"不怎么样,相当的不怎么样。"

我没有追问,点完菜停下来等他自己说。

"也好,"毛学林开口道。

"什么也好?"

"我也约会一个 Amy,你也约会一个 Aimee,那样太搞,太复杂,现在这个 Amy 不跟我好了,你继续约会 Aimee,不会搞错。"

"这怎么会搞错?"

"反正我觉得这样更好。"

"好吧,这样更好。"我又补充道,"不过我跟 Aimee 也许没有什么前景,我看她好像只是一时来兴。"

"唉,"他叹气,"怎么都好不了呢? 什么世道?"

大家都觉得毛学林是一个极其花心的人,因为他确实经常换女朋友。不过我知道,他每次有个新的女朋友,都是很认真地谈恋爱的。他好像从来没有脚踏两条船过(现在简称劈叉或劈腿),但就是每次正经的恋爱,也很少超过 3 个月的。就像是在不同的船之间跳跃,不是左右的劈叉,是前后的劈叉。不是八字开,是一字开。

他每次恋爱,都兴师动众地觉得找到了一生最爱,即使这么反复了无数次。他每次失恋,也就沮丧几天,然后又整装待发精神百倍地去谈下一次恋爱。总觉得下一次恋爱就可一定终身了。

要在那么多次的恋爱和失恋中保持这种状态是不容易的。但也许他在自己也没有察觉的情况下已经进入一种怪圈,也许他谈恋爱的方式有什么根本性的问题。这个想法我一直想跟他说,但从来没有跟他真的说过。我自己也没什么根据,而且即使指出了他也听不进去。他还是一如既往地千篇一律地去恋爱,去失恋,再接再厉。这种情况已经像是习惯性小产了。

我自然无法从他的陈述中看出他恋爱的任何缺失,这次电梯之恋的小产也同样如此。况且,我又有什么资格去纠正毛学林的缺失呢?我刚失去了我三年的恋情。如果结束了,三年又比三个月强到哪里去呢?只是结束了而已。如果我们还相信爱,还能够去爱,我们的希望只能存活在下一次。

"她说我不能给她安全感!"毛学林夹着菜喝着啤酒说。

"具体是什么呢?"

"我也这么问她啊!"毛学林委屈地说,"我哪里不给她安全感呢?"

我摇摇头,只顾吃。

"还说了很奇怪的话。她说……她说……这,这简直不可思议!"说到这里他停住了,好像在试图思议那"不可思议"的话。

"她说什么不可思议的话了?"

"她说……她说……她说我们做爱次数太多了!"他瞪大了眼睛,"她说我要求做爱太多了!"

"你要求很多吗?"

"天地良心哦!哪次不是两相情愿的啊?好多晚上我们住在一起,她半夜里会推醒我说还要还要!现在这么说,好像我强奸了她似的。"

"哦。"

"我问她说,那你说多少次算合适?你猜她说啥?她说每周不可超过一次!我我,我当时就无言以对啊!现在还是不知道跟她说什么好!她并不是一个冷感的女孩啊?是不是疯了?"

"你们怎么会谈到这个话题的?"

"我提出让她搬到我家里来住,就是同居啊,就是把我们的关系推向下一阶段啊。她就莫名其妙来了这么一段。"

"是吗?"

"我前几天本来想告诉你,Amy 是我遇见的性欲最强的女孩子之一啊,她这是抽的哪门子疯啊?"

"是有点奇怪。"

"她说每周不可超过一次,我当时就说,那某一周超过一次了还要停一周?某一周我出差了下面一周能不能补上?"

"她说什么?"

"她说……她说差不多就行了,就是每周不能超过一次! 她还当真要这样子哦!"毛学林的眼睛越瞪越大。

毛学林的"习惯性小产"问题确实是很难办的,因为他每次遇见的事情也都比较奇特,至今好像确实找不出什么共性的原因。他这么一说,我本想给他总结总结的想法也全无了。

"是借口吧,她也许移情别恋? 或许嫌弃你什么别的事情?"

"那也找点合理的借口呢?! 移情别恋也不是什么新鲜事,如果她直接说还像那么回事;嫌我钱赚得少也无所谓;搞出这么个理由,这不是要把正常人逼疯吗?"

"这就是她说的不安全感?"

"对啊,没别的原因。"

"不过她没有说跟你分手啊,她只是要限制性爱次数。"

"可上个周末她每个晚上要两次三次啊! 她这不是把下个月的指标都先用完了? 她还搬过来干嘛? 这不是要跟我分手还算啥?"

"听来听去还是借口,"我坏笑道:"要不你就答应,看她接着还使什么招。"

"我倒是想过来着,可我这算什么? 耗去自己的时间去等她一个难堪? 我对于她本来是很真诚的,她既然如此,连个像样的借口都懒得找,我也不能糟践自己去跟她斗气啊。"

"说得是，"我举杯道，"反而应该庆祝，未必不是好事。"

"同意！"

吃完饭，我们又去了洞吧。我心里有些不好意思，因为去洞吧，就基本上是送我回家了，实在太凑我方便。

"你就别不好意思了，难道我们去梅陇找酒吧不成？"

在洞吧，毛学林一把拽过小水。

"你来评评理看！"他把事情大致告诉了小水，"你从一个女人的立场，倒是猜猜她葫芦里卖的什么药？"

"做爱太多没有安全感？一个星期不超过一次？我也不知道啊。"

"你不能不知道，你女的都不知道，我们男的就更不理解了。"

"也许她觉得恋爱需要性爱之外的其他东西，你不会除了干就跟她没有别的事了吧？"

"当然不是啦，我们就跟正常谈恋爱一样，吃饭、看电影、聊天，什么都正常啊！热恋之中，多做几次爱也属正常吧，而且也都是你情我愿啊，何至于突然要实行配给制呢？"

"要不，是吊吊你胃口？要不，是她生什么病了不能干了？"

"都不是啊！她很认真的，而且她说本来就不喜欢性爱的……再说下去要变成以前都是我强奸她的了呢……一个星期一次？没听说这么规定的！听着简直是卖淫的在讨价还价！"

大家都说不出个道理，这话题就着啤酒就变成调侃了。

"那你就干脆跟她讨价还价吧，"我说，"你觉得一星期多少次你可以满足？三次？四次？"

小水假装 Amy 的口气说："不行，最多只许一次半。"

"两次？四舍五入嘛。"我继续道。

"再说，一次都没了！"

我们笑做一团。毛学林嘴里说"你们还笑呢？把快乐建筑在别人的痛苦上",但他自己却也跟着一块儿乐着。

因为是星期六,大家都喝得比较晚。我们回家的时候,酒吧里还生意兴隆。

我上楼脱了衣服打算睡觉了,忽然接到小水的电话。电话里她带着哭腔,也没有说是发生什么事情。

"要不就上来坐坐吧。"小水也上来过几次,有时候借几张 CD,有时候上班来得早就上来瞎扯扯,或者打个盹儿什么的。

楼梯上传来越来越响的"砰砰砰"的脚步声。我开着门等她上来,倚着门框看着声控灯随着她的脚步一层一层地亮起。

"刚才不是还好好的吗? 谁欺负你了?"

她没有答话,拿餐巾纸重重地擤了鼻涕。脸上看不出哭过没有。好像没有。大概是跟谁赌气来着。

"喝点什么?"

"不用了………我今晚不想回去,能不能借宿?"

我看了看快要塌陷的沙发。房东小器没留下好沙发,我也不愿意买,这个破烂沙发现在只是个堆杂物的架子。

"我躺你床上,不过我们不干什么的。可以吗?"小水已经把包都放下了。

"好吧,当然可以。"我反正累了,也懒得听她的诉说,明天再说。

黑暗中,她拽过我的手臂,自说自话地把头枕了上去。鼻子还一擤一擤,半哭不哭的。我就这么让她枕着,直到我的手臂有些发麻的时候,才慢慢抽了出来。

"啊哟!"她惊叫一声,"你怎么戴着手表睡觉的啦? 夹我头发了! 摘了好不好?"

我摘下手表,放在床头柜上。

黑暗中，我发现我已经许久没有摘了手表睡觉了。

我发现我已经许久都是一个人入睡了。

而现在旁边躺着一个女孩子，她蜷着娇小的身躯，散发着女孩子的特殊体香，还有不很热的体温。

不由自主地，我的眼泪流了下来。我背过身去，没有擦眼泪，只让它尽情地沾湿我的枕套。

不一会儿那边发出均匀的呼吸声。我久久不能睡着。也没有办法越过她去拿床头柜上的餐巾纸来擦一擦狼狈的脸，怕惊醒她。流完了眼泪，泪水就在脸上慢慢地干，最终只剩下盐份，紧绷着我的脸，非常的不舒服。而且我还不敢翻身。并不是不习惯女孩子睡在身边，小水是借宿的，我就不能四仰八叉乱躺了。所以，也非常的不舒服。

很久，大概天都快蒙蒙亮了，我才勉强入睡，觉得睡得浅浅的。

我在梦里见到了徐薇，她对我笑眯眯地说："你到哪儿去了？怎么也不来找我啊？"

我在梦里异常窘迫，觉得自己误会了，原来我们没有分手。我拼命地说："对不起……对不起……对不起……"

徐薇在林子里往前走，我想赶上她，抓住她的手，自己却绊倒了。我躺在松软的地上，太阳照进了我的眼睛。我试图寻找徐薇的踪影，一个善意的小动物却静静地走到躺着的我的身边。它好奇地看着我的脸，探出的脑袋歪向一边，遮住了太阳，遮住了我的视线。

这时我醒了，原来这个好奇的小动物就是小水，她早就醒了，现在正用胳膊肘支撑着上身看着我的脸，看见我醒来，咯咯地笑了，浑身跟着一起轻快地抖动起来。

我还继续着梦里的执着，偏过头去要往小水的后面去寻找徐薇的踪影，却被一早的太阳泻了一脸，眼睛眯缝了起来。

"嘻嘻，你怎么哭了？"

我立刻摸摸脸，"应该只是几滴正常的晨泪吧。"我说道。

"你刚才胡说八道些什么呢?"她接着说。

"我说梦话了?"我有点尴尬。

"嗯,口齿不清,我一个字都没有听懂。"

"哦。"

"嘻嘻,你打呼噜好响的。"

"吵到你了? 我还以为我睡得很浅呢。"

"没关系的,嘻嘻……像个老头子。"

"你这傻丫头懂什么?"

她又说了许多句傻话,然后就一骨碌起来了。昨天晚上她基本上和衣睡觉,就脱了条牛仔裤。现在她穿上牛仔裤,就已经是一副出发的装束了。

"我要走了,谢谢你收留我。"

"不客气,只要你男朋友不冲过来打我就好,那样我就亏大了。"

"嘿嘿,不会的。不是这么回事。"

她戴上一个鸭舌帽,斜挎上她大大而又空空的包。

"白白! 继续睡吧,老头子。"

我就真的翻了个身又睡去了。现在可以肆无忌惮地仰八叉睡觉了。也没做什么离奇的梦,想必呼噜声应该更大。没有人可以吵了,打呼噜也更放肆些。我甚至临睡着前看了看手表,并且很顺手地又把手表戴上了手腕。如此一直睡到中午才起来。

不知怎的,我今天情绪很高。其实早晨做梦的时候情绪很不好。那样的梦,醒过来必须重新把已经分手这件事在脑子里注册一下,感觉非常不好,像重新再分一次手那样。但我现在决定要努力把这种负面的情绪驱赶走。徐薇,既然你斩钉截铁地跟我分手了,就别再占据我的心思了!

我去公司附近那个健身馆了。在器材区,一个女教练竟然在旁边说,我的胸大肌练得不错,应该加强肱二头肌。其实仔细想想她是在指出我的不足之处,比较委婉地批评我呢。不过我才不管,就当她是夸我好了,受用了再说。

于是我花了很多时间练我的肱二头肌。然后我去跑了二十分钟,计时器停止的时候,还意犹未尽。然后在偌大的健身大厅里这儿晃晃,那儿走走,压压腿,抻抻筋。直到汗下去了,才去冲澡。

冲澡的时候才发觉,刚才也许肱二头肌一下子练太猛了,在莲蓬头底下连手都抬不起来。这时候,我才觉得如果有个人给我搓搓背也许真不赖。也许那天我误会隔壁淋浴间的谈话了? 不过让个光屁股大男人在我背后碰我的身体,总还是有点不得劲儿。也罢,不就不洗肩膀嘛。

然后,我又顺便去公司转了一圈。老张前几天给我电话,说有空去转一转。我就拜访他去了。

"回娘家啦?"销售部的同事们亲切地招呼我。

"来啦?"老张让我坐到他的办公室里,"要跟你说个事儿,但也不急,所以没有催你过来。知道你的健身卡还没用完。"

"哦,什么事啊? 好事还是坏事啊?"我还真不希望有任何坏事来坏了我今天的好心情呢。

"应该是好事,就看具体的运程了。"口气像个风水先生,"是这样的:记得那个美罗城的客户? 你三个月前签的合同。他们不是那时候说暂时不需要我们的安装吗? 现在他们又要了,要得很急。上周已经付款开工了,很快就要结束。你明白?"

"当然……不过,这账,还能算我的业绩吗?"

"凭什么不算? 是你签的合同,花了不少精力的。又不是过了半年才做的项目,人刚走茶还没凉呢。"

"哦,那么说,谢谢提醒!"

"不过么,这种事情并没有什么明文规定,需要争取的。这就看你自己了。我只能给你提供信息。虽然这没有什么不对,但我也希望你别提是我告诉你的。人事部正有点跟我们不对。对我来说,多一事不如少一事。那婆娘无中生有地都给我们销售部找了很多麻烦,别说这个了,她很会上纲上线的。"

"明白。"

"请我喝啤酒!"

"当然。"

我琢磨着怎样操作这个事情,出了他的办公室。走廊里遇见Aimee。她瞥了我一眼,假装没有看见地拐进了茶水间。

我跟了进去:"怎么了?"

"哼!你怎么就不理我了?"

她这一问,我倒是给问倒了。我为什么没有再理她?上次一切都很好,我本来也一直想着要再找她的。不知怎么的就一天天地拖了下来。人闲了下来,反而记性都差了。不过这么跟她解释肯定说不清,她不会理解的,反倒会进而责怪我没事儿都不找她。

"你是有男朋友的呢,我不敢找你啊。"我找了个嘴硬的理由搪塞,倒还蛮在理的。

"谁说我有男朋友的?"

"你自己平时常常吹嘘来的哟。"

"那是要引起你妒忌。"她伸长了脖子说的这句话,姿态煞是好看。

我们公司的暧昧文化,使我们平时的谈话总是带上这么一种千篇一律的口气。这样几句话,在平时完全属于正常的打情骂俏,说完算数。但 Aimee 与我确实已经发生了事情,所以显然超越了"暧昧"的范畴。

"知道吗?吴大姐修改了公司规章制度,增加了一条不许公司内谈恋爱!"

"公司里好像一对儿也没有啊?"

"就是！那就是针对我的，哼！"Aimee 经常以暧昧文化之领导者自居。其实，也确实主要是她给公司所有男同事抛媚眼，其他女同事顶多只能算是跟着她学的。

我去客户服务部拿到了本月客户安装记录，回头遇见了吴大姐。

"哟，今天怎么有空来公司了？气色很好嘛！"吴大姐的一惊一乍的口气。

"吴大姐也气色好，怎么越活越年轻了？"我顺着这口气说。

她一阵羞答答的表情，我的话还是很让她受用的。

"有什么事吗？"

"没什么事，来附近健身，顺便来看看大家。"我本想拿着客户安装记录就跟她讲这个客户的佣金问题，但转念一想，还是回去给她写邮件为好。这种事情最好书面上谈。

七

Aimee 周末的晚上又出现在我家。她来之前，我把屋子大力地整顿了一下。我发现屋里有太多不需要的东西。我把它们一一用垃圾袋包裹好扔了出去。楼下的老太太每次看我送下一包垃圾都要问我扔的是什么东西。我总共扔出去十八包垃圾。也许还有更多，扔到十八包的时候决定暂时停止。因为那老太太不问我扔的是什么东西了，她说："你家已经空了吧？"

Aimee 来的时候当然耳目一新。她四周打量着，啧啧称道。她躺在我刚换过的床单上也显得很自在。我搂着她立刻出了很多汗，心想这新换的床单明天是不是应该再换一次呢？于是就有点不敢动弹。Aimee 继续用英语给我下达指令，"Harder！"于是我加快了速度，却又立刻被她制止。被制止的时候我想，对啊，重点跟快点可不是一个意思啊。

Aimee 说:"这次我要到!"斩钉截铁地。

于是她就到了。

汗津津的我搂着汗津津的她,我心里琢磨着以后也许我确实应该经常换床单呢。

我隐约听见自己的一声呼噜。往往假寐时听见的是自己的最后一声呼噜,也就是说我已经呼噜了半天了。

Aimee 看见我惊恐的脸,笑了出来。我发现我的头枕在她的臂弯里。我立刻抬头要抽走她的手臂。她示意我继续躺着。惊恐着的我不敢再入睡了,但又困得要命。我看她好像全无睡意,就打算这么看着我睡觉,我觉得很不自在。

我说:"要不,你就睡在这里吧。"

这句话一说出来,就好像按了国家防御工程的按钮,一系列连锁反应由此产生。Aimee 坐起身开始穿衣服。这次她脱衣服的时候井井有条,一件一件地按顺序叠放在旁边的椅子上的,所以现在可以按部就班地一件一件穿上,完全不同于上次那样活跃的气氛。连灯都不用开。

我又几次试图说服她留下,但自己都觉得自己的口气没有说服力。最后我说:"明天休息,你不用上班吧? 留下吧……至少再待一会儿吧……"

"除非你还给我一次。"跟上次一样的话。

被抓到软脚,我无语。只得看着她穿戴整齐了离开,楼道里传来渐渐远去的高跟鞋声音,留下我羞愤地躺在床上责难自己身体的不听话。

吴大姐电话要我去跟她会晤。她说看到了我的邮件,但没有回信。她要跟我面谈。我问她什么时候去公司合适。她冷冷地说:"还是不要来公司了。你已经辞职了,以后最好还是不要来公司了。"

我心里一惊。她别又怪罪到客户服务部的同事们了吧。他们给我的安装计划应该不是公司机密,其实公司里任何人都可以知道哪天给哪个客户安装的。不过,她也不难猜出是客户服务部给我的信息。我跟他们的一根领带经理关系不错的(虽然我跟他的那条领带的关系不怎么地)。

她要我在公司楼下的咖啡馆等她,在下班的时候。"我今天很忙的,白天没有空跟你谈这些事儿。"

我在公司楼下的咖啡馆里等她。一抬头,看见一个熟悉的身影也在买咖啡。然后她朝我款款走来:"刘杰,没想到在这里遇见你!"

那是苏晓玲,背着一个大大的电脑包,外加一个大大的手提包(或者是肩包),手里拿着一杯咖啡,是纸杯装的,打算带走的。

她看到我一脸的欣喜,唠叨了很多事。她的婚姻生活好像很幸福,没有要孩子的打算,买了车,换了套大些的房子,涨价以前买的,多余的时间就去旅行。不过听来多余的时间也不多,夫妻双方的工作都很忙,都很充实。苏晓玲其实一向很忙。她是那种你问她忙不忙,她永远回答忙的人。

"要不要坐一下?"我看她肩上手上各一个大包,手里还拿着一杯特大号的咖啡,很不自在的样子。

"不用了,我马上还要参加一个同学聚会。都来不及回家换衣服了。"

是啊,都下班了还要喝咖啡,忙人啊。她虽然不肯坐,但也没有立刻走的意思,就那么负重站着,左右脚换着重心,跟我侃侃而谈。

她对我的辞职还是一惊一乍的。可以理解,她这种生活方式,是不允许我这样没有着落的,哪怕是一小会儿。

正说着呢,吴大姐下来了。我简单地给她们互相介绍了一下。吴大姐又是很寒暄地问长问短,免不了要说她觉得苏晓玲是多么优秀的人才。不过她说的一点都没错,我也同意,苏晓玲是个优秀的人才,生活事业井井有条。

"看你这么站着多累啊，你放下包先坐一会儿。"吴大姐倒是很诚恳地邀请苏晓玲坐下，做人事工作的职业习惯，不弄清你的底细是不愿意放你走的。但这话却实际上发挥了逐客令的功能了。

苏晓玲说不耽误你们谈事儿了，先走。我说以后介绍你丈夫认识一下，一起吃个饭或打球什么的。

苏晓玲走了以后，吴大姐还问了不少关于她的问题，好像看中了她要挖来我们公司做重点培养似的。

吴大姐没有喝咖啡。她建议我们直接去隔壁一家餐厅吃饭去。

下班时候，餐厅里挤得要命。光是排队等桌子就用了十五分钟。环境特别地吵闹，等座位的时候基本上就站在门口，每几秒钟就要给进来或出去的客人让个路。所以吴大姐和我也基本上没说什么话。我还在想刚才苏晓玲的样子。她穿的是很正经的西式套装，长裤不是裙子。短上衣没有遮住屁股的长度，在她走出去的时候自然地摇摆着，显露出她比以前更加丰满了一些的身材。

"是你的女朋友吧？"

"什么呀？她都结婚了。"

"结婚了就不能是你的女朋友了？"

吴大姐今天怎么这个口气和理论啊？不过，我也从来没有跟吴大姐讨论过儿女情长的事情，也许她一直就是这种理论也没准儿。只是她刚刚宣布公司里面不鼓励同事之间谈恋爱。或许，她不赞成我们公司的这种暧昧文化，但却已经看惯并接受了公司之外的任何恋情？甚至是婚姻之外的？

"我看她好像很喜欢你，是不是你以前把人家断然拒绝了？"吴大姐好像挺愿意继续这个话题的。

"好像不是这么回事呢。"我们总算坐了下来，正捧阅着菜单。旁边的服务员满脸堆笑地等着我们点菜。

上菜的时候,吴大姐开始谈我们销售部的事情了。我想她大概这是慢慢地引向正题吧。她问我老张的很多事情。我反正都是如实回答,但心里开始嘀咕,该不是她猜出是老张提醒了我这笔额外佣金的事情,要开始算计老张了吧。

她的问题越来越含沙射影地针对老张,问及老张是否跟销售员抢单子,有没有月底虚报销售成绩,有没有季度底压单等下季度一并报告,取得更高佣金比例。

我当然一一否认。我当然知道老张从来不跟我们销售员抢单子,而别的他每样都干过,但我仍然认为这是我的如实回答。这些勾当都是公司自找的。我进公司的时候,人事部给我们看销售佣金计算细则,整整十八页,还没有看我就晕了,只记得细则中写道,怎么怎么了,销售员就佣金减半;怎么怎么了,就不享受该月佣金。甚至说,如果公司总经理或其他部门经理出面参加过任何销售会议,佣金也要减半。怎么看都觉着好像我为公司打工,还要付老板劳务费似的。我还就这个问题问过老板:公司管理层参与销售难道不是应该的吗?Jerome 就说:这佣金减了半,又不到我的口袋里。我只是为大家服务啊。是啊,既然不到你口袋,你那么起劲地扣除它干嘛?

老张告诉我,不用担心,我只管放手出去做,计算细则他来对付。有了这句话放心多了,我们就把这些猥琐的事情扔给了老张。想想,如果一个销售员整天想着这笔单子老板要扣去一半,那笔单子我的佣金扣去多少,能专心工作吗?整天按计算器还来不及呢。

这就叫上有政策,下有对策;以歪治歪。老张还说,这叫合理避税。这么一点穿,更觉得公司管理层像是在给我们扣上苛捐杂税了。什么世道啊,给人卖命还要缴保护费,接客还要上贡老鸨啊!

"你们的菜上齐了。"服务员总结性地发言之后就撤了。

这时候吴大姐倾过上身,郑重其事地跟我说:"你提出的那笔佣金,我已经向姐弱母提交报告了。我会尽力为你争取的……你看,这样的事情老张是不会帮你的。你已经不是他的兵了，不用再害怕他的淫威。你好好想想他以前做得不对的地方，不用怕，告诉我就是。你的利益，我会照顾到的。"

这话怎么听怎么像电影里的台词，好像是哪个抗战片子里面，日本鬼子拿着糖跟中国农村小孩讲的话。我怎么都没有想到我的生活能够如此戏剧化。

看我没有说话，她继续道："我们也不是要对老张怎么样，我还是想帮助他的……"

为什么大家都只说国营单位里流行勾心斗角呢？而且没想到，我辞了职还是没有能够离开是非之地，甚至好像陷得更深，离矛盾更近了呢。

我当然没有腰杆笔直横眉冷对地怒斥道："我不要你的臭钱。"钱是没有味道的，既不香也不臭。如马克思说的，钱是一般等价物。我不置可否地应承着，心里斟酌着我这么做是否违背了自己的任何道德原则，如果我有的话。

但就眼前，我要的是钱，是我的钱。不香也不臭，是在城市里生活着的现代灵长动物的空气和水。

吃完饭结完账，我们向外面走的时候，吴大姐继续告诉我，我可以怎样怎样地信任她，有什么话都可以跟她说，她甚至还打算帮我找到合适我、并不对公司构成竞争的工作。我当然免不了对她感激涕零。她按着我的手道："不用谢我，吴大姐想着你呢。"

我感到被她按着的手的脉搏跳动。

待她钻进一辆出租车以后，我就给老张打了电话。本来想明天再联系的，但忽然觉得想立刻喝一大杯冰镇啤酒。

"不是要跟我一起喝啤酒吗？今晚怎么样？"我对老张说。

"好啊，去哪里？"

我和老张在洞吧见面。别说我这个人无聊,我对于很多事情很专一的,尤其是酒吧。

"总算兑现你请我喝啤酒的承诺了?"老张很快就到了。

"此话差矣,"我故作玄虚道,"今天应该是你请我喝啤酒。"

"怎讲?"老张和我进入说书状态。

"话说这吴大姐请我吃饭了。"

"怎么,他们想赖帐?"

"否!"

"那岂不该请我喝啤酒?"

于是我不卖关子,把刚才的对话告诉了老张。

"切! 我以为什么新鲜事,这酒还是应该你买啊。"老张笑道。

"这酒我买单!"毛学林不知什么时候从那个角落出来了。毛学林跟老张也早就认识,"一个无业游民,一个审查对象,你们两个就别跟我争了……张兄,多指点兄弟啊。"

"哎,说到这个,你们公司是什么情况?"老张问毛学林。

"什么情况? 还能什么情况?! 天下乌鸦一般黑啊。所以我才没有刘杰的清高,我誓死战斗在跟资本主义作斗争的最前线。"

"哪里有铜臭就往哪里去!"老张表情严肃,挥手做"冲锋"状。

"我们都是金钱的走狗!"我们三个人同时提起前爪,伸出舌头,做狗嗅状。

旁边传来爽朗的笑声,小水说:"你们演什么戏呢?"

"排练小品,"毛学林的前爪还提着,趁势嗅了嗅小水的肩头。

小水拍拍毛学林的头,对老张说:"他们怎么把你拉下水的?"

老张搂住我的肩头说:"一条战壕里的炮灰,其实还是我把他拉下水的呢。不过他已经弃暗投明了。"

"什么呀,吃喝拉撒一天,就是在江湖的一天。"

小水对我莞尔一笑,走开去了。

"哎,那姑娘似是对你有意思?"老张关切地说。

"我也说呢,英雄所见略同吧?"毛学林得意地补充道。

"你们误解了,红颜知己。"

然后他们两个轮番地调侃了我一番,不多久就进入酒高的状态,大家都不知道在说什么了。

朦沌中,老张的情绪越来越低,甚至眼睛红红的。

"该不是为了公司的那些事情吧?"我道。

"才不是为了那些琐事烦心呢。"

毛学林也看出他的情绪变化,就说:"别喝太多了,嫂夫人要担心了。"

"哪壶不开提哪壶!"毛学林的这话倒害得老张把杯中剩下的啤酒都咕咚了下去,并又要了一扎。

然后我们就这么继续喝着,也没怎么多说话。老张仍然陷在他的情绪之中,我不由得想起徐薇,毛学林也挂起了脸,估计是在想着他的电梯 Amy,或是别的什么不快的事情。

半夜时分散了。老张醉得厉害,我和小水一起把他扶进了出租车。毛学林帮不上忙,但总算可以自己扶着墙出来叫车,一边口中喃喃念叨:"我明天一早还要去广州出差呢。"

八

我上次去广州出差,已经是几年前的事情了。不过至今记忆犹新。我到广州的时候,知道徐薇也来出差,已经到了两天了。我们决定晚上一起吃饭,然后再找家酒吧喝酒。我去她房间找她的时候,才是下午,我们就这么坐着聊天呢。

聊得很高兴,我们都忘了吃饭的事情。天暗了,我提议开灯,她说先这么着吧,不想打断良好的谈话气氛。我提议去吃饭,她说先这么着吧,还是不想停止谈话。我们平时都被身边的同事啊、朋友啊围绕着,确实很少有深入交谈的机会。但我同时也觉得渐渐暗去的房间里弥漫开了一种异样的气氛。我也同样喜欢那种气氛,只是我并不觉得开灯和吃饭会打断它。徐薇这么认为,我就遵从她的要求,毕竟是她的房间。

然后,当这气氛越来越明确的时候,我去抓住了她的手。那时候已经9点左右了。我也奇怪自己的胃竟然没有咕咕地叫。她后来说一直等我去抓她的手呢,不明白我为什么要等到9点钟。我告诉她,她在我心目中有很重的位置,我不敢造次,但我想她也不怎么相信。我和她在此之前确实没有像样地交谈过。说话是有,没有交谈或沟通过。她并不明白为什么我在没有太了解她的时候已经把她看得很重了。

我们没有立刻做爱。即使我们的拥吻也显得那么平静,甚至拥吻之后还进行了很长时间的谈话。她告诉我她喜欢摄影师这个职业的人,摄影师,尤其是拍摄野外大自然的摄影师。这些人,让她觉得心旷神怡,甚至说她也许会莫名地爱上一位摄影师。当然都是假设,但说得那么真切,我当时就惭愧自己不是一名摄影师。

拥吻的时候,我的身体是很兴奋的。但一旦后来真的跟她脱了衣服进了被子,我却失却了那份兴奋。也许心里想着为什么自己不是摄影师,羞愧之中不能自拔吧。我们那晚是勉强做爱了。她第二天一大早的飞机,我说要送她,所以希望就这样留在那个房间。做爱之后,总算开了灯。她仔细地看了我,看了好久,然后深情地亲了我一下,对我说:"睡吧。"

第二天,我们又在晨曦中,在酒店洁白的床单上做爱。我们就这么侧身躺着做爱,我在她身后伸手紧紧搂着她的身体,把鼻子深深地埋在她的颈项中,呼吸着她的头发。她发出颤抖的呼吸声,紧抓着我手的她的手,也在颤抖。

去机场的出租车上,徐薇对着窗外摆手:"再见,我的酒店……再见,我的街道……再见,再见……"她的脸上是淡淡的,舒心的微笑,我说:"怎么不跟我再见?"她说:"你不是下周就回上海了吗? 可我不知道我什么时候再来广州呢。"

我回上海以后确实经常地见到她,我们很快就频繁地亲密来往。但确实,我跟她,在此之后都再也没有来过广州。

我跟 Aimee 打电话,约她随便哪天晚上出来一起吃饭看电影逛街什么的。但她还是只能到周末才能见我,而且这个周末还不行。

"最近经常加班,人事部好像有很多事要做,几乎把我借过去用了。早晨又不能晚到,要给那活宝做咖啡。"

"他们怎么能这么差使你啊? 给你加班工资吗?"

"你在这公司多少年了,你看他们付过谁加班工资? 吴大姐告诉我,我现在不是总经理秘书了,是总经理助理,级别上算是管理人员了,没有加班工资。"

"是啊,他们升你到经理级别之前是不会让你加班的。"

我一个人在家啃方便面的时候,苏晓玲打电话过来。

"一起吃饭吗?"

"倒是非常愿意,可惜我已经吃了。我陪你吃点?"

我们在一家烤肉店吃饭。苏晓玲胃口极佳,要了很多肉。我本来也没有吃太饱,看到那么多肉更饿了,吃得比她还多。

"你这就算吃过了? 你现在没有人照顾你,是不是很委屈自己啊?"她一副心疼的表情,好像她以前照顾过我似的。我想她以前也许是照顾过我的也没准,可能我忘了。

"你们人事经理好像喜欢你呢。"她突然就冒出了这么句话。

"别胡说八道了,你就上次跟她见了几分钟。"

"女人的感觉很灵的,只要几秒钟就看得出来。她上次不是跟你一起吃晚饭了?"

"吃饭是吃饭的,那是谈公事。"

"哪有吃饭谈公事的,又不是国营企业那套。"

"确实是公事,公司的事复杂,她也许觉得公司里谈不方便。"我本来想说还正是国营企业那套呢,不过没有说出来。"她老公可是成功人士,没事儿就往欧洲总部飞去开会什么的,哪看得上我这种无业游民啊。"这么说着,我心里倒是想,我们中其实谁都没有把吴大姐当作一个女人来看过呢。她四十都不到,但在我们的心目中,从来就是个街道老阿姨的印象。倒不是她多不时髦,她的行头全是她老公从欧洲带来的,所谓的最时尚的东西。不过我忽然想起吴大姐上次临走跟我说的话。也许?

"结婚了就不许喜欢你了? 什么理论啊?"苏晓玲说道。

"你的口气怎么也跟我们的人事经理差不多? 她还说她觉得你喜欢我呢。"

"我是喜欢你的呀,"苏晓玲侧过头说道。

"你喜欢我? 那为什么突然嫁了人? 之前我一点都没有知道你还在跟别人约会呢。"

"喜欢谁跟嫁给谁不一定是一回事。而且往往是两回事。我一直喜欢你,但我就是不会嫁给你这种人,"她伸手摸了摸我的手,"你不要往心里去哦。"

"那倒不会,"我抽回我的手,"我就是特别希望知道为什么你不愿意嫁给我这种人。"

"刘杰啊,你叫我从哪儿说起呢?"苏晓玲若有所思状,"你是不一样的……"

"我怎么了? 告诉我,我就是特别希望知道女孩子是怎么想我这样的人的。我算是哪种人? 我有什么不对的地方吗?"

苏晓玲端起杯子,把麦管含在嘴里吮吸杯子里的可乐。

我们之后换了一个话题,她跟我说她和她丈夫的生活计划,明年春节要出国旅行一次,房子车子,云云。

我和苏晓玲吃完饭,都觉得很饱的样子。我们就在街上随便走走。

走着走着,到了离我家不远的地方。我差点脱口而出说到洞吧去坐坐。但我不知怎么的,把这个提议吞了下去。洞吧是这几年开的,以前跟苏晓玲交往的那阵子还没有,她自然应该没有去过那里。

所谓差点脱口而出,其实我已经张开了口,于是我的口就这么张着,不知道应该说什么话好。

"就去你家坐坐好了,你还不好意思说啊?"幸好有她的这句话圆场,我的口得以闭起。

我的家今晚不算太乱。我先钻进洗手间轻松了一下。出来的时候看见她打开了窗户,在朝外望着,双手撑在窗台上。

以前苏晓玲就蛮喜欢这样,对我说,来抱抱我!我就从后面去抱着她。

她今晚穿的是套裙,撅着浑圆的屁股,右腿漫无目的地搓着左腿。我走到她身后,她把身子朝后,朝我靠了下来。她的头靠在我的肩膀上,抬起头,但闭着眼睛。我低头吻了她的嘴唇。她的嘴唇回应了,但没有转过身或拉着我的手什么的。

我拉高她的裙子,隔着连裤袜揉捏她的屁股。在我的手中,她全身温暖,潮湿。

就在我的手摸向她的腰部,摸索着她连裤袜的边缘的时候,她转过身,推开了我的手,对我说:"别啊,你想干什么啊?"

我的呼吸急促,我没有说什么。

"我的身体是我丈夫的。"她继续说。

可是,可是,她说这话的时候,她的手抓住了我的膨胀的下体。我睁大眼睛看着她,一脸疑惑。她笑了一下,把我推到在椅子上,解开了我的裤子,一口含住了我。

　　我看不到她的脸,我不能跟她说话。我享受着她口舌的灵活。我得意,我迷惑,我舒畅。

　　后来她用餐巾纸擦干净她的嘴,说:"可怜的小东西……"

九

　　毛学林回上海了。他坐了星期一早晨的飞机回来,在出租车上就给我打电话。

　　"你去了好几天呢,"

　　"是啊,是啊,你现在在哪儿? 我这就过来找你?"

　　"随便啊……"

　　没多久我就在咖啡馆里见到了风尘仆仆的毛学林。他甚至连旅行箱都不愿意放回家,因为怕来回折腾掉太多时间。

　　"这么想我啊?"我笑道。

　　"啊哟,想死你了!"

　　不过我当然知道他不是为了想我才急着见面的。不然他就不会把两天的出差延长出整个一个周末。

　　"其实我本来应该现在立刻去公司开会的,说好星期五回来的。但现在我觉得我激动得无法工作。"

　　还用说? 毛学林在广州是有艳遇了。说艳遇自然还不够说明问题。

　　"我遇见我的梦中情人啦!"毛学林在咖啡馆压低了声音宣布道。

　　他慌张地在咖啡馆里四周张望,好像捡了个宝怕别人抢去了似的。而且他确实比较激动,语无伦次地说了很久我也没有搞懂他在说些什么事情。反正,他就是遇见了他的梦中情人,他沉浸在幸福之中。整个周末都跟她一起泡在蜜糖里,如胶似漆。

　　"而且……"毛学林又四周一望,神秘地说:"这个周末她就要来上海看我。"

　　"是啊? 那太好了,我也可以一睹芳容了。"

　　然后我们就无语相对了几分钟,他端详着空了的咖啡杯子,时不时会突然发出一声奇怪的笑,然后不好意思地四周张望。

　　最后毛学林终于稍微冷静了一下自己,问道:"你的周末怎么样啊?"

　　"苏晓玲来找我了。"

　　"她来找你? 到你家里去了? 啊呀你这小子! 细节细节,快快道来!"毛学林摩拳擦掌地,又兴奋了起来。

　　在他的逼问下,我交待了细节;然后他又在我可能做出任何省略的地方继续发问,直到最后我怀疑他对那晚上发生的事情比我和苏晓玲都更了如指掌以后,他咽了一口口水,抬头若有所思。然后道:"如此啊……女人,有时候真的不太明白啊。"

　　"不过,我现在心里有点觉得对不住 Aimee,"为了避免混淆,我补充道,"我的 Aimee。"

　　"哦? 你不是说她对你也有点模棱两可? 怎么现在又变成'你的 Aimee'了? 又发生了什么了? 细节细节!"

　　"她确实没有明确我们的关系,但也没有否认我们的关系发展啊。照这样的趋势,我们确实在向认真的方向去。"

　　"关键是,你觉得她怎么样?"

　　"我? 我没有像你那样觉得她就是我的梦中情人了,但确实蛮喜欢她的。就是很希望能跟她多些相处的时间,而不是半夜里还要想着她几点之前必须回家。"

　　"这就是你奇刻了,她一个姑娘家,大概还跟父母住在一块儿,怎么能随随便便地就在你家里过夜呢?"

　　我们又陷入一阵沉默。

　　毛学林突然扑哧一笑，打破了沉默，"也别为苏晓玲的事情多想了，克林顿说的，接受口交的人不算跟对方发生性关系。"

　　我们两个笑了一阵，说好周末的时候四个一起吃晚饭，我，我的Aimee，毛学林，和毛学林广州来的梦中情人。

　　这个星期里，我跟 Aimee 见了一次面。她要我晚上下班以后陪她去买牛仔裤。我们在徐家汇逛了整整一个晚上，她试穿了不下 30 条不同款式的牛仔裤，最后还是一条都没有买。

　　这过程倒是很长见识的。原来牛仔裤有不同的蓝色，这个蓝偏黄，那个蓝偏紫；这条的腰太高，会挤出腰间赘肉，那款的裤管太紧，已经不时兴了。

　　我要是打算买一样东西，一个晚上逛到腿都要断了还没有买到，会感到沮丧的。而 Aimee，或者其实任何女孩子，都还能心满意足。我看她们心情不好的时候反而会买很多东西呢。

　　"购物"完毕，我们随便吃了一点，说好周五晚上一起吃饭。然后我送她回家。我们在她的小区里稍微缠绵了一下，就分手了。我想我们确实不必要每次见面都跑全垒的吧。

　　这个星期的其它时间我几乎天天要跟毛学林在一起。不见面也要打个电话。见面的时候，他总是魂不守舍，张口闭口都是他的广梦（已经有了缩写版）。

　　有时候他就双手捧着一杯啤酒，呆呆地注视着空中某个点，像个思春少女一般地多愁善感。我和小水会一起学他的德行，也双手捧着杯子做相思状。他醒悟过来，看见我们在那样模仿他，也从来不会生气。

　　小水说："这哥们儿又恋爱了。"

　　他笑吟吟地反驳道："不是又恋爱了，我就是爱了。"

　　他不时梦呓般地告诉我们一些他的广梦的情况。最后经我们拼凑起来，大致如下：

广梦名曰罗绮萍。虽然是个平凡的名字,但你千万不能把"绮"字念做"奇"(虽然字典上确实是这么写的),因为广东话这个字念"以"。他们是在展会上认识的,但不是广交会。以萍小姐是展会公司的。

"那天我在嘈杂的人群中,远远地只能看见她。好像长焦镜头开大了光圈,其他全都虚了。在我发呆的时候,她已经走到了我的面前。"毛学林现在说话都不对着我们说,而对着空气说了,好像在作诗一样。

没多久,听众就不止是我和小水了,啤酒促销小姐都簇拥了过来。他的面前已经都是人了,但他的视线还是聚焦于空气中某个没有任何可视物件的点上,好像以萍小姐就在面前一样。

小水忍不住笑,打断他道:"跟我们讲讲这个罗奇萍的床上功夫吧。"

"不是'奇',是'以'!"毛学林暂时定焦在小水脸上,纠正她的发音。小水和我笑作一团。三得利小姐说:"就是'以'嘛,你们别打岔啊,"

毛学林感动地说:"就是,他们都不懂……你给我来瓶三得利!"

这么着,促销小姐们都帮上他的腔了。毛学林特别兴奋,我们又喝了一轮麒麟、一轮好顺、一轮 Barcadi 汽酒。这最后一样,以往打死他也不肯喝的,他却逼着我也喝了一瓶。

最后酒吧老板都凑了过来:"今晚怎么这么热闹啊? 毛兄在说书啊?"

酒吧老板决定要请我们喝一杯。他对小水说:"把那半瓶小黑拿过来,我们为爱情干一杯!"

最后还是我提醒他第二天还要上班。Barcardi 小姐趁势劝毛学林明天翘班,他差点就同意了。我对 Barcardi 狠狠瞪了一眼她才作罢。

小水说:"那你们买单了?"

"不是'买单',是'埋单'! 你们不会讲广东话不要鹦鹉乱学舌!"

"好好好,是'以萍',是'埋单'……"小水止不住笑。

　　星期五晚上按约定我跟 Aimee 碰头，但是打毛学林的手机他却死活都是关机状态。毛学林是一个从来不关手机的人，大概就除了坐飞机了。所以，如果今天是他坐飞机的话，我就应该着急了。不过，今天是广梦坐飞机。

　　Aimee 说，一定是一下飞机他们就巫山云雨去了。当然，难道还有别的解释？于是我们决定自己先去吃晚饭去。

　　因为本来应该是四个人一起吃的饭，我们总觉得集中不了精神，枉费了一桌子好菜。我们的话题也离不开毛学林和他的广梦。

　　我们对其他话题也暂时提不起多少兴趣，于是没多会儿就陷入了沉默。不过，沉默中，我们的思绪还是没有离开他们俩。我和 Aimee 的眼睛就这样无神地对着一桌子的饭菜，若有所思。我心里琢磨着，不知道我们寻思的东西是不是差不多。我抬头，遇见了 Aimee 的目光。我们两个会心地一笑。

　　"结账？"

　　她点点头，开始收拾包。

　　然后我们一句话没有说地跳进了一辆出租车，报了我家的地址。车子里，我们拉着手，互相深情对望着。上楼的时候，Aimee 突然开始奔跑，甩下一串清脆的笑声，我随着往上赶，在转角的地方赶上她，搂住她的腰，狠狠地吻她，全身把她压到墙上，好像要把她嵌到墙里去似的。我稍一喘气，她又挣脱，继续往上跑。我一直追到家门口，把她压到门框上，一只手掏出钥匙开门。她拨过我的脸，吮吸住我的嘴唇。我根本看不见自己的手、钥匙或钥匙孔，慌乱中只听到金属馨铃哐啷的声音，却怎么也不能把钥匙插进钥匙孔。

　　如果不是楼道里的声控灯亮了，我们也许就在门口过道里开始了。我还是挣扎着打开了门。门突然被打开的时候我们几乎就这么跌了进去。我把 Aimee 抱到厨房台板上，突然我的手机响了。我又慌乱地掏出手机，抖抖索索地手机没有拿稳就掉到地上去了。脆弱的手机当下就摔开了,手机壳子跟机身立刻分家。但显然手机没有受到致命伤害,还在那里固执地响个不停。机身一闪一闪地,机身的震动让没了外壳的手机疯狂地原地打转。

我和 Aimee 满怀同情地看了它一眼,继续我们的事情……

等我们坐到沙发上喘气的时候,我们的衣服基本上还在身上。我心里想:毛学林加广梦,春药一副啊!刚才其实我和 Aimee 都在想象着毛学林和他的广梦一定在小别胜新婚般地忙乎,于是简直就像在脑子里给自己看了一部毛片。

电话又响了,家里的电话。

"喂?"

"我说,你刚才怎么不接电话?"说话的却是毛学林,"干什么呢?"

"什么我不接电话? 你自己关机多久了? 你干什么呢?"

"手机没电了! 也背不出你的号码,到了洞吧才用小水的手机给你拨,你这小子却不接? 要是小水今天休息,我就只能上楼来直接找你了。赶快下来吧。"

我们下楼的时候,发现我们匆匆进来,竟然只是虚掩了门,要是毛学林真的找将上来……不堪设想。不过我和 Aimee 现在除了笑也不知道怎么好。

进了洞吧我们还在痴笑呢。

一睹芳容!

广梦,就是以萍,一副瘦削的身材,眼睛大大抠抠的,鼻子不高,但是翘翘的,嘴唇丰满,南方女子特有的面容。

"痴笑什么呢?"毛学林问我。他以为我们的笑是因为见到他跟他的梦中情人在一起呢。

"你们刚才干嘛了?"我问道。Aimee 还在一旁笑。

"我们刚才吃饭了啊。我也没有想到你在家里,想吃完了饭到这里肯定找得到你们的。"

"吃饭？一直在吃饭？"

"是啊,不吃饭还饿死啊。你们吃过了?"

"吃过了,吃过了。"看来我们想错了,我回头看看 Aimee,她已经褪去的笑容突然又被扑哧一声给打开了。

这个晚上我们没有谈什么正经事。以萍来上海不是出差,而是专门来看毛学林的。不知道毛学林是不是她的梦中情人,她广州的朋友们会不会把毛学林谑称作"上梦"之类的东西。既然他们是吃了饭直接来的酒吧,我们当然要识趣地早早收场。

毛学林好像有点不够尽兴,他好像没有急吼吼地要搂着他的梦中情人回家。他满脸幸福和满足的表情,一直深情地拉着她的手。

Aimee 说她的化妆包好像落在我家了。于是她很自然地再次出现在我家。我拿起沙发上的化妆包,发现里面伸出一个牙刷柄。我在她的脸颊吻了一下,吻到一股杏仁的香味,不知道她用的是什么香水。

星期六早晨,我们在床上赖了很久。缠绵了一阵,然后又睡了过去。中午时分起床,也没有十分饿。我看她没有急着回去的意思,我就提议去南京西路逛逛。这次她很快地买到了她要的牛仔裤。她告诉我,那蓝色是带绿色的蓝,低腰但是露不出内裤的边缘,裤管是小喇叭口。学问啊!

然后我们在一家露天的餐厅吃饭,餐厅正好有 Brunch 特价。

所谓 Brunch,应该是 breakfast 和 lunch 的合并。可是为什么所有的 brunch 实际上都是从下午,就是中午饭之后的时间才开始的呢?

那家餐厅有很多露天的位置,在这个季节,这是招揽生意最好的方法了。可以看到餐厅玻璃墙内的大厅里没有多少客人,但他们室外的位子已经全满了。

下午的阳光照着我们,照着我们的食物,照着蒸发着热气的马路。

几乎所有的客人都是戴着墨镜在吃饭。如果你不仔细想,还没怎么,但仔细想想,这确实是件蛮特别的事情。一大群人带着墨镜吃饭,不是在这种场合是几乎看不见的。而且,现在还有一大批客人戴着墨镜在门口排队等位子,戴着墨镜等吃饭。

马路上也不时有些过路人会对吃饭的客人看上几眼。一位年纪大些的闲逛市民毫无顾忌地在我和 Aimee 的座位面前驻足,看了我们好一会儿。他很仔细地看看我们的盘中餐,然后再看看我,接着看看 Aimee。然后他的视线在我、Aimee 和我们的食物之间来回了几次,好像要找寻一些规律。过了足足一分钟以后他才满足地离去。

Aimee 被他看得极不耐烦,几乎要叫服务员来赶他走了。可即使叫服务员又能怎样? 一个行人既不乞讨,又不偷盗,看看你不碍任何人、任何法律。

Aimee 已经很不高兴。她现在开始责怪我,为什么我没有把他快点赶走。而我,却在想这位过路人是怎么看我们的。他的眼光透露出好奇、疑惑,甚至还有一份敌意,好像在看异类。

最后我想,如果站在外星人的立场看这件事情,也许一点也不奇怪。一个不戴墨镜的地球人很好奇地看两个戴墨镜的地球人吃饭。

Aimee 回去了,不能陪我一整个周末。然而晚上,我又要跟毛学林和他的广梦见面。不但这样,晚上一起喝酒的,将还有上面提到的我们以前的同学们,也许应该加上引号,"同学们"。

由于我的中午饭其实就是下午的 Brunch,结束得很晚(都快 4 点了),就没有另外吃东西,直接去了约好的茶坊。

我到的时候,羊肉串已经到了。我跟他寒暄了几句。我注意到他身上有股曾经很熟悉的羊肉串的味道。

说话间,金钟和阿宝来了。金钟最近发了一点点福,圆润些了。阿宝矮矮胖胖的,俨然一个阿宝,脸上的肉堆积着,酒窝是横着长的。

张虹紧接着也到了,唯一跟这帮哥们儿混的女同学。

正打算跟她寒暄呢,她打断我道:"刘杰啊,你是这里最早一睹芳容的,你说说,她到底是哪路的狐狸精啊?我可要给我们家阿毛把把关。"

"是啊,长什么样啊?"阿宝问道。

"这怎么说得清啊?"我确实为难,不知如何用语言描述一个女孩子,一个我还并不熟悉的女孩子,"不过我可以肯定,她不是你喜欢的类型。"我对阿宝说。阿宝个子矮,但喜欢高个子女孩。

"也不是你喜欢的类型,"我又对金钟说。金钟喜欢丰满的女孩子。其实,还从来没有听他说过任何一个女孩子"太胖"呢。

金钟和阿宝显然很失望。

我望了一眼羊肉串。说到这里,好像顺利成章地要说到羊肉串。但羊肉串好像对于女孩子没有特别的口味,什么都行。或者,我们有时候谐谑他道:只要她不嫌弃你一身羊膻味儿,你就不嫌弃她。

"你给她打个分看?"张虹不饶不让,"满分是一百分,你给多少分?"

"呃……八十?人不是天姿国色,但毛学林自然有喜欢她的道理嘛。"

我们就这么叽叽喳喳地,又像回到了中学年代。

没多久,毛学林挽着他的广梦进来了。

罗绮萍看了一眼大家,眼睛就害羞地垂了下来。我想她好像还不至于那么害羞吧?但立刻注意到大家咄咄逼人的眼光,尤其是张虹,简直像婆婆看媳妇一样地上下打量着她。

毛学林忙着跟大家打招呼,也没有注意到什么。等跟大家寒暄告一段落,回头问她道:"怎么了?不舒服?"看到她的羞涩表情,终于明白,向大家一挥手道:"哎哎哎!别太过分好不好?没见过你们这样如狼似虎的。你们要吃了她不成?"

大家分别端起各自的杯子喝那么一口,表示自己有东西喝,暂时不吃她。

"我们这是关心你啊!"张虹开口了,然后转向罗绮萍道,"我们跟毛学林都是老同学了,你知道……对了,你叫什么来着? 阿毛你也不介绍一下?"

"都快被你们生吞了,哪还有空介绍啊? 这是罗以萍,专门从广州来看我……"毛学林说话时含情脉脉地回望了她一眼,"除了你已经见过的刘杰,这是金钟;这是阿宝,我们的活宝;这是羊肉串,顾名思义,爱吃羊肉;这是张虹……"

毛学林没有跟往常一样把她叫做"提拉米苏",也没有用他常用的"不堪回首",张虹当然注意到了,并且显得有点不高兴。

谈话在继续中。茶坊比较吵闹,适合这样的会晤,你一句我一句,即使空白几分钟也不显得冷场。大家分别问了罗绮萍的职业等常规问题,对她专程来沪唏嘘一番,她也很客气地说"顺便办点别的事情的……"云云。

罗起身去洗手间的功夫,大家又炸开了。

"多少分多少分?"张虹盯着金钟和阿宝问。我知道她的意图,因为广梦确实不是金钟和阿宝的类型。

"那么矮,我看也就 60 分。"阿宝道。

"那么瘦,我不能给她及格。她不是平胸吧?"金钟问毛学林道。

"讨打呀你?!"毛学林道。

"那你说呢?"张虹打断了毛学林,转问羊肉串。这时羊肉串也不敢给高分了,正犹豫间,张虹补充道:"我也觉得不及格!"

"嗯,40 分!"金钟又补充道,还对毛学林做了个鬼脸。

"就是,30 分!"羊肉串反正也没有什么立场,干脆瞎起哄。

"你们什么意思啊? 还这么给她打分?"毛学林觉得完全被排除在这话题之外了。

"20 分!"张虹恨恨道,"我只给她 20 分!"

"凭什么?"毛学林争辩道。

"就凭你介绍我的时候连爱称'提拉米苏'都说不出口了!"张虹终于没有忘了这茬。

"我以为正式介绍的时候都叫名字的啊!"

"那羊肉串算哪门子名字啊?"张虹逼问道。

"可是,"毛学林无辜地望着羊肉串,"我真的忘了你叫什么名字了啊!你们记得他叫什么名字?"他又望着张虹。

"当然记得!他不就叫做……"张虹情急之下,竟然也语塞,"喂你这死猪,你到底叫什么名字啦?"

羊肉串阴笑不语。

这时候我想,天哪,好像我也不记得羊肉串叫什么名字了。

大家无语一时,阿宝突然冒出一句:"阿宝也不是我的名字,我也给她不及格!"

"什么乱七八糟的?!"张虹拍了他一记脑门。

大家哄笑起来,正好引来罗绮萍回到座位上。她有点不知所措,不知是应该为大家气氛的活跃而高兴,还是应该为大家是否在笑话她而担心。

怜香惜玉的毛学林当然立刻拉着她的手,温柔地说:"我们正在讨论我们忘了羊肉串真名的事儿呢。"

"哦哟!恶心恶心!"张虹叫道,"离开一会儿就要那么肉麻啦?"

毛学林抬头骄傲地宣布道:"她是我的梦中情人,我爱她!"

说着他别回头去吻她。罗绮萍看了一眼大家,有点不好意思,没让他吻个正着。

然后,毛学林起身去洗手间了。

座席中一小阵子冷场,罗绮萍尴尬地对大家笑了一下。张虹眼珠子一转,说道:"我说,阿萍啊,"张虹就是不愿意叫任何人原名的,这倒是表示亲热,"你也给大家表个态吧……"

　　这么一说,罗绮萍有点迷惑。她也没有问话,就是用眼睛请求张虹解释她的提议。

　　张虹没有说话,金钟倒是接了嘴:"对,你给大家说一句嘛。"

　　"说什么?"

　　"表个态,说一句啊,"阿宝重复了一遍他们的话,"我们想看看你有什么说法。"

　　罗绮萍还在迷惑之中。这时毛学林回来了:"你们没有欺负她吧?"

　　"没有啊,我们要她表个态,"张虹说,表情倒是蛮和蔼的。毛学林没有明白。张虹对没有说话的羊肉串说:"对吧?"又对我说:"对吗?"

　　"就是,"羊肉串说道,"我们跟毛学林从小学就在一起了,我们认识了那么多年了。我们看到你们在一起很高兴,为毛兄高兴。我们现在要你也说几句。"

　　其实一开始我也不很明白张虹是什么意思,后来才明白,她是要罗绮萍对刚才毛学林信誓旦旦地说"爱她"做个反应。但由于大家一来一回的,现在早忘了毛刚才的宣言,好像只是要她发表一次演讲似的。

　　"那你就说嘛,"毛也明白了,敦促她道。他当然也希望听见她同样慷慨激昂地宣布她的情感。

　　罗绮萍用求助的眼光看着毛学林:"要我说什么嘛?"

　　"说你爱我啊。"

　　"我爱你的呀,"她羞得声音轻得不如蚊子。

　　"可你要对着大家说啊,"毛学林也来劲了。

　　其实这个年代,多是女孩子主动说爱这个字,而且还要整天嫌男人不肯启齿。但这样被逼地说这个字,而且要当着大家的面,像作秀一样地宣布,好像至少让此时此地的罗绮萍有点为难。毕竟她不是跟我这帮哥们儿姐们儿似的脸皮厚厚的。

　　罗绮萍终于脸对着大家说:"我爱他的……"不过她眼睛都没敢睁开,声音几乎没有,我们只能从口型估摸出她大概说了这几个字。

看张虹还打算不饶不让，我说道："行了行了，咱们就接受这个表态吧。"

"好吧，"张虹笑道，"我决定给她一百分。刚才表现还是不错的。"

"对，我们都给她一百分。"金钟阿宝附和道。

"喏，刚才刘杰才给了你80分喏！"张虹告状道。

毛学林告辞道："给你们折腾够了，我要送她回去了。"

"不成，我们没有玩够，"张虹不让，"送完她回来继续喝酒！"

"算了，你就饶了他们吧，"羊肉串道，"我还没空看他们肉麻呢。"

"好吧好吧，那我们都走了。"

出门的时候，张虹拉着罗绮萍道："你可别介意我们刚才那样为难你哦，阿毛是我们的好朋友，我们就是特关心他……你们这么好，我们都为你们高兴……"

也是个政工天才，泼辣版的吴大姐。

金钟和阿宝分别回家了。张虹说她住得不远，要我陪她走一程。

记得以前毛学林和她有什么不开心的时候，他们两个分别都找我谈心来着。之后，张虹也经常问我毛学林的情况，当然是出于真挚的关心，好像生怕毛学林遇到不好的事情不跟她说似的。毕竟女人成熟得比男人快，她很快就像毛学林的姐姐一样地关心起他来，比毛学林的妈妈还尽责。

我想她要我陪她走一程，肯定又要跟我谈他了吧。

刚走两步，她就挽住了我的手臂。

以前，她最喜欢走在我和毛学林中间，左右各驾着一个男生，好不威风。

她半晌没说什么话。我主动地打开话匣子道："毛学林这次好像很幸福的样子，你是放心了呢，还是吃醋了呢？"

"醋我是吃不来了。我管自己老公孩子还来不及了呢。不过,阿毛哪次恋爱不那么投入? 这次他的幸福也就是因为他自己投入而已,我看并不说明他就一定幸福。"

"你瞎操什么心啊? 我觉得他看上去很幸福的样子,我就已经替他高兴了。至于今后的事情,谁又知道呢? 又有什么必要知道呢?"

"怎么我的话全给你学去啦?"

"是吗? 这是你的话吗? 蛮有道理的呢。"

"……不过啊,我对他还是蛮放心的。但你最近怎么样呢? 我看你就没有很幸福的样子。"

"你可不能完全根据一个人怀里有没有个姑娘来判断一个人的幸福哦。"

"那你有没有嘛,"张虹放慢了脚步,望着我道。我沉默了一会儿。她继续道:"好像毛学林本来说你今天晚上也会带一个女孩子过来的。是新的女朋友吗?"

总不能一直沉默。我说:"也许吧。"

我想到我和 Aimee 一起笑的样子,想到我们一起调侃毛学林和他的广梦,我觉得我们好像确实有很多默契。默契不就是关系的开始吗?

"你不会还是念叨着徐薇吧?"她的话是因我的沉默而发的,当然她并不知道我的沉默并没有徐薇的份,如果她不提的话。

"其实,我早就觉得你们不合适,"她继续说道,"你们分手,无论如何是件好事。"

"可是……"

"可是什么? 她那样对你,你还恋恋不舍啊? 贱人!"

"她也没有怎样啊? 你也别把她说得那么难听……"

"没说她,说你呢,你这贱人,都现在了,还只知道为别人辩护,你早就可以把她从你脑子里忘却了。"

我心想本来我确实没有想起她啊。

"说说你现在的女孩子吧,管她是不是你女朋友。她长什么样?"

她这么问的时候,我发觉我竟然一下子想不起来 Aimee 长什么样子。满脑子的都是徐薇。我看到徐薇拉窗帘的样子,每天早晨如果她起得比我早,她就要拉开窗帘,打开窗户,对着外面不管是酷热还是严寒的空气深深吸一口气,然后很大声地"哈"出气来。这时候,无论我多么困倦,都会醒来,至少醒来一小会儿,望着她的背影,然后继续入睡。

"喂,她长什么样啦? 美死你了!"

不知为什么,我想 Aimee 的时候,张虹就会提徐薇,我想徐薇的时候,她又会提 Aimee。

"唉,也就那样啦,一般。"

"什么一般? 多高个子? 多漂亮?"

"个子大概比你矮一二公分,多漂亮? 我怎么形容啊?"

"下次带出来给我看看。我一眼就能看出她跟你合适不合适。"张虹现在又成为我的姐姐了。大概有了孩子,女人的母性就更发挥了出来了。

十

接着的日子,我乱七八糟地面试了几次,这个星期也就这么过去了。这个星期里面,我给 Aimee 打过几个电话。星期五的时候我要约她下班以后一起吃饭,她说说好了要回家吃饭的;我问她星期六怎样,她说她要跟爸妈一起去看外婆;至于星期天,我都忘了她说了什么借口。我觉得我问星期天就已经够傻的了。

毛学林整个星期每天晚上在 MSN 上跟他的广梦聊天,还信誓旦旦地告诉我他周末要飞去广州。

星期五晚上,我百无聊赖地在洞吧,拖着小水聊天。

我问小水:"你们女人怪不怪? 前几个星期好好的,怎么突然这个周末不见面了?"

"你们就这样每个周末见面? 平时就不见的? 也太墨守成规了吧,也许女孩子喜欢更随意更浪漫的安排呢?"

"噢,倒是。可这好像是她的安排。你知道我平时都有时间的。"

小水穿梭于几个桌子的客人之间,收桌子,点单,端上酒,等这些消停了,她又到我的座位旁。

"你爱她吗?"小水一语惊人。

这话确实让我懵住了。我爱她吗? 我喜欢她;跟她在一起快活;原来预期周末在一起,却不能见到她,我感到失望。这是爱了吗? 我们性生活和谐;曾经在同一家公司任职,也就是说社会圈子也接近;基本上谈得来。这是爱了吗?

看我没有作答,小水又问道:"对了,你主动说过'我爱你'吗? 对任何人? 我知道很多男的就是觉得说不出口的。"

我说过,当然。主动说过,不是对于女孩子说的"我爱你"回复一句"我也爱你",而是在半夜醒来,对着身边仍然熟睡的她轻声地说"我爱你",亲吻她的面颊,看着她的脸因为被我吻痒而做出的各种怪表情。她会皱起眉头,鼻子,整个脸都会皱起来。

不过当然,这不是 Aimee。这是徐薇。

我对小水点了点头。小水看到我阴沉下来的面孔,大概猜到我在想谁。她不像毛学林那样会在这种时刻避开话题,岔开说个笑话什么的。她直直地望着我,继续问。

"你还经常想念她是吗?"

我点头,并把头转向墙壁。

我们沉默了一阵。

"你还怨恨她吗?"

我没有点头或摇头。我低下了头。

我是真的不知道这个问题的答案。小水的问题提得好。我还怨恨她吗？天知道我的怨恨曾经多么尖锐地腐蚀着我，就像胃溃疡慢慢地消化着自己的胃，明明知道胃酸已经开始腐蚀食道，却找不到药片来中和这种酸楚。

现在我当然不常觉得这种腐蚀了。可是，我还怨恨吗？是程度降低了？还是频率降低了？还是真正走了出来？

"可是，你为什么跟我说这些？尤其是在我提到 Aimee 的时候。"

"我是想告诉你，我觉得现在还不是担心 Aimee 的时候。不先解决自己之前的问题，对大家都不公平。"

于是，我带着对于 Aimee 的烦恼进入洞吧，却带着对于徐薇的忧伤离开了洞吧。小水的话是对的，我不解决自己之前的问题，跟任何人的任何关系都会受到限制，最终对谁都不公平。甚至也许对自己最不公平。可是，就这样把我甩回徐薇的魔魇之中就对了吗？我差点就忘记她了，可以有一个不用想念徐薇的周末了，可是因为 Aimee 的缺席，因为小水的指点，我又回到了起跑线。

我还怨恨她吗？不知道。好像不是怨恨。

我走出洞吧，踉踉跄跄地往回走，觉得风有点刺骨。

我绕着马路走了半个圈，将要进大楼之前，看见地上有个绒布做的玩具猴子，被人遗弃在地上。他就这么脸朝上躺着四肢很不自然地扭曲着，身上灰头土脸的，但却仍然是一脸由衷的喜悦。绒布猴子没有别的表情。

这时候徐薇就完全占据了我的脑子，没有 Aimee，没有小水。就是因为这只绒布猴子。徐薇看见任何东西都很喜欢赋予生命，就像那时候离开广州的时候，她要向街道和大楼挥手道别。她现在要是看见这只被遗弃的玩具，一定会说猴子好可怜，一定会要收留他的。我可以想像我会笑话她那样的天真，而她会坚持。最后我当然会欣然同意，乐呵呵地看着她带着绒布猴子，就像带着一个可怜的流浪的孩子，上楼回家。

头沉甸甸的，我扶着墙站了一会儿，望着那只莫名其妙地傻笑着的猴子，他的两个眼睛聚焦在空中某处，像是毛学林深情地思念着他的广梦时候一样。我鼻子一阵酸，像是要掉眼泪了。但因为酒精的缘故，也没有真的掉眼泪，只觉得脸上麻麻的。

"乐什么乐呀，贱猴子！贱人！"我恨恨地说道。

或许没有说，只是默念。

去他的死猴子。去他的徐薇。我扶着楼梯，摇摇晃晃地爬上楼去。

进了家门，却发现手里竟然拿着那只绒布猴子。原来我醉得蛮厉害，都不记得曾经弯腰去捡那猴子。

我把猴子扔进洗衣机洗了。

没有刷牙没有洗脸，把身上的衣服鞋袜撕了踢了，我就倒头睡下。脑袋里有点转悠，但我想一会儿就会好的吧。

从没在晚上用过洗衣机，现在搅拌的声音显得很响，吵得我有点睡不着觉。我把被子蒙在了头上，这样就听不见洗衣机的声音了，但我听见了有人呜咽的声音，感到脸上被热辣辣的水沾湿了。大概是我哭了。

十　一

Between jobs，我在面试进行中。这天吴大姐给我来了个电话。电话里告诉我，她知道有个公司正在招聘销售部经理。对我来说，这有点太阳从西边出来的感觉。吴大姐是我找工作的唯一阻挠，却给我介绍工作了。

当然，她说这个公司不算竞争关系。好像是个咨询公司，具体咨询什么，她说了半天我也没有明白。要销售这个自己都不很明白的产品，还要做这个销售部门的经理,好像不是件容易工作。

"可是刘杰你是优秀的啊! 这样的工作,就是适合你这种优秀的小伙儿。"

反正她觉得不竞争就是不竞争了。她觉得适合就适合吧。我欣然接受。

"你明天下班的时候给我个电话吧。你要请我吃饭哦。"吴大姐说完挂了电话。

我们公司基本上从来不请客户吃饭。但大家请吃饭的事情绝不少。好像除了客户,谁都要请吃饭。

说个事儿要请吃饭;帮个忙要请吃饭;约个会要请吃饭。我这样说,不是我不喜欢吃饭,或请吃饭。请吃饭不是为了吃饭,而是为了吃饭之后的事情。你跟别人熟悉之前,什么事情都要从请吃饭开始。就像陌生的聊天要从聊天气开始,英语课上学的。至少以前的英国人都是这样的,他们说。不过,现在大家聊天还从天气开始吗? 还是从股票或美元汇率开始? 跟天气差不多的东西,变幻莫测。

熟悉了,就可以略过请吃饭这一步骤。Aimee 可以打个电话就直接奔我家来;毛学林可以边跟我一起选购内衣边诉说他的恋情;我想跟小水聊天,就可以直接到她的酒吧找她。熟悉的时候也可以吃饭。那样吃饭就比较实在,很注重吃的东西。我跟 Aimee 吃饭;我跟毛学林吃饭;毛学林也一定经常跟他的广梦吃饭。突然想起,好像没有跟小水一起吃过饭呢。等毛学林回来,我们应该一起请她吃个饭,感谢她不用预先请她吃饭就可以跟我们聊天。

翌日,我到公司附近给吴大姐打了电话。我们坐公司的车到徐家汇去吃饭。"姐弱母他出差了。"吴大姐解释道。

司机,就是前面说过的 Alexander,静静地开着车。吴大姐在后座不忘了一路夸他:"你看我们小林开车多好。多稳啊。小林,你是个很优秀的司机。"

吃饭的时候,吴大姐又跟我解释了一番这个公司的咨询内容。我还是没有怎么明白。反正这是一个外资企业,他们的主要客户也是外资企业。"不管做什么,客户群还是接近的,所以你应该可以胜任……"吴大姐嚼着一根芥兰菜说道,"我跟这个公司的人事总监很熟的。你知道,我们都是搞人事工作的……"

我想,做人事倒是蛮好,跳槽的时候也无所谓行业竞争。反正做人事的跳槽理直气壮地就要继续做人事,而不管多么竞争的公司,人事也不管业务,没有竞争之嫌吧? 或者还是有的?

按照吴大姐事先的要求,我把带来的简历交给了她。她粗略地看了一看:"哟,你就这么老老实实的? 没有把在我们公司的经历美化一番?"

我心想,其他简历也许我真的会夸大一番我的业绩;这要给你的一份,我怎么敢呐?

结账的时候,吴大姐竟然抢着付钱:"你现在没有工作,怎么能让你付钱呢? 等这件事情成了,你再好好请我不迟。"

好体贴,我着实被感动了一下。

"刘杰,你现在没什么事吧?"

"没没,怎么?"

"现在上映一个美国大片,叫什么来着? 你陪我去看吧……一个人看怪傻的。"

我时间是大把地有;况且刚吃人一顿,怎好拒绝;况且,这也是不好拒绝的邀请吧。

这个美国大片是个动作片。片名我就不在这里提了,反正翻译成中文,任何动作大片都那些词儿,什么火啦猛啦速啦天龙啦杀机啦,互相之间很混淆。

进了黑漆漆的电影院,我忽然发觉有点暧昧。能不暧昧吗? 一男一女去一个黑漆漆的地方待上两小时？我跟 Aimee 不就这样勾搭上的？毛学林不是建议我经常带女孩子看电影？他不是自己更经常地带女孩子看电影？

我想问吴大姐的老公是不是又出国了。但我没有问。问了好像更暧昧了。

还是吴大姐像看电影的样子，聚精会神地看着屏幕。还不时地问我很多问题。虽然剧情简单，我没有什么不理解的问题，但她的问题也着实不好回答。

"他是好人还是坏人啊？"

"他接下来要干什么啊？"

"这个女的怎么这么傻呀？"

"啊呀，他会不会被抓住啊？"

我只好很内疚地说："不好意思，我没有看过这电影，不知道呢。"

她不提问了也还会继续说话，而且看我好像没有反应，便提高了嗓门，像是要得到其他观众的响应。

"这个人怎么可以这么坏啊？……啊？你说啊？为什么这么坏？……别啊，千万别过去啊，那里有埋伏！"也许她希望嗓门够大了，电影里的人就会听见并有所反应？

已经有些前面几排的观众回过头来。我尴尬得缩矮了身子，缩在椅子里，希望其他观众看不出她是跟我一起来的。吴大姐不饶不让地拽着我的手道："你看呀！他们要逃走啦！他们要逃走啦！"

逃走吧，我也追不上啊！这么想着，我也不敢甩了她紧紧拽着我的手。

剧情忽然急转，主人公下落不明。即使是被她吵了半天的电影院内，观众中还是透出紧张的气氛。

"他怎么了？他哪里去了？"她左右问道。

看到大家面面相觑的表情以后，她大声宣布道："他——死——了！"

然后，主人公当然又活了。其他观众舒了口气的时候，吴大姐欢快地拍手:"哦耶！哦耶！"几乎要站起来欢呼。我一手遮着额头,一手拽住她的手,没让她能够站起来。

但是,她拽紧了我的手,眼里噙着幸福的泪花:"胜利了！"

散场的时候,我拼命地想往前走,跟她拉开距离,至少快点离开这群一起看电影的观众再说。但吴大姐竟然就挽着我的手臂。

也许有点误会?

她误会我抓她手的目的了?

也许是我瞎想,她也许还沉浸在电影结尾好人胜利的欢快之中吧。我这个人怎么就这么小鸡肚肠,不能跟她一起享受胜利的快乐?

我记得我小学的时候,全班一起去看一个革命电影。片中赵丹演的一个英雄人物英勇就义,很多女同学都哭了呢。散场的时候,女同学们都已经破涕为笑,讨论到哪里跳橡皮筋的时候,我发现一个男同学仍然表情严肃。他跟我说:"赵丹怎么就死了呢?"

我说:"那是电影,赵丹没死,他是演员！"

"可刚才明明他就是被敌人打死了,你没看见?"

"可是,演员是假装死的,他还要演别的电影呢。"

"什么? 假装死? 你怎么可以这样诋毁我们的革命先烈?"

"……"

当时觉得这个同学很可爱的,现在怎么就不觉得吴大姐可爱了呢?我是否现在应该告诉她,刚才电影最后死掉的坏人其实也没死,是假装的。不过要是我这样说了的话,她会不会晚上害怕得睡不着觉呢?

我想也许是我对人太苛刻了,也许她对这个电影的享受远远超过我们其他人呢。不是也许,这点几乎是可以肯定的。吴大姐请我吃饭请我看电影,我怎么能那么嫌弃她呢?

于是,我爽快地同意到吴大姐徐家汇的公寓里小坐片刻。吴大姐怕是需要我帮她压压惊吧。

吴大姐的公寓很大,而且处在这个位置,更便宜不了。我知道她老公是某大企业的"老总"。要按我平时的脾气,一定会立刻觉得她的家布置得俗不可耐。可今天我决定要耐一耐。全因为想起我这个小学同学。不过,我竟然怎么也想不起他的名字了。也许可以问问毛学林,他也许记得。

我坐在吴大姐的沙发上。吴大姐坐在我的旁边。她的手已经不拽着我的手了,可我的手竟然在她的大腿上。刚才想我小学同学,我没有太注意发生了什么。是我把手放到她大腿上的,还是她拽着我的手放在她的大腿上的?这两种可能,都不太可能。

吴大姐迷糊糊地坐在旁边,好像看刚才的电影是喝了场酒,好像半醉似的。她的上身向我靠来,眼睛半闭,嘴唇张开,俨然索吻的样子。

有一点是可以肯定的,也是毛学林经常提醒我的。女子向男子索吻,如果不让得逞,是可能惹大祸的。"无论如何,吻了再说!"毛学林的谆谆教导。

于是我颤颤巍巍地低下头去,凑过嘴唇………这时候,吴大姐一个手轻轻地推我的下巴,微笑道:"你要干嘛呀?"

是推还是迎?

恰在此时,我看到她门牙之间有菜。大约是晚饭时的芥兰菜。

当然是推咯。她不是推的话我也理解作推吧。

我顺势别过头去,虽然她推我下巴的力量那么小,但我的头自己可以转的。

"哦,没什么。我该走了吧。"

十 二

毛学林回来了。

毛学林回来以后就一直神神秘秘的。我电话找他,他不是不接,就是接了告诉我立刻打回来就挂。当然,他又并不打回来。短信他,他基本不回。MSN上他根本就不出现。所有现代的沟通方法都很难跟他建立联系。我和小水怀疑他大概把广梦又带回来了。我们怀疑广梦跟他私奔来了。也许她们家人要追杀来了,他怕连累我们,所以一概不联系。

那天晚上,我和小水在生意了了的洞吧笑个死去活来。

但我心里清楚,毛学林遇见不开心的事情了。而且蛮大的,八成是广梦这边的事情。毛学林的行为轨迹特别符合格雷的火星人原理。他现在应该是躲在他的洞穴里。等他愿意出来的时候,他会来找我的。我大不了陪他喝醉,陪他通宵……我反正多得是时间。

除了等毛学林,我也在等 Aimee 跟我联系。一样的情况。我已经给她打过够多的电话,发过够多的短信。格雷说的金星人好像不用躲进洞穴的啊? 不管她是不是在什么洞穴中,还是在什么地方欢腾着,我除了等,也已经没有什么别的招了。

于是这几天,我就天天晚上泡在洞吧。我希望毛学林也许就这么走进来。不但毛学林没有走进来,连其他客人来得也很少。雨下个不停。

我坐边上的位置,一个窗户在墙上很高的位置,从地下室的酒吧里,可以通过这个窗户看见外面人的脚步。像这样的雨天,脚步不多,就只能看见雨水打到地上,溅起,又砸到玻璃上。或直接打到玻璃上,然后顺势往下流到地上。酒吧里音乐虽然不算震耳欲聋,但低音强烈,加上地下室自然的回响,谁也听不见雨滴的声音。就好像看一个无声电影,配上了完全无关的摇滚音乐。

小水得了个空坐到我的旁边,抢夺我的视线,观察雨滴。她观察雨滴的时候,我就观察她的鼻子。从侧面看,她的鼻子就是那样,短短,翘翘。路灯投射进来的光线打在她的脸上,加上雨水,好像她满面流泪似的。越看她的脸,越觉得像是张悲伤的脸。然后她会突然转过头来。她的脸上,却带着莫名的微笑,跟我适才的想象完全两样。

"你在想什么呢?"小水问我。

"我在想你在想什么的。"

"狡猾的回答。"

"可这是真的,难道你还要我编一个出来?"

她伸了个懒腰。

我继续问道:"唉,说真的,你刚才在想什么?"

她望了我一眼,又回头望窗外了。

我们又一起欣赏了一会儿雨滴,我突然开口问:"怎么没有看见你跟哪个男孩子在一起? 你有没有男朋友?"

小水收回眼神,收回思绪,很认真地看了我一眼。然后说:"你怎么现在突然问这个了?"

"为什么现在不可以问?"

"我们认识很久了,你怎么以前从来没有问过?"

是哦,我以前好像基本上没有想过这个问题。为什么我以前没有想过呢? 为什么我现在突然想问了呢?

这时候有三个客人进来了。是三个男的,都淋的半湿,在那里抖身上的雨水。我又忽然想起:她反问了我一个问题,却也还没有回答呢。

"狡猾……"我想这样跟小水说,但她已经招呼客人去了。

毛学林终于出现了。

那天在 MSN 上,他突然冒了出来。一上来他就跟我说,有个交友网站,说那个网站很不错,云云。

看来问题不小。我跟毛学林在网上交流一般很少。我约他第二天见面。

　　我们没有去洞吧。我们去了一家离市中心比较远的酒吧,离毛学林的家不远。毛学林偶尔也会来这家酒吧,但那是他懒得出门的时候。通常,他都会到"上海"来玩。

　　我们叫第二瓶啤酒的时候,毛学林才开始跟我讲他的广州之行。他们,毛学林和他的广梦,在广州度过了愉快的几天。然后,他拜访了罗绮萍的家。听到这里我很激动。然而他讲得没有一点激情。显然他知道我等着下文。他像是在向我做一个商务出差报告似的。

　　她大概家境不错。毛学林并没有直接说。他告诉我他理所应当地被安排在一间客房,阿萍的房间在房子的另一头,中间隔着她父母的房间,她哥哥的房间,和他们家佣人的房间。中间还隔着厨房,三个卫生间,两个客厅,一个饭厅,两个衣帽间,一个储物间和一个很大的书房。也许还有其他房间,因为他们有一条狗。

　　"一条圣伯纳,体重大概是你我相加。"

　　"那你应该很喜欢啊,大狗哦。"

　　"可那狗不喜欢我!你知道那脑袋比我屁股还大,我一进门他就对我吼了一声。不多,就一声。那共鸣腔发出的声音震耳欲聋的,还伴着好几滴黏嗒嗒的口水⋯⋯说是几滴真是小看它了,但我也找不到更好的量词了。"

　　"狗见生?"

　　"我也这么想。可她爸不是那么想。她爸说:这狗平时见哪个生人都只上前警觉地嗅嗅,还很少对客人那样吼过,除了送快递的。"

　　我本想说些调侃的话,但打住了,等他继续说。

　　"然后那条狗就一直对我虎视眈眈。我看他一直瞄着我的大腿,好像随时要上前咬一口似的。这样僵持着,她爸也觉得不妥,就把它关到门外花园里了。然后你也知道,那狗肯定更不满意,我觉得它一定隔着玻璃门瞄着我的咽喉呢。"

　　"不至于吧,圣伯纳是不太攻击人的。也许她爸对你还没有放下戒心,狗察觉到了。狗对人的情绪可是很敏感的。"

"是啊。但他爸后来经常用那狗说事儿,好像狗都能认好人坏人,好像他的判断还要听那狗似的。"

"借口吧。"

"阿萍还想替我说话,说我是很喜欢狗和动物的。他爸听见了,就用鼻子出气知会了一下。"

"总之就是她爸不喜欢你?"

"那还用说?! 那个晚上吃饭像是审讯一样,问我的工作,问我家庭,这个那个的。有的问题还问好几遍。大概不好意思拿录音机录下来,又怕忘了。"

"她妈怎样?"

"她妈也问,什么都问,有些问题我都无法想象会是问题的,反正他们想象力及其丰富的。她哥哥跟我什么话都没有说,阿萍倒一直跟她哥哥说话,好像他们关系还满亲的,但这样就把我一个人丢给她父母了,现在想想还打寒战呢。"

"一定问你月薪多少,奖金多少?"

"唉,这倒没有问。我想我的收入他们也没有兴趣知道,就是加个零报给他们,他们也不会眨一眨眼睛的。"

我们又要了第三杯啤酒。

"然后吃完饭,那顿我几乎没有吃一口的饭。本以为离开餐桌可以轻松一下了。没想到好戏还在后头。她哥哥说有朋友聚会就出去了。她妈把她拽到房间去说话,还把门关上。她爸让我去他的书房说话。狗这时候放进来了,就在书房外面趴着,好像怕我逃跑似的。他爸倒没有关书房的门,于是我看一眼她爸,看一眼那狗,答一句他的问话,生怕说错一个字,生怕得罪他们俩中间任何一个。惨啊!"

我突然想起了 Jerome。"那他是不是还经常用沉默的方法来震慑你?"

"他倒是没有。但那圣伯纳有。我回答一些话，如果答案还可以，它会在那里咕噜一声，回头看看厨房，好像放松一下。如果我哪句话答得慢了，犹豫了，可能不让她爸满意了，它就会竖起耳朵，回过头来，伸出爪子舔舔，摩拳擦掌的样子。"

"这狗和他的主人真是默契啊。"我不禁赞叹道。"可都有些什么怪问题呢？"

"什么问题都有，我现在也记不清楚。我看都是些芝麻绿豆的问题。他们好像怕我欺负他们女儿，怕我跟她好就是图他们家钱似的。我看他们最不满意的不是我，是我的爸妈。'司机？'他爸重复问我道，'司机？……开车子的？'好像他听不懂这两个字。我还没告诉他我爸是卡车司机呢。那样他肯定又会问：'卡车？卡车？装货的卡车？装什么货的？'"

"可你爸早就不是卡车司机了，他现在不是做科长或什么的了？"

"哼！那会儿我已经被他们激怒了，我尽挑差的说，看他们到底会怎样反应。"

我呷着啤酒，想象毛学林在流着黏稠口水的圣伯纳的淫威下窘迫却又不满的表情。

"还有，他们竟然还要看我的身份证！"

"什么？这倒真是奇怪的。"

"是啊，他们说：'你大概带着身份证吧，你出差来一定带着的是吗？'我差点说：'还带着户口本呢，在酒店里，要不我现在就去取来？'不过我没说。他们问那话的时候还在饭桌上，我不想在阿萍面前显得那么没有风度。"

"那你给他们看了？"

"没有，我说在酒店。我看他爸这时候开口要说话被她哥哥什么话打断了。不然他一定是要我去取了呢。他就是这么说了我也不会觉得奇怪的。他也许当时就可以打个电话让酒店送来。"

"要身份证干嘛?"

"记下号码可以去调我的资料呗! 他们做出什么事情来我都不会觉得奇怪的了。"

"看来这次旅行很糟?"

他喝光了杯中的啤酒,又要了一瓶,然后说:"也不能算太糟。搞清楚了很多事情。他们问的一些问题还是很对的,比如我们将来打算怎么办。我也一直在考虑。办法当然只有两个,我去广州,或者她来上海。我本来以为我在上海的事业发展还算可以,比阿萍广州的工作收入高,她来上海是更合适的。谁知道现在跳出这么多程咬金?! 不是说他们是程咬金,是说那些情况是程咬金。我从来没有想到她家是那样有钱的。"

"要是你原来就知道她有钱你反而不追了?"

"倒不是,也许追得更欢,"他笑了,"但我没有想到跟一个有钱家庭的女孩子交往是那样难。"

"难是难在你们分在两地。那你也可以考虑去广州?"

"不是不能考虑,可他们那种态度,我心已经凉了半截了。你知道他们一口一个'北方''北方'。我说上海不算北方。你知道他说什么? '飞上海要将近两个钟头,跟飞北京也差不多,对我们来说很北方了'。"

"地理没学好。"

"就是!"

"我说我们呐。他说的也没错,现在的地理更应该用时间来计算了。"

这时候我们已经喝到第5瓶了。虽然都是小瓶啤酒,但也够意思的了。毛学林说到晚上他去厨房偷吃东西的事情。可怜他晚饭也没有吃什么。

"他还说我胖呢,他爸……"毛学林讲话的速度放慢,"他说,你才多少岁,就比我还胖……也不知道广东人吃什么的,筋骨都好,却没多少胖的……"

我望了他的肚腩一眼,想这个经常饿得"前胸贴后背"的老兄在他广梦的家里也就能偷点汤喝了。

"连汤都没偷到! 他们摆阔呢,什么剩饭剩菜都倒了。还好冰箱里找了几片奶酪吃。"

我们开怀大笑。笑了一阵,对视一下,又笑。

然后他结结巴巴开始跟我讲晚上他和阿萍互相短信调情,怎么也没敢在他们两间屋子中间的卫生间幽会。

"她妈还以为她是处女呢,你知道吗? 我们要是在卫生间偷情被他们捉奸,她妈兴许就一头撞墙了呢。"

我们又开怀笑。接着也没有说什么正经话。

"然后我就回来了。第二天上飞机他老豆一定要开车送我。我们在车里都不敢拉手。在机场,他说停车以后就来换票大厅,虽然最后也没出现,却害得我们也没敢吻别。基本就是这样,隔离审查之后只许在监视下有限范围内打个照面而已……"

我们没有要第六瓶啤酒。

当我摇摇晃晃地送摇摇晃晃的毛学林回家时,毛学林还念念叨叨地。

接下来的几天,我也只在 MSN 上见到他。看他对我爱理不理的,不知道他是不是忙着跟广梦聊天呢。他时常冷不防地发个链接给我,都是交友网站的。他敦促我注册登陆,然后又消失在他的虚拟爱情世界之中。

<h1 style="text-align:center">十 三</h1>

Aimee 竟然给我电话了。她约我喝咖啡。

约会有不同的级别。一、喝咖啡；二、吃饭；三、喝酒；四、直接到家里见面。显然喝咖啡是最低级别的约会。因为首先它是白天的，人总是把晚上的见面搞得很神秘浪漫，大概因为我们的祖先天一黑都睡觉去了。其次是因为喝咖啡只需要几分钟时间，如果不再续杯，或假模假式地留下半杯温吞甚至冰冷的咖啡假装还在喝，你很快可以收局。主动约一起喝咖啡，说明想掌握时间长度，随时滑脚；被约一起喝咖啡，当然就应该明白随时识相地在冷场的时候替对方看一看表。

这就是我在咖啡馆的胡思乱想，在等 Aimee 的时候。星期六下午的太阳让人有点困，喝了咖啡更觉得困。有人说咖啡因会起脱水作用（喝咖啡比喝水更让你想上厕所，不是吗？）所以会让人产生疲倦的感觉；当然咖啡因提神的作用是毋庸置疑的。也就是说，喝咖啡能让你困而且睡不着。尤其是在下午。

Aimee 来了，穿着得体的周末装束。她平时总是很正经的上班装。上班装的衣服其实就是紧身、别扭。男式西装不能抬手，女式套裙跨不出大步。这就是上班装的精髓。周末比较随便的装束，就是被营业员们称作休闲装的，就是可以很随便做任何大幅度动作的衣服。Aimee 坚持换到一个沙发座，一下子就把身子埋了进去，左右扭动着找到最佳位置，问道："怎么样？最近好吗？"

"好。你呢？"

"还可以。好久没见了。"

"是啊，好久没见了。"

就这样寒暄了一阵，停顿了一阵，Aimee 说："你怎么最近也不来找我？"

"好像是你忙吧，"虽然我心里嘀咕了几句，但也没有继续说。

"我是有点忙，"她呷了一口咖啡，"你不想知道我为什么忙吗？"

我没有回答她。我想她这样吞吞吐吐是因为有话不知道怎么说呢，还是希望我死乞白赖地求她说。我当然没有求她的意思，爱说不说随便她。但是否需要配合她一下呢？毛学林老说我太拘泥、太认真，就配合她一次，死乞白赖地求她那么一回，也不会要了我的命啊。

正在我思想斗争的功夫，她已经开口了："你知道我有男朋友的是吗？"

历史是不断重复的，这是我的第一反应。在徐薇之前就已经有个苏晓玲，在徐薇之后这又来了个 Aimee。令我怀疑的是，会不会徐薇也是？当然徐薇是个更复杂的问题，很难相提并论。

我的第二反应是：好像她自己否认过哦。

我的回答是："以前知道的，记得有一次问你，好像你否认了，所以之后就知道你没有了，所以，不知道你有。"

"我没有说没有啊？"

"忘了你说什么了，但我记得我问你男朋友的事，你否认了。"

"你看你曲解我的意思了。你问我有没有男朋友，我说'谁跟你说我有男朋友的？'那不算否认吧。"

"好了，不管我怎么理解的，反正你有男朋友。"现在轮到我呷了一口已经温吞的咖啡，跟嘴里刚吐出来的一样温度。我想接下来的问题是，既然有男朋友，为什么还要给我这个误会，为什么还要跟我好了那么几个星期。不过，这问题应该太明显了，我觉得怎么也不用问出来吧。她今天来的目的不就是要谈这个？

我们交互地捱着自己温吞的咖啡。是否应该等咖啡干脆凉透了再谈这个问题？

"你怎么不好好找个女朋友啊？"她这样就可以逃脱这个话题了？为什么都喜欢问这个问题？好像我找到女朋友了她们就不那么内疚了？可我跟她约会不就是在找女朋友吗？我不是也算比较仔细地打探过她有没有男朋友了？可又怎样呢？

罢罢，我也别纠着不放了。我开口道："好，谈谈你的男朋友吧，我确实不知道——不清楚，你有个男朋友。他是干什么的？"

"没什么特别的,他也就做一些跟你我一样,公司里的事情。"

我笑道:"跟你一样,跟我不能算一样了。"

"其实,我和他好了蛮长时间了,但也经常吵吵闹闹的,吵到分手也好多次了。前一阵我们又'分手'了,而且很当真的。"

明白了,我想。

"那,后来想必你们又好了?"

"嗯,"她笑了一下。很难判断那是哪种笑。中文只有"笑"一个字,英语有 smile(微笑),grin(狞笑或假笑),sneer(冷笑),giggle(咯咯地笑,傻笑),laugh(开怀地笑,大笑)。其实英语里根本没有跟中文的"笑"一字可以对应的词。可见文化区别。所以一个中国女孩子笑,也许本来就难以判断是哪种笑。

有一点我显然是判断错误了。我以为她跟我喝个咖啡是打算随时撤,但她提议一起吃晚餐。吃晚餐的时候她说了很多她男朋友的事情。然后她还提议去酒吧喝一杯。酒吧里她继续说她男朋友的事情。看来她打算把我当一个"红颜知己"了。

酒到酣时,我发现她也没有散席的意思。我要了杯苏打水,问她要不要也喝点没酒精的饮料。

她看了看杯子,说:"还有呢。"

可那是她的第 3 杯 Martini,之前有吃饭时的一杯红酒和酒吧里的两杯 bloody mary。

我突然想起一个问题,她的男朋友现在在哪里? 这个问题在下午并不成为一个问题,因为她是来跟我解释为什么我们的关系是那样的短促;这个问题在晚饭时也不能算一个问题,因为她显然要跟我讲讲她的男朋友;到进入酒吧时,我根本没有在想这个问题;然而现在,星期六的半夜,我觉得这个刚刚向我宣布有一个男朋友的女孩子,似乎应该跟男朋友在一起才对。虽然这个问题现在算是一个问题了,但我是否合适问她呢?

她没有继续喝她杯子里的酒。我其实也不希望她继续喝了,因为她实在已经喝得够多了。她就这么呆呆地望着半杯酒的杯子,也不知道是喝醉了眼神比较呆滞,还是困了,还是什么心事使她的眼睛混浊。她杯子里的酒本来都是冰茬子的,现在也早就融化光了。

"我送你回去吧,"说完,我一口把她杯子里变得温吞的酒和冰水喝光,又喝光了我杯子里的苏打水,然后站起身。

其实我今天喝的酒也不比她少,但看到她这样萎靡,反而感觉很清醒。也许责任感告诉我,两个人中间至少应该有一个是清醒的吧。

到了外面,清冷的夜风让人感觉舒服。她挽着我的手臂,说:"我送你吧,你住得近。"

看来她也没有喝糊涂。但她就这么迈开步子开始走路了,也没有上任何一辆出租车的意思。引得旁边挤眉弄眼的许多出租车司机一阵唏嘘。

路上也没多说什么话。我开始回想她刚才介绍她男朋友的话。刚才我确实没有在意去听,只是礼貌性地频频点头,那些话听了进去,也就这么存储着没有细想。她屡次提到她的男朋友是个有情趣的人,是个有文化的人。我现在想来,她既然那么强调一个男人的诸多优点,也许她真正要说的,正好不是这些特点。她刚才的话,与其说是要向我展示她男朋友的优秀,倒更像是在说服自己她男朋友是优秀的。毕竟,那是她的男朋友,让我知道他有多好,好像并没有多大意义。

转了几个弯到了我住的地方,可以看见洞吧门口闪烁的灯光。"我有点头晕,"Aimee 说,但眼睛却朝着洞吧望去,停下了脚步,"不过我还想喝"她说着,就打算往洞吧的方向迈开脚步。

"要不上去我家喝点水吧,那个地方只有酒。"我笑道。实在不想让她再喝酒了。

"你的家还是那么乱吗?"爬楼梯的时候,她好像显得很累。

楼道的灯并没有一层接着一层地亮起来。我意识到我们的步伐很轻。

"要喝热水还是冷水?"我从柜子里拿出杯子。

"要温的就好。"

"好,温吞水。"

我端给她水的时候,她已经坐到沙发里去了。"你的沙发真是不舒服!"

"你就包涵吧。"

她喝了口水:"他是好人。"她的酒劲现在体现了出来,说话有点前言不搭后语了。不过我还听得明白。

"当然当然,"我应和着,先去了洗手间。

等我出来的时候,看到她已经一头倒在床上,正在辗转挪动着寻找一个舒服的睡姿。但由于是和衣上去的,脚还伸在床外,怎么也找不到舒服的姿势。

"裙子要皱了,"我提醒道。

她没有回答,使劲地摇了摇头。

"好了,别摇头了,不是已经头晕了吗?"

我从她脚上拿掉了进门换上的拖鞋,把她的脚放进了被子。我躺倒在沙发上,琢磨着要不要看看书。但又怕灯亮了影响她。就这么歪着睡去了。

我的沙发是着实地不舒服。平时我基本上拿它堆衣服和杂物用的。天蒙蒙亮我就醒了过来,感觉到浑身酸痛。

Aimee在床上已经完全找到舒服的姿势,可以隐约听见她均匀的呼吸声。

我起来使劲地伸了伸手臂和腿脚,却又没敢发出什么声音。去厨房倒了杯水喝。

转动脖子都可以听见嘎嘎响,每个关节都感觉到不同程度的疼痛。

我连喝了好几杯水,好像水可以治疗浑身的酸痛一样。然后去卫生间洗漱一下。

使劲地刷牙,因为昨晚没有刷。隔夜的酒精让我感觉嘴里有一层厚厚的东西,麻麻的。我想她大概还要睡一阵,就干脆洗了个澡。

我估计她应该还在梦中,就围着个毛巾出来,蹑手蹑脚地去衣橱拿衣服。却听见她在身后说:"你去哪儿了?"那声音好像要哭了出来。

"我哪儿也没去啊?你没有听见卫生间的水声吗?"

"可我一醒来就发现我一个人在屋子里,不知道你去哪儿了。"那语气,让我心里都一酸。

我坐到床边,抱紧了已经坐起身的 Aimee。这下,她真的哭了。

我有点手足无措,腰际的毛巾眼看就要滑落了。我试图推开她,说道:"让我穿好衣服来……"

她狠命地垂了我一拳:"人家都哭了,你还要推开我……"

我只好抚她的背,摇晃着她。她也没有想放声地哭,好像要拼命止住眼泪,这样反而浑身抽搐得更厉害了。

好不容易她松开了手。我赶紧抽回手捂住我的毛巾,看见她满面泪花纵横,头发凌乱,昨晚的发卡还漂浮在头发上。虽然没有化浓妆,但即使淡淡的妆也在脸上化开,因为她昨晚没有洗漱就睡了。我就这样突然笑了出来,实在太好笑了想止也止不住。

她哭丧着脸也被我的笑逗乐了。"干嘛啦?早晨起来都这样的啦!"

"不会吧,你天天早晨起来就是这样的?"我从她头发上取下一个发卡,"瞧你,眼屎鼻涕一大把……"

她又把头埋在我肩上,但不是哭是笑。

"好了,让我穿衣服去吧,我光着呢。"

"别走,再抱抱我……光着怎么了?我也光着呢。"

我这才发现她的裙子倒是整整齐齐地放在了床边。"看来我昨晚还睡得蛮好,你起来脱衣服我都没有听见。"

"哼,跟个猪一样地乱打呼噜,睡得可香呢。"

"可我现在浑身酸痛哦。脖子都落枕了。"

"那你要不躺进来吧。"

我推开她看着她道:"这合适吗?"但又被她的那张脸逗乐了。她用被子捂住了脸,我趁势起身穿了衣服。

我背着她穿衣服的时候,她在我身后说道:"那你别回头,我也起来了。不能给你笑话了。"

她从我背后溜进了卫生间闩上了门。我听见她在卫生间里嘟嘟地说道:"天哪!"然后一阵狂笑。

我打开冰箱,惊喜地发现我有好多个鸡蛋。拿出来打开,发现竟然都好好的没有坏。我就打开煤气炉做了几个荷包蛋,又煮上了咖啡。

Aimee 打开了卫生间的门,对我嚷道:"你有吹风吗?"

"没有。"

"天哪,男人……那你有什么弄头发的东西? 摩丝? 发胶?"

"就都在台面上呢,你看什么好用你就用。"

"天哪,都是些什么东西啊? 男人啊……"

等我把"早餐"端上了桌子,她也梳洗整齐地出来了。

"完了,我头发这么乱,怎么出门啊?"

"我看蛮好啊,其实每个人都觉得自己头发乱,别人看看都还可以嘛。我也一直觉得我自己头发乱,但其实你看看还可以吧?"

"可以个鬼啊! 还淌水呢,也没个吹风,干了准成个鸡窝。"说着,她拿了块毛巾过来帮我擦头,"坐下!"

我坐着发筷子。她擦完我的头,开始捏我的脖子:"哪里落枕啊?"

"这里,还有这里,对对……"

"美死你了,你自己捏去吧,我要吃早饭了。"

对这临时拼凑出来的早餐,Aimee 显得非常满意。"这是我吃过的最好吃的早饭呢。"

从刚才坐在床上莫名其妙的哭,到现在的兴高采烈,Aimee已经判若两人。我也没有多想她为什么要晨哭,大概昨晚的酒没有完全醒,这一哭倒是醒了。

然后我们呷着咖啡,滚烫的咖啡。她突然冒出一句:"我们现在倒像是一对老夫妻似的。"我本想反对她的说法,但也没有说话,就会心地笑了一笑。

"那,我以后还可以来吗?"

对这个,我更没有回答。没办法回答。

她伸手捋着我还没有全干的头发:"刘杰,你是个好人。"

陌生而又熟悉的一句话。我的胃突然一阵抽搐。

"我有点困了,"我说,"我送你回去,然后我回来继续睡觉。"我平静地说道。

她抽回了她的手:"不用了,我自己回去吧。你好好休息。"

她收拾了她的东西,走到门口,回头看我一眼,脸上挤出一个笑脸。"白白!"

我倒在床上,闭起眼睛。

"你其实是个蛮好的人……"我耳边响起徐薇的话。

然后我就又睡着了。

我被一个不熟悉的电话铃声吵醒,找了半天,发现一个贴满五颜六色装饰的女人的手机,来电显示是"妈妈"。Aimee把手机忘在我家了。

我接起电话:"喂,妈妈好!"

"啊呀,真的忘在你家了啊,我一阵好找,还以为丢在出租车里,刚才跟出租车公司的人大吵了一通!"

"那怎么办? 我送到你公司?"说完,我发现我开始用"你"公司的称呼来叫一直被称作"我"公司的那家公司了。

"可今天是星期天啊。你先关机吧，星期一再说，你好好继续睡觉吧。"

放下电话，发现已经晌午。起床。没多久，毛学林又来了电话。

"在哪儿？在家？好舒服啊……今天晚上出来吗？"

"唉，我今天有点懒得出门了呢。"

"又不用你出远门，谁叫你那么革算住在市中心呢？"

"好，那还是洞吧是吗？"

"还能哪儿啊？你可以去那里挂账了。"

看到毛学林满面春风，我也很高兴。

"喝什么？"我看到啤酒小姐们又一拥而上，问毛学林。

"这几天为了减肥，我已经克制了好几天没喝啤酒了，今天我要喝啤酒！"

大家好高兴，争先恐后地要毛学林先买自己的，分别指着自己胸口或裙子上的啤酒标牌。毛学林伸出一个手指头："一、二、三、四、五，好，不就五个嘛，各来一轮，不过一个一个来，不然就不冰了，先后次序你们自己商量！"

小水听到这热闹劲也挤了过来，毛学林一见更高兴了："要不每轮来三瓶？你陪我们一起喝吧。"

小水佯怒道："你把我当三陪小姐了啊，"

"哪敢啊，就一陪，陪喝酒就成。"毛学林恭敬地说道。

"难道不用陪你聊天？"

"哦，也要也要，那就两陪。"

"我还陪站呢，她们三陪小姐都可以坐的，我还不如三陪呢！"

"好好，那你说怎么办啊？"

"我就陪你们聊天吧，酒就不喝了。看你今天这么兴致，不陪你说话怕你憋死。我先过去招呼一下生意,过会儿来听祥林嫂唠叨。"

"是是,就你最知心了,"毛学林把刚端上的啤酒瓶跟我的撞了一下,就开始咕咚了。

毛学林灭火似的先喝下了半瓶,开口却是问我道:"唉,我给你那些交友网站你去看过没有啊? 有一个我已经替你注册了,你后来登录过?"

"有过,不过还不怎么会玩。"

"不用玩,会有女孩子找上门来的。"

"可我发现好像都是埋头找老外的多,你我不吃香的。就有人找上你了?"

"嗯,已经好几个了。"

"怎么样呢?"

"我想早晚会遇见我心上人的。"

"也就是说目前为止还没有一个好的?"

"你不要那么较真,没有好的,但什么样的人都有,真是大开眼界啊! 我今天来,就是要跟你说说我的网友奇遇的。"

我们要来了第二瓶啤酒,他的浇灌速度好像慢了下来。

"话说两周前我去见其中一个。是个离异的女子,她急于告诉我她的婚姻状况。我说,既然离婚了,这都不是一个婚姻状况了,我们刚认识,知道她 available 就足矣。然后她就开始跟我絮叨她有多么累,一个人在上海,买了房子要供按揭,工作不开心也不敢辞职,多么希望找一个可以依靠的男人……然后又跟我说男人都很自私……然后又问我是哪里人,我说是上海人,她接着就说上海男人多么不靠谱。靠,第一次聊天就这样啊,你说是不是有点过分啊? 那么苦大仇深的,对我莫名其妙地指责一番,我招谁惹谁了?"

"然后呢? 不是有很多人主动找你吗?"

"是啊,我想既然这么无缘,我撤还不行啊。我就跟别人聊开了。

没想到,两天以后,她又找我,质问我为什么几天不找她。我想你不是嫌我们上海男人不靠谱?那我就不靠还不行啊……本来没想跟她多啰唆,但她突然冒出一句说她那天心情不好……你知道我这个人的……"

我当然知道,怜香惜玉。

"然后我就跟她聊了大半夜。我想也别跟人家计较什么,一个人来上海确实不容易的……后来我还请她吃了顿饭喝了次咖啡……长得蛮清爽的一个女孩子,干嘛那么苦大仇深啊。"

"那么就挺好,不是吗?"

"我也这么想啊,上周我还请她看电影了呢。"

毛学林的经典电影院步骤。

"然后呢?"我看他喝着啤酒,倒好奇地想知道下文。他看我好奇,倒也不急了,又咕咚了半瓶啤酒。

"然后我们拉着手就去我家了……"

"好好,细节细节!"

"……然后我就试图吻她。她那个坚贞不屈哦!那样子,你真是想象不出来的。那天我也喝了点酒,一次被拒吻我还试了若干次,她简直就像遇见瘟神一样地要逃脱。我想再下去要变成强奸了,就送她回家了。"

"哦,我还以为有什么艳闻呢。"

"哈,没完呢,比艳闻还有趣!"他说得兴奋起来,解开衬衣袖口撩起了袖子,"然后我那天送她回家,心想我一定理解错了信息,人家其实并没有喜欢我。三天以后,她网上遇见我晴空霹雳地就质问我为什么没有再找她。我说我以为你不喜欢我,我就识趣一些啊,我说我还怕那个晚上冒犯了你呢……你猜她说啥?她说……天哪,她说:你那晚上为什么没有再坚持?"

"嗯?"

"她怪我那天晚上没有坚持!我觉得再坚持就成强奸了,索个吻也没必要搞那么大吧?!"

他说完了故事,又开始大口大口喝啤酒。

"看来这妞儿真的就是要你强奸她哦。"我调侃道。

"那恕不奉陪,我不好那套。喜欢被强奸,自己晚上拣僻静的夜路走去,别找我。"

小水这时候走了过来:"说什么呢? 那么气呼呼的?"

小水一来,毛学林立刻眉开眼笑的,刚才的气呼呼也是佯怒。我赶紧跟小水解释:"毛兄遇见一个女孩怪他没有强奸了她。"

"这什么世道啊?"毛学林说。

"网上遇见的怪人吧,"小水说,"当心自己别被人强奸了哦。"

我们跟小水随便说了几句玩笑话,小水又走开了。

"好,继续说,这个人还有故事吗?"

"还真有! 昨天她又在网上逮到我。她说最近要回老家一次,要我一起去,要让她家里放心她在上海有着落了。"

"我不明白,她是要你去假装她上海的男朋友呢,还是真的把你当男朋友带回去?"

"我也这么问她了,她说当然是真的,还生气了呢,天哪。我说那我住哪儿啊? 她说让我住宾馆。我还没多想,她接着就要我去给她买火车票了。'火车票?'我问道,我被她搞糊涂了,她说:'对啊,不要坐飞机,太贵,一个人来回机票的钱够两个人来回火车了'……然后我明白了,我要出两个人来回火车票的钱,还要自己住宾馆,还要给她家里送礼……"

"还要强奸她!"小水不知道哪里冒出来了,笑着说道。

"什么世道啊!"毛学林愤愤地。

"就是,什么世道啊,"我跟小水异口同声地说道。小水是走过我们桌子的时候随便应和的,根本没有听到我们的谈话。

"你听见什么了就一起起哄啊?"毛学林问小水。

"我听见'强奸','世道',就起哄啊！听见这种词儿不起哄天理不容啊。"

小水走开去，毛学林继续道："我本来觉得她已经很烦了，但忽然又觉得，遇见这样的怪人也不容易，所以也没有在 MSN 上阻止她。我倒要看看她还有些什么怪念头。"

我本来想说：你遇见怪人的比例已经很高了。但就是想想，没说。

"那，网上也有正常些的人吗？"

"网上认识过一些，没有见面，也不敢肯定算不算怪人。因为见了她，我都有点不敢再见什么网友了。"

"就是，万一哪天真被哪个网友强奸了呢……"

我们笑着喝完了所有啤酒小姐的啤酒各一瓶。毛学林好像口很渴，喝得快。我勉强跟上的，觉得有点晕乎了。

小水送我们出来的时候说："一定要再去约会她哦，别怕浪费时间，时间就是拿来浪费的呀。"

十 四

一个星期六，天气狂好，我却在家里待了一天。能记得是星期六也不容易，毕竟我根本没有上下班的概念。可我今天却清楚地知道这是星期六。

所有的朋友都在睡懒觉的时候，我醒着，躺在床上，看着清丽的阳光，感受着半开的窗户里吹进来的风，但没有起床的意思。直到肚子咕咕叫了，我才挣扎着爬起来搞点吃的。浑身酸痛，从脖子到脚跟。

然后又躺下了。

昨天晚上头疼，去洞吧的时候，小水建议我喝杯咖啡。我喝了一杯压榨壶做的咖啡，喝的时候觉得味道淡淡的，没怎么在意。回到家里躺在床上，才觉得糟了……然后就糟了一个晚上，没有闭一秒钟眼。到了早晨,全身酸痛的时候,头就不止是痛了。这头,就不像是自己的了。比宿醉还难受。

　　早饭以后,我倒是睡去了。就在朋友们都起来的时候,我睡着了。因为一夜的折腾,因为姣好的阳光,因为风一点也不冷。

　　下午的时候,我又醒了,身体舒服许多,酸痛好多了,头也不那么懵了。但是看到太阳开始斜下去,心里有种说不出的感伤。从我的窗口,我只看见一小块不规则的蓝天,好像那天不是我的。不过,那天本来就不是我的。太阳还是灿烂,那块蓝天,蓝得叫人心疼。

　　下午我就早早地到洞吧报到。我看了半天书,才等到小水上班。

　　"哟,别的姑娘家都有男朋友等着下班,我竟然有个客人等我上班。什么世道啊?"小水说道。其实"世道"这话,完全是毛学林的口头禅。近来我们大家好像都在滥用这个词。

　　"等你上班不好吗?"

　　"当然不好。等下班,是因为人家盼着被等的人快快下班;你却在这里眼巴巴地、盼星星盼月亮似的,等着我上班,来受苦受累。"

　　"盼星星,盼月亮,这话算是说对了。不过我要是你男朋友就一定会等你下班的。"

　　"算了吧你,你这辈子等过女孩子下班吗?"

　　这问题倒引起了我的思考。仔细想想,好像确实没有等过呢。等过吗,或者?

　　"看,真的没有吧? 连徐薇都没有吧?"

　　"好像确实没有。"我惭愧地说。不知怎地,今天她提起徐薇,我没有半点的揪心。我知道自己早晚必然会忘却,也许就是现在。

　　老张和毛学林分别发短信来说肯定会来但可能不能太早到,要我自己先觅食。我点了一个匹萨,要求放加倍的萨拉米、加倍的奶酪。

　　小水看到我的匹萨端上来,不客气地上来拉了一片。

　　"你又没有吃晚饭就来了?"我知道她整天这样有一顿没一顿的,蛮心疼她。一个上班的人,吃饭还没有我一个不上班的人有规律。

　　"什么晚饭。我起床到现在就什么都没吃。"她口齿含糊地一边咀嚼一边告诉我,"这是我的早中晚饭。"

　　"这怎么行啊,不要觉得年轻就可以随便糟蹋自己健康啊。"

　　"你怎么说话像我妈一样烦的啦? 大叔!"说着,她吞下最后一口,吮一下手指头离开了。

　　老张先到的。

　　"公司加班,"老张一边摇头,一边却还是笑嘻嘻的,"那 Jerome 又发了演讲瘾了。他怎么就跟我们以前国营单位的领导们一样啊?"

　　"大概人都是一样的吧,不管中国的外国的,国营的外资的,"我随便附和道,"吃了吗? 这里有匹萨,不错,我刚消灭一个。"

　　"不了,我直接喝啤酒了,一样顶饱。"

　　"唉呀,你们上班的人,怎么都这么随便跳过一顿一顿的,这样不好吧,"我还处在心疼友人不按规律吃饭的心情之中,"我以前上班的时候,好像也没有这样过。该吃午饭的时候 Jerome 叫开会也不理他。"

　　"你,还有什么话说?"老张笑道,"再说,也怪我没有对你严加管理,竟然允许你顶撞公司老板。"

　　"我再怎么顶撞他,也从来没有顶撞过你啊,张兄。"

　　"那是因为我从来不会想出 Jerome 那么多的馊主意。他最好全公司的人都不吃饭,跟他一起并肩和胃酸作战;星期六、星期日全都来上班;天刚蒙蒙亮他就会来,晚上大楼都关了中央空调,他一个人冒着汗还不肯走,几乎要问大楼物业要下面大门的钥匙……"老张喝了一大口啤酒,我觉得大概当是吃一大口饭那样的作用吧,"他有时候跟我谈话的时候,流露出极大的困惑,为什么大家没有他那样的'工作热情'? 我看呐,Jerome 变态至极,也蛮可怜的。"

"同意。不过现在想想,曾经有过这样的老板实在是件好事。我以后再遇见如此变态的老板的可能性应该很小,今后工作有什么不顺心的,想想这变态佬,忆苦思甜,什么难关熬不过啊?"

"哈,这个不然。'天下乌鸦一般黑'! 或者,应该说'天下乌鸦一个比一个黑'! 我几乎敢向你保证,"老张拍了我一下肩膀道,"你下一个工作即使不遇见这样的胃酸老板,还会遇见别的稀奇古怪的人和情况,各种自称正常的变态佬在社会各个角落里等着给我们开眼界。我看最好的办法,就是拭目以待,看看老天给我们的人生到底安排了多少惊喜,让我们见识多少个怪人……"

"怪人谈怪人呢?"毛学林这时候进来了,坐到了我们身边,"你们两个妖怪还嫌世上妖怪太少?"

"吃了没?"我这话一问出来,就觉得今天好像进入的状态也难以自拔了。

"吃了点乱七八糟的,"毛学林的饮食我一般不十分担心。不然他不会攒下那个备用轮胎的,"你们谈什么怪人呢?"

"哦,没什么,就是给就要重新进入江湖的老弟敲敲警钟,"老张说,"他还天真地以为下一个工作肯定比上一个好呢,"然后转向我说,"希望你辞去这份工作的时候不是这样想的,哈哈……"

"张兄言之有理,"毛学林进入了长篇大论的状态,"我早已经见怪不怪了,你要记住,"他对我说,"上班、工作,你是拿工资拿钱的;你凭什么又要拿钱又要开心? 这不公平。就凭你是拿钱的,你就要做好受苦受累的准备。你听有些人说自己的工作就是自己的乐趣,别信他的胡说八道。如果一个人真到这境界了,那他也完了,没救了。"

老张接口道:"你看我们的 Jerome 就是以公司为家,恨不得周末都要我们来上班,一直自称唯一的乐趣就是工作的。他就是个典型的没救了的例子。"

"是是,有道理……"我一一应和着。

老张继续跟毛学林说："唉,你刚才那话蛮有道理:既然拿了人家钱财,就不应该期望还要做得开心了。其实如果这样想了,也就没有什么可以不开心的了。"

"就是,其实这就是所谓的敬业精神,这就是'职业道德'。前一阵我还教育一个人呢,"毛学林转向我,"就是那网络怨女。"

"哦,是啊,还有新情况? 你先跟老张介绍一下大致情况。"

毛学林就简要地叙述了一下网络怨女怎么怨法的。毛学林比较会讲故事,讲得老张前俯后仰地笑。

"然后上周,我们就在网上瞎聊,"毛学林开始继续她的事迹,"她也知道跟我没什么戏了……她说她希望找一个有车的男朋友,因为她每天中午都要去她姐姐家做饭给她姐姐的孩子吃。"

"哟,这么好的大好人啊?"老张还没有笑够,现在毛学林说什么他都觉得好笑。

"我说,那你不能打车回去? 她说打车太贵,她那点工资,不够打车的。我就问她,打车要多少钱。她告诉我,来回 30 块钱……"毛学林呷了口啤酒,"我说,那你打算要你男朋友,未来的有车的男朋友,每天中午开车接你回家,跟你一起吃午饭?"

"我看现在的女人说话都绕太多的弯。"我说。

"我也这么想呢,可她说不是,"毛学林道,"她说他不能上去一起吃饭,因为那是在她姐姐的家里。"

老张就在那里继续笑。我也觉得有点好笑,但觉得更多的是奇怪。

"你知道我喜欢把事情搞清楚的,我就问她:'你的想法到底是什么,是不是这个意思:有一个男人,有车,每天中午接你从公司回家……'"

"回她姐姐的家。"我纠正道。

"对,随便哪个家……'然后自己去吃个盒饭,然后再接你去公司?是这个意思的吗?'她说:'本来也没想很仔细,你这么一说,大概就是这个意思吧。'……你们明白吗,她可是很认真的哦。"

老张笑得差点从椅子上跌下来了。我拍着他的背,总结道:"送她回老家要负担路费但自己住宾馆,送她回家吃午饭要自己在车里吃便当,厉害!"

"然后我说:'一个有车的男人,大多数情况大概也要正经上班干活儿的。他要真必须这么做,还不如直接每个月给你 600 块钱让你打车去,你一个月也就上班 20 来天,犯不着天天这样折腾自己啊!而且,他还必须上班离你不远,不然,他就别上班了'……你道她说什么,她说:'如果是我男朋友,他爱我,就应该可以做到啊,那比 600 块钱要强啊。'"

老张正式跌到地上,小水过来扶他。

小水刚才扶起老张的时候,我又看见她的优雅的膝盖——平时她站着多,虽然我知道她的膝盖好看,但看到她弯曲的膝盖并不是太多。

毛学林差不多讲完了故事,看到老张笑成那样,自己觉得非常得意。我们又叫了一轮啤酒。

"你最近怎么样呢? 有没有艳遇?"毛学林问我道。

"唉……"我问老张,"你说,我有什么问题吗?"

没等老张回答,毛学林道:"你有问题? 我还有问题呢。你看看我的交往,跟我相比,你都算跟人长厮守过呢。我也不知道我出了什么问题,我一心想要找到一个可以跟我分享生活的,可我尽遇见怪人。刘杰,你遇见的,跟我的相比,都算正常人了。我才有问题呢。"

我突然想到他的广梦,但犹豫不知道该不该问。他倒是自己说了。

"前一阵,罗以萍来上海了。"毛学林的话有点沉重,"她是来出差的……"不但沉重,说话的节奏也放慢了。

老张不十分清楚这事情,但立刻觉察出现在不很合适问个究竟。毕竟不是好笑的事情。世故的他,大概也已经猜了个八分。

"其实,不管她父母的态度如何,那些都是借口……我们之间,有一个不可逾越的鸿沟,就是我不会去广州,她不会来上海。如果这一点上没有改变的机遇,我们的关系早晚会结束。现在想想,她父母的激烈表现,只不过更减少了我去广州的意愿,加速了它的毁灭。"

我们三个人分别喝了一大口啤酒。

"这次见到她,我们像是陌生人一样地拘谨……她住宾馆,也没有来我家……我们在餐馆见的面,我也没有跟她一起回宾馆……她没有提出,我也没有建议……好像一切都已经有了默契……冰冷的默契,"说着,他叹了口气,"我隔着饭桌看着她。因为没有多少话要讲,她低头只顾吃饭……我就这么看着她。有时候,她会抬起头来……她的眉头一纠,或者嘴巴一撇——你知道,这些都是她的习惯动作而已……我看了,就觉得揪心的难受。"

广梦的习惯动作,我当然不知道。但他说的意思,我明白……我明白。

"揪心的难受。"他重复道。

是啊,揪心的难受。

老张在一旁也接不上嘴。他眼睛眨巴眨巴的,我知道他要努力打破这种沉重的气氛。

"再来一轮怎样?"老张建议道。

"好——!"毛学林很强调这个"好"字,听起来,简直像京戏票友的喝彩声。

等又上了三杯啤酒,老张搭着毛学林的肩膀,很严肃的表情,问道:"你说,那个网络怨女,她住什么方位,你知道?"

"大概浦东吧,我忘了。怎么了?"

"我有车啊!"

我们三个人一起笑起来,我差点把刚喝嘴里的啤酒喷出来。

最后我们三个摇摇晃晃地出来,老张打了车就回去了。在等第二辆出租车的时候,毛学林扶着我,说:"刚才,其实我的话,没有讲完。"

"还有什么要讲的呢?"

他没有回答。

我继续道:"我看,这也许不是一个要讲还是不要讲的问题,也许这是一个做与不做的问题,选择好了做,或是不做,就没什么可多讲的了。如果还想讲,也许是因为你还想重新选择?"

"可是……"

"可是什么?"

一阵街风吹得我和毛学林的头发都乱了。毛学林还是扶着我。我想一个原因是他已经蛮醉了,身体上需要扶着什么才能站稳;另一个原因,是心理上的,他需要扶着点什么。

"可是我害怕。"

口语中是不会把标点符号说出来的。可是我听得出来,他这句话后面跟的不是省略号,而是句号。

所以我没有问他害怕什么,就看着他钻进一辆出租车,消失在夜色中。

十　五

这天我从吴大姐介绍的那家公司面试出来,还没有来得及想是否应该给吴大姐打个电话,就接到了她的电话。其实,我是在手机上看到来电显示"吴 Samantha"的时候才想起来是应该给吴大姐打个电话的了。我并不知道吴大姐叫什么名字。好像大家都把她叫做吴大姐,没有人叫她真名。即使 Jerome 也只叫她 Samantha。

吴大姐电话里还在寒暄的时候,我就抢先向她道谢了。她客气地说,这也是为了给公司解决一个问题,不能老这样付一个不上班的员工工资啊。话虽这么说,我还是受惠方,我的感激一点不假。

我还主动提出请她吃饭,表示要感谢她。吴大姐听了很高兴。

"你还是等正式上班,拿了第一次工资以后再请我吧,那时候也不迟。"

"现在我也拿工资的啊,虽然不多,我还是可以请你的吧。你哪天下班有空? 别客气啊,吴大姐。"

"空倒是天天有,最近我先生又去德国出差了……"吴大姐道。

"……"我道。

"要不这样——等我下班以后,你先陪我去看个电影吧……你知道,我很喜欢看电影的,但觉得一个人去电影院看有点傻乎乎的,别人都用异样的眼光看着我……"

"哦……看电影啊? ……看什么电影? ……"我开始支支吾吾了——是啊,异样的眼光。

"好像最近又上映一个美国的动作片哦,听说很紧张的……看完我们可以去我的公寓,我阿姨今天给我做了晚饭了,多一个人吃就是多双筷子而已。"

"哦……动作片啊……动作片我不太爱看啊……觉得太刺激了一点……要不我们先吃饭,吃完饭再说?"

"你们小伙子怎么会不爱看动作片呢? 不看片子就直接去我家里啊? 我其实就是希望你陪陪我而已,你可不要误会了哦。"

我想大概我确实误会了。吴大姐就是要找个小伙子陪她而已。而且可能主要是要陪她看电影。不过,就是看电影这干活,我实在不敢再奉陪了。

"哦哦……要不这样吧,我今天也许还有点事情,怕赶不上电影,晚了又影响你吃饭,我们改日吧……今天你阿姨都做好饭菜了,等下次你没有现成晚饭的时候,我请你外面吃,真心诚意地请你,陪你吃饭。看电影的话……你可以找别人看哦……我,我不爱看电影的……"

即使我的最后一句话是那么的违心,那么容易被戳穿。然而,和吴大姐一起看电影,太刺激了,神经会崩溃的。我已经奉陪过一次了,够意思了。还是大家轮流陪吧。

最近,我开始早上像上了闹钟一样地7点准时醒。醒了以后,也不像以前那样磨蹭半天,或甚至再睡一觉,而是马上就爬起来了。我想我要为即将来临的新上班生活做些心理和生理的准备吧。

因为习惯了一困就睡,所以晚上反而睡不好,下午经常犯困。我尽量坚持,甚至到周末,还要学着其他上班族那样睡懒觉,补觉,好像那会有用似的。

十 六

这天晚上,我跟毛学林又在洞吧喝酒。今天晚上明显客人很少,大家都知道今晚这城市的另一头有个酒吧开张,搞趴踢。洞吧老板有点郁闷,不过他也不是很在意,干脆拿了一瓶酒过来,跟我们一起喝上了。

"今天我大方一记,一醉方休,都算我的。"

毛学林看到老板拿过来的是一瓶 Tequila,惊咋道:"天哪,这可是我的克星啊,我一喝 Tequila 就倒的。"

"我也一样,"老板说。

"我也是,"我也跟着说道。

客人越来越少了,老板让小水取来四个杯子,说,"咱们今天横竖横拆牛棚啦,反正没什么客人了……"还没说完,就一咕嘟喝了一个 shot。

毛学林和我也不敢怠慢,一个接一个地赶上了,一边还狼狈地舔着手上的盐。

小水把盐撒进了杯子,把柠檬汁挤进了杯子,很优雅地推下了这杯。

然后我们就一个接一个地喝,也没有互相鼓励,也没有劝阻,自顾自的。不久除了这大半瓶 Tequila,还消灭了半瓶放了好久没有人点的苦艾酒,以及啤酒威士忌若干。

我们舌头都短了,但话却同时都多了。说的时候也不太顾及别人是否爱听,是否在听,只顾说了。说了什么,大概自己也不很清楚。

毛学林的手搭在我的肩膀上,满嘴酒气喷到我脸上。我听见他问我:"你看我是不是应该去广州? 嗯? 你说……你说……"

子夜时分,其他客人都走光了。店老板已经面色发青。毛学林要扶着他去洗手间呕吐。

老板坚决拒绝,说:"我没醉,你才醉了呢,我扶你去洗手间。"毛学林就跟他两个互相搀扶着,互相谦让着,恩恩爱爱地去了洗手间。

小水在我耳边说了许多话,我不能全部明白,但全部听见了。我想等我清醒了再去琢磨她说了什么吧。

我一定也在胡乱地说话,也并不完全明白自己说了些什么,虽然怕口没遮拦乱说话,但也完全没有控制的能力,只能由自己说。

我的眼睛看见小水迷醉的眼神,她短短的下巴托着两片翻动的嘴唇在跟我继续说话,本来就肿肿的眼睛在酒意中更只能睁开一半。我突然捧住小水的脸,拉向我的脸,用我的嘴唇盖住了她的嘴唇。然后大概她就不说话了,我也不说话了。我想怕自己胡说八道的话,这也许是当下最好的办法。

毛学林和老板在厕所里迟迟不出来,不时发出一些撕心裂肺的嚎叫,告诉我们他们还在继续轮流呕吐,而不是晕厥在什么地方。

等他们两个出来的时候,老板的脸色是白的,毛学林仍然还是红的。他脸上不知道是眼泪还是水,但显然不是洗脸那样干干净净的却没擦干的那样,而是干一块湿一块。我想也许醉了的人想洗脸就是这结果吧。如果他化过妆,现在一定是张大花脸了。

我们都觉得是回去的时候了。

老板挣扎着虚弱的身体还要关灯关店。

毛学林醉得不轻,他没有说再见,他说:"不怕!"然后打了车,进了车就倒在后座,我们只看见车窗口伸着一只手在跟我们挥别。

我还站在原地,小水已经挽着我的手臂往我家的方向走。一路上她咯咯地傻笑。我把嘴凑到她的耳边讲了一句话,她更加咯咯咯地傻笑,全身都抖了起来,像块啫喱果冻。

拐过路口,就要到我的楼道门口,她忽然蹲在路边呕吐。她嗓子里发出痛苦的声音,让我听了都心疼。我蹲在她身旁,抚摸着她的背。

然后她用我掏出的纸巾擦擦嘴,又笑呵呵地趴到我身上来。我顺势站起,把她背在我的背上,省得她上楼的时候歪歪扭扭。我现在回想,也无法理解自己当时为什么会有那般气力,其实我喝得跟他们都一样得多,醉得不比他们任何一个轻。

小水在我的背上,跟着我上楼的步伐,发出哼哼的声音。我穿的便鞋发出的声音不足以让过道里的声控灯打开,她的哼哼声却起了效果。于是她更大声地哼哼。过道里的灯一层一层地随着她清脆的声音打开,我的心也随着荡漾。

我们进了房间,她要求我把她放在厕所。我以为她还要吐,就去倒了杯水过来。回到厕所,看到她在漱口,把腮帮子鼓得圆圆的,眯缝着她肿肿的眼睛。看到我端着水过来,朝我做个鬼脸,吐掉了口里的水,拿过我的水说:"小水喝水。"

"嗯,乖。"

然后她咕咚咕咚地喝完了一杯。我去厨房又倒了一杯,自己还端了一杯,发现她正歪歪扭扭地朝床走去。

她砰地一下把自己摔到床上,"脱衣服睡觉!"她喊着,却只是张开四肢不动。

我把水放到床头柜上。

"脱衣服睡觉嘛!"小水娇嗔道。说着,她甩着手蹬着脚。

　　我上去哄着她说:"好好,睡觉……"帮她解开衣服退下牛仔裤。然后她就钻进了被子。

　　我也自己脱去裤子和衬衣钻了进去。

　　"我也爱你……"小水转过身来,搂着我的脖子说,然后就把头埋在了我的胸口。这时我想起,刚才我们挽着手走过来的时候,我在她耳边耳语的话,就是"我爱你"这三个字。我心里一阵暖暖的感觉。我后悔自己喝了那么多酒,因为这三个字,人世间最感人的三个字,当然在清醒的时候说更浪漫更真切。我心里盼着第二天快点到来,我和小水赶快从迷沌的状态中清醒过来,在晨曦中再说一遍这三个字。

　　小水还在被子里扭动着脱掉了身上剩下的所有衣物,转过身来把我的背心拉起,"脱衣服睡觉嘛!"她还在重复着这句话。

　　我微笑着吻着她的头发跟着说:"脱衣服睡觉!"

　　于是我们赤身裸体地相拥,接吻,哪还能睡觉?!

　　她的身体在我的怀抱中扭动,我的身体在她的湿润中颤抖,我们的嘴唇和舌头,像两条交配着的蛇,缠绕,缠绕。

　　之后,我们就很快地入睡了。

　　天亮的时候,我还是没有清醒,觉得心头一阵恶心,但我知道我吐不出来。我想,我们四个喝一样的量,他们三个昨晚都吐得好不痛快,现在应该比我舒坦多了。我现在就是头晕,坐起来都晕。

　　小水突然叫了一声:"啊!差点忘了!"

　　然后就骨碌骨碌地准备起身。显然她发现自己赤身裸体,对我说:"不许看!"

　　我想说:昨晚是你义无反顾地扒光了我们俩!但我晕得一句话都讲不出来。看着她把被子裹在身上,像一个在恒河洗澡的印度女人一样,在被单的掩护下利索地把衣服全部穿好。然后冲了出去。我以为她会吻我一下,但没有。我伸出手,希望她拉我一下,但她看都没有看就冲了出去。真有那么急的事啊!

我一直躺到中午,才晃晃悠悠地起来。头还是晕。前一阵对自己生物钟的调节,又毁于一旦。

我泡了一包方便面,但一口都吃不下去。我想起毛学林曾经说过,吃薯条这种油腻的东西最能解决宿醉。我挣扎着穿了衣服下楼。

太阳高高的,耀眼。我出门晕乎乎地也没有戴墨镜。就这样眯缝着眼睛走在街上。

我晃晃悠悠地在街上走,给小水打了个电话。她掐了没有接。我想大概她还在忙吧。

我继续走,却觉得越来越精神。虽然人还是累,但心里觉得甜蜜幸福。我觉得我找到了,找到了一直在寻找的。我想我确实一直是喜欢她的。原来,她也是喜欢我的。而且,虽然是醉酒,但我们已经说过"爱"这个字了。我觉得心情浮躁,希望天快暗下来,小水完成她今天的事情,我们清醒地说"爱"这个字,我们清醒地继续接吻做爱。

跟她在一起,我什么话都能说;跟她在一起,我就不会觉得烦躁不安。

最难寻觅的东西,被我找到了。

我买到了薯条,嚼着这极不健康但目前又必需的食品。她昨天晚上对我说的话,现在回到了我的意识之中,那些话在昨晚上只是照单全收,现在,我像一只反刍的牛,开始把那些语音的记忆注册到我的大脑中。

她说我是她遇见的最特别的一个人,她甚至说了她第一次在洞吧里面看见我的情形。我已经完全忘记了。仔细想想,大概我笨拙地望着她,有点失态地欣赏着她的膝盖。她对于那天的描述那样细致入微,让我渴望重新回到那天,去回味那天。我怎么竟然都不记得了呢?

而她说,她第一次看见我走进洞吧,就觉得想来认识我。她甚至告诉我那天我穿了什么衣服,点了哪种酒。

她的话是那么富有诗意,回想她昨晚说过的话,我都觉得再次被打动。

我拿起手机,想再给她打电话,但觉得不妥。我舍不得把手机放回口袋,就这么拿在手里瞎琢磨。然后突然觉得应该告诉毛学林。

我给毛学林发了个短信:"I'm in love! I'm in love! I'm in love!"

对,我连写了三遍。

薯条已经吃完,小水也没有来电,毛学林也没有回短信。我扔掉了薯条的盒子,发觉自己的肠胃确实已经舒服了一些。我进了一家小店,喝了一碗粥,往家里去了。

回到家里,我还是觉得有些累,打算继续躺着休息。躺上床的时候发现被一个东西硌了一下。在床上,发现一只发卡,昨天晚上小水留下的。这只发卡,竟然一个晚上都没有硌到我们,想想也觉得奇怪。

刚有些睡意,毛学林来电了。这次他没有问我在哪里等等他习惯性的问题,直接喊道:"哥们儿! 哥们儿! 哥们儿!"也连喊了三遍。

没等我说话,他继续问道:"怎么回事? 谁? 什么时候? 昨天晚上? 小水?"

我几乎是没有说一句话,他自问自答把我要说的都说出来了,但又却不完全是我要说的。

"我就知道她喜欢你,你们很般配的,你好好珍惜吧。晚上一起喝一杯庆祝? 哦不,瞧我这笨蛋,你们今晚自己玩,玩够了叫我。"

"好好,我现在再休息一会儿。"

"好,那不多说了。哥们儿,你相信吗,我现在为你高兴得眼泪都流出来了……"

我相信,我当然相信。面带微笑,我重新睡下。

刚又迷糊起来的时候,电话又响了。小水的电话!!!

我几乎是从床上跳了起来。"喂喂!"

电话那头,却是沉默。

"喂……"总算有了声音,我又听到了小水的声音。我激动,不知道说什么好。电话那头,小水也在沉默之中。不知道她是不是也在激动着。

过了一会儿,她开口了:"我的发卡,掉在你那里了是吗?"

这只发卡现在就攥在我手里,已经被我手心的汗弄湿了。

"是的……我今天晚上到洞吧交给你?"

"噢不,我今晚不去……"

"那今晚你在哪里? 我给你送过来。"

沉默……

"嗯,不急,先放你这儿吧。"

"那,我什么时候可以再见到你?"

"……你别瞎想了,昨晚我们都喝多了。我要忙了,回头见。"

就这样,她挂了电话,把我留在一片混沌中。我倒头又睡去,但怎么也睡不着。辗转反复了好一阵,我才明白,我不应该混沌,我应该失望,失落。

也许我不应该失落,不就是一夜情吗? 怎么自己这么没出息,又不是没有见识过一夜情。只是,仔细思辨一下,我跟小水已经认识了那么久,昨晚,算是一夜情还是不算? 这个,也许毛学林会有高见。

但是,我有点后悔下午给毛学林发的短信了。毛学林竟然为我高兴得流泪。眼泪白流了,哥们儿! 也许昨天晚上你的眼泪是值得的,今天是浪费了的。

最大的失望,是我下午端着薯条,懵懵懂懂地开始憧憬。短短几个小时以后,我刚才的憧憬就显得那么幼稚可笑。

要是小水一早不是急着走,也许她还来得及告诉我,告诉我不要瞎想,不要自作多情。

夜色降临,我起来洗了个澡,把床单和枕套都取下来塞进洗衣机去洗。刚才我还想,是否再多留一个星期才洗,也许可以闻到她的气味。但现在已经下了决心,不要这样婆婆妈妈了。

然后我重新泡一袋方便面,觉得蛮香的。一天没有正经进食了。

晾床单的时候,我忽然发现那个绒布猴子不知道去了哪里。我左右四处找,怎么也找不到。记得清清楚楚是拿回来还洗过的,难道我还是记错了? 酒精真是一样害人的东西,让人记忆丧失,做过的事情忘得一干二净,没有做过的事情却留下千真万确的回忆,酒醉的时候说的话都可以在醒了以后,一句"我喝多了"而不再负责。

不过我及时停止了自己祥林嫂般的思绪,冲下楼去,奔进夜色。

我还是进了洞吧,洞吧的老板脸色有点惨白,他看到我,疲倦地笑笑。

小水说过今晚不来洞吧的。不然,我也许还不敢来了呢。为什么不敢? 我也不知道? 为什么我要害羞? 为我的情感害羞?

我随便地跟老板搭话:"小水今晚不来啦?"

"对啊,昨天晚上就是最后一个晚上了。她没跟你们说? 我还以为你和毛兄知道了,来饯行的呢。"

"我们不知道啊,"我想毛学林一定也不知道。

"今晚你来我很高兴,"老板说,"我还以为你们都是冲着小水来的呢。唉,她确实人缘好,她走了,我们洞吧的气氛也会受点影响的。"

"她去哪儿了你知道吗? 换了个工作?"问这话的时候,我有点恨自己。

"去北京了,"老板说着,要招呼别的客人去了,"去上学还是去工作,我忘了,她说过的。我还是忘了。"

我独自喝酒的时候,收到毛学林一个短信。

"我不再害怕!"

可是我……

过了两天毛学林才知道的。又几天以后,我在离毛学林公司不远的一个咖啡馆遇见他。

"你也不告诉我,我那天去洞吧,还以为你跟小水一起私奔到北京去了呢。"毛学林说,"还好我没有把这假设告诉洞吧老板。"

我们分别闷头喝了一杯 Espresso。

"看开点,哥们儿。说到底,不就是一夜情嘛。别人还巴不得呢。"

"是啊,大家其实都一样,最想要的,往往正好是最得不到的。"我叹了口气,"而我实在希望我跟小水没有发生这事儿。本来我们都已经认识了这么久了,找到这么个朋友,多不容易啊,你说呢? 现在朋友也难做了。"

"小水是难得的朋友,这应该是我说的。你们之间,从来就不像是朋友,我看一直暧昧来着呢。"

"你这样看的? 我怎么不知道?"

"你当然不知道,你木头一个。"

"可这次,你真是错了,哥们儿,她走了,远走高飞了。"

"我当然可能错了,我从来就不觉得我有多正确。我们都可能错了,我们大家可能天天都在犯错误。但只要我们心里怀着良好的愿望,就没有太错。"

"只好同意!"我举起又一杯 Espresso。

我们一起喝下了这第三杯 Espresso。毛学林的脸扭曲成一团。

"不好喝?"我问道。

"好喝,苦,我喜欢苦。苦得受不了,可还是要喝! 这才是纯正的口味。"

"要不要再来一杯?"

"不了,再喝我下午就没办法上班了,上次连推了五个 Espresso 下去,剩下的一天就像得了帕金森氏症一样的。"

我们起身结账。

我问毛学林:"你真的不害怕了?"

毛学林拍了拍我的肩膀,回头走进了办公大楼。

十 七

最近我们都没有再去洞吧。也许是因为没有小水,真的就没有了那么多气氛。偶尔下去的几次,感觉到的,是没有她的空荡,那么明显,即使店面里坐满了人。

这个周末,毛学林去广州了。不知道是不是出差,他临走的时候,非常轻描淡写地说要去广州一趟,回来找我联系。

越是那么轻描淡写,我越知道他心里的汹涌澎湃。我没有多问,但也按耐不住心里的激动。我不知道应该希望什么好,应该祝愿他什么好。我们也许一直都在犯错误,不管你是试图抓住什么,还是试图放弃什么。所以让我来祝福他得到最适合他的,不管是在这一站,还是下一站。

我独自来到一家新开的酒吧,人声鼎沸。这个小酒吧,只有这么点空间,客人多得往外挤,里里外外都是人。

今天是开张的趴踢,来的不少客人我都有点认识,算是点头熟。

我就跟一堆半认识半陌生的人坐在一起,就着啤酒瞎侃。

下午信誓旦旦地觉得不要再喝醉,所以我打算不要多喝。但跟一群不很熟的人在一起,没什么特别的话好说,除了喝酒又能干嘛?等我觉得已经喝得差不多了的时候,赶紧起身,干脆找个地方独自站着。

过道里,我扶着门框站着。并不是我喝多了站不稳一定要扶着门框,但是嘈杂的酒吧人来人往,不扶着点东西,我会被人流冲走。需要扶着点东西。

当然这么说,也并不说明我没有喝高。最近积攒下来的的酒精在血液中没有能够完全排出体外,今天的酒精作用就更快。

我的视线被晃动的脑袋们不断地切断。隐约可见的舞台上,现在表演的乐队我以前没有听说过。我已经听不清他们的音乐。这,可能跟身体里的酒精有些关系。但是低音喇叭放出来的声音我是听得清楚的。或者确切地说,不是听,而是身体感受得清楚。于是,这音乐对于我,现在就只剩下低音喇叭里释放出来的贝司节奏。贝司的节奏,比我的心跳强烈,强迫着我浸润了酒精的心脏跟着一起跳动。

越过许多陌生的人头,我好像看见苏晓玲在靠近舞台的地方,甩着她新近拉直的头发,大声地仰头笑着。我觉得我应该听不见她的笑声,在这嘈杂的酒吧,在连台上演奏的音乐都听不清的地方,在弥漫着烟和酒精味道的人堆里。

她身边有两个男人在跟着一起欢笑。或许是三个,或更多,因为她的笑声感染了附近的男人们,所以我也不能确定跟她一起来的是她左右的两个男人,还是三个或更多。我看到她朝我这边望了过来,在她把头向后甩的优美弧线之中,然后这视线又回到她左右正在向她献媚的男人身上。

也许她并没有往我这里望。也许她根本并不知道我已经在这间酒吧。其实我进来的时候也并没有预期会遇见她,但见到了她,也并不感到惊奇。在任何一间当下时髦的酒吧遇见她都不应该觉得惊奇。

台上的乐队告一段落,DJ把音乐换成更为强烈的电子乐,我的心脏无可奈何地提高了速率跟着新的贝司节奏跳动。人们开始往外走,许多人要在这中场休息的空隙出去透透空气,好在下一个乐队上场的时候继续回到这憋气的酒吧来陶醉。我低头看到自己的杯子里只剩下了冰块,便随手把杯子搁在旁边的桌子上,转身也打算出门透透气。我最希望的,是到没有强烈贝司声的地方,让心脏找回自己的节奏。

就在我还没有迈出脚步的时候,我的背上搭上了一只软绵绵的手。

我一回头,就立刻被笼罩在苏晓玲的香水和带有浓烈酒精味的口气里。她迷着眼睛对我笑吟吟的,嘴唇一张一合在跟我说话。

我转回身体面对她,堆起脸上的肌肉回报了她一个笑容。她继续说话,看她嘴唇的频率好像在说好多的话。她的身体靠近了我,滚烫、柔软。她身旁往外挤的人们不断地把她的身体往我身上撞。她的身体被动地不断地往我身上撞。我努力笑着,点头,但她的任何一句话我都没能听见,也不知道是太嘈杂还是我太醉。

然后她也随着人流往外去。她搭在我肩上的手随着她身体的移动抽走,最后只有食指划过我的脖子,然后她就消失在人群中。人群继续冲撞着我,往外挤。我的身体被人群撞得一晃一晃,但我的手始终扶着门框,所以我的脚还是在原地不动。

人都往外走了,酒吧稍微空了一些。这时候一个熟人走了过来,手里端着两杯啤酒。他跟我也说了不少话,我过了好久才明白我应该接过其中一杯啤酒。然后他也出去了。

我端起啤酒。

我的嘴唇没有明确地感觉到啤酒杯冰冷的边缘,我的喉咙没有明确地感到冰凉的啤酒顺畅地滑进我的身体,我的肚子也没有明确地感到冰爽的惬意。但我知道我在喝啤酒。

时间变得有点奇怪,忽长忽短。人群已经在用跟刚才一样的气势挤回酒吧。我的身体又开始被不断被冲撞,我端稳啤酒杯,扶紧门框。身体的冲撞都是那么短促,虽然不断地随机地继续着。在这么多人的嘈杂酒吧,我忽然感到一阵孤寂。没有一次身体的冲撞是针对我的,都只是偶然的相遇,转瞬即逝。

我这时候希望苏晓玲快点回来,回到她甩着头发大声笑的舞台前的位置。我希望她经过我的时候,再在我肩上搭一下手。我希望至少有那么一次身体接触不是那么偶然。我希望我能在她抽走她的手继续往前走的时候来得及揽住她的腰,或者至少拉住她的手。我希望至少可以拉住她的手,在诸多随机的、偶然的身体冲撞之中抓到一丁点儿针对我的身体接触。哪怕只是苏晓玲的,哪怕只是拉着她的手,哪怕她用奇怪的、挑逗的、不耐烦的、或随便什么样的眼神回头望我一下,至少我可以确认她在望着我,不是随便的一瞥。

　　随机的身体冲撞继续着,即使音乐已经响起也还是继续着。但苏晓玲一直没有出现。也许她刚才就是告诉我她离开了,回去了。也许她已经走过我,我没有感觉到。我眼前的几位高个子完全挡住了我的视线。我保持着这扶着门框的姿势不愿意、并且好像也不能够回头。我害怕回头看见的全都是陌生的面孔。我就这么期盼着一个熟悉的身体,任何一个熟悉的身体,和我短暂地接触一下,让我感到我的存在,让我感到我塑料一样的躯壳里除了酒精还有血液,让我感到我的心脏除了贝司的节奏还在跳动。